친절하게 웃어주면

결혼까지 생각하는 남자들

친절하게 웃어주면

결혼까지 생각하는 남자들

박정훈 지음

내인생의책

: 여자들이 살아온, 남자들은 모르는 세계

열여덟 살의 나에게 페미니즘은 '정의(正義)'였다. 호주제 폐지를 비난하는 수학 선생님에게 대들었고, 자주 가는 커뮤니티에 〈인터넷에서의 반페미니즘 여론에 대한 고찰〉이라는 글을 쓰기도 했다. 막연하게 '사람은 누구나 평등해야 한다'라는 생각을 갖고 있어서였는지, 그저 페미니즘이 옳아 보였다.

20대의 나에게 페미니즘은 '깨어 있음'이었다. 남자가 페미니즘을 지지하고 배우는 경우는 흔치 않았기 때문에, 스스로 '깨어 있는 남자'라고 자부했다. 대학에서 페미니즘 관련 교양 수업을 세 개 듣고선 페미니즘을 다 아는 양 떠들었다. 배움이 실천이 되지 못하고, '치장용'으로 전락한 시기였다.

그러던 중 2015년의 '페미니즘 리부트'를 마주했다. 트위터상의 '#나는_페미니스트입니다' 선언, 메르스 갤러리와 메갈리아의 탄생, 그리고 남성의 언어를 그대로 되받아치는 '미러링' 문화가 태동하는 것을 실시간으로 보게 됐다. 솔직히 말하면,

처음엔 너무나 '과격하다'고 느꼈다. 심지어는 '내가 배운 페미니즘은 이렇지 않다'는 긴 글을 SNS에 쓰기까지 했다. 많은 이들이 내 의견에 동조했다.

그런데 한 친구는 달랐다. 그는 '정말 실망스럽다, 너는 여성의 분노를 모른다'고 내게 말했다. 충격을 받았다. 곰곰이 생각해 보니 친구의 말이 맞았다. 여성으로서의 경험이 없는 내가 오만하게도 페미니즘에 대해 쉽게 규정하고 있었다. 부끄러움을 느끼고 글을 지웠다. 그동안 젠더 문제에 관해 합리적이고 상식적인 관점을 가지고 있다고 착각했는데, 그 '합리'와 '상식'이 누구의 기준에서 규정된 것인지 되돌아보게 됐다.

이후엔 여러모로 운이 좋았다. 2015년부터 언론사에서 기자로 일하게 됐고, 페미니즘 이슈를 다루면서 많은 여성의 이야기를 들을 수 있었다. 동시에 내가 성차별 구조 속에서 '부당이익'을 누리며 여성을 향한 폭력을 묵인·방조해왔다는 사실을 인정하고, 성찰해야만 했다. 그때부터 나에게 페미니즘은 '반성과 연대'의 의미를 지녔다. '여성혐오'가 주류 정서였던 남성 문화에 대한 '반성' 그리고 여성의 목소리를 향한 '연대'.

나도 내가 지닌 특권을 미처 인식하지 못한 채 살아갈 뻔했다. 내게 기꺼이 자신의 경험을 내어 준 여성들 덕분에 '서울에 사는 이성애자 비장애인 남성'으로서는 경험하지 못한 여러 부조리를 간접적으로나마 알게 되었다. 강남역 여성 살인 사건과 미투 운동만 봐도 한국은 오직 남자들만 평온할 수 있는 사회다. 그런데 페미니즘 관련 기사를 쓰면 유독 "긍정적으로 세상을 보라"거나 "페미들이 오히려 갈등을 조장한다"와 같은 댓글이 달린다. 남자들이 살기에는 이 세상이 아무 문제가 없어 보이는 것이다.

그들은 알고 있을까? '긍정적 시각'의 중요성을 이야기하는 것도, 성별 때문에 차별받지 않아 본 자만 누릴 수 있는 여유라는 사실을. 유리 천장에 가로막히지 않고, 결혼과 출산 이후 일을 그만두지 않아도 되며, 택시를 타거나 공중화장실을 이용할 때 불안하지 않아도 되니까 할 수 있는 말이다.

남성의 평온함은 여성의 희생과 고통을 기반으로 하고 있다. 그런데 페미니스트들이 이러한 불평등을 지적하면, 성찰은커녕 '과도하고 불편한 지적'이라며 반발하는 남자들이 너무 많다. 특히 남성 문화에 대한 비판의 목소리가 나올 때, "왜 일반화하느냐" "나는 잠재적 가해자가 아니다"라는 반박이 나오곤 한다.

하지만 내가 경험한 남성 집단에서, 나를 포함한 '평범한 남자'들은 모두 일상적으로 여성혐오 정서를 공유하고 있었고, 자신도 모르는 사이 여성을 억압하는 구조를 만들어 가는 데 공조했다. 조남주 작가의 소설 《82년생 김지영》, 김보라 감독의 영화 〈벌새〉 등 여성의 삶을 다룬 작품에서 여자 주인공을 곤경에 빠트리는 남자 가족들은 지극히 평범하다. 이는 현실을 정확하게 반영한 부분이다. '가해자'는 먼 곳에 있지 않다.

그래서 나는 2017년부터 페이스북과 블로그에서 남자들을 향해 글을 썼다. 스스로 특권을 누린 '가해자'였음을 인정하고, 페미니즘을 통해 함께 성찰하고 변화하자는 내용이 주를 이뤘다. 커뮤니티에 올라오는 일화나 사소한 일상의 경험, 젠더 폭력 사건 등을 예시로 들며 여성을 배제하고 도구화한 남성 문화를 폭로하고 반성을 촉구했다.

그렇게 약 삼 년여 동안 써 온 글을 수정하고 보완해 책을 내게 됐다. '관계' '젠더 폭력과 역차별론' '일상 속 여성혐오' '반성'이라는 네 가지 주제를 중심으로 글을 엮었다. 남성들 사이에서 자연스럽게 이뤄지던 일들이 왜 여성혐오인지 밝히고자 노력했다. 나아가 여성과 평등한 관계를 맺을 줄 아는 '새로운 남성성'이 구축됐으면 좋겠다는 바람을 담았다.

남성이 이야기하는 페미니즘에는 '한계'가 있다고 흔히 말한다. 맞다. 여성의 경험과 생각에 닿을 수 없는 지점이 있다. 그래서 한계는 겸허히 인정하되, 항상 공부하고 성찰하면서 페미니즘을 실천하고 싶다. 지금 시점에선 남자들에게 '우리, 다르게 살자'라고 외치는 것이 나의 작은 실천 방법이 될 수 있지 않을까? 이 책이 '남성 페미니스트'를 늘리는 데 조금이라도 기여할 수 있다면 더할 나위 없이 기쁠 것 같다.

2019년 가을

박 정 훈

수많은 얼굴이 떠올랐다. 아무렇지도 않게 학우들의 외모 순위를 매기고, 길을 걷던 나를 붙잡아 성추행을 하고, 회사의 남성 직원이 결혼을 한다는 이유로 연봉이 오를 예정이라 말하고, 초면에 밥을 한 번 먹었을 뿐인데 헤어질 때 기어코 포옹을 하려고 하던 어떤 얼굴들. 차마 여기 다 적을 수 없는 모멸적인 삽화들. 그들은 나를 포함한 여성을 동료 시민으로 보지 않았다. 인간으로서의 특질이 묵살된 채 오로지 여성이라는 정체성 혹은 몸뚱이로만 환원되는 경험을 뚫고 나아가기 위해 몇 번이고 이를 악물던 순간들이 있었다.

그 길에 도움이 되는 건 뜻을 같이하는 사람들의 연대다. 실존하는 고통 앞에서 어떤 이들이 자신이 겪는 일이 아니라고 무시해 버리거나 그 고통을 피해의식으로 취급해 버리거나 다 그런 건 아니라는 변호를 할 때, 그래서 끓는 분노에 지쳐 피곤함마저 들 때 함께 분노하는 사람들의 존재는 큰 응원이 된다. 그리고 박정훈 기자는 그 분노를 정제된 언어로 꾸준히 표현할 수 있는 작가다.

　"'남성 페미니스트'가 존재할 수 있는가?"라는 물음에 대한 답은 페미니즘을 어떻게 정의하고 어떤 방향으로 바라보는지에 따라 달라질 것이다. 그러나 질문을 바꿔 "페미니즘을 적극적으로 수용하는 남성이 존재할 수 있는가?"라는 물음에 대한 답은 있다. 그렇다. 여기에 그 답을 증명하기 위해 최선을 다하는 사람의 책이 있다. 물론 저자가 책에서도 말하듯 남자가 페미니즘을 이야기하면 그 사실만으로도 너무나 쉽게 후한 평가를 받기에, 남성이 페미니즘의 스피커 자리마저 빼앗을 수 있다는 우려는 정당하다. 그러므로 "침묵하지 않겠다"는 허울뿐인 말을 뛰어넘는 이 책은 그 얼굴들에게 건네져야 한다. 저자 자신마저도 부끄러워하는 과거의 모습을 당신에게서 발견한다면, 만약 그것이 부끄럽게 느껴진다면, 축하한다. 당신은 이제 변화의 첫걸음을 떼었다.

김 겨 울

차
례

평등한 관계가

그렇게 어려우세요?

친절하게 웃어 주면
결혼까지 생각하는
남자들

회사 근처 뷔페식 식당에 갔다. 젊은 여자 사장님이 유난히 친절했다. 손님들에게 "추우시죠" 하면서 따뜻하게 맞이하고, 음식 메뉴도 하나하나 소개했다. 밥 먹으면서도 접객이 좋다고 내심 생각한 터였다. 그런데 이날 친절의 무용함을 느끼기도 했다. 반찬을 리필하러 갔다가 한 중년 남자가 여자 사장님에게 하는 말을 듣고서다.

주말에 낚시나 같이 갈까? 허허허.

둘은 적어도 스무 살 이상 차이 나 보였다. 말을 한 남자와 그의 동료로 보이는 남자는 껄껄 웃었고, 사장님도 그저 웃어 줄 뿐이었다. 하지만 나는 말로만 듣던, 친절을 악용하는 치근덕거림에 기겁했다.

여성들이 낯선 사람에게 보이는 친절함을 자신을 향한 호감이라고 단정하는 남성들이 꽤 있다. 많은 여성이 그런 경험을 공유한다. 미소 좀 지었다고, 눈 마주치며 대화 좀 했다고 저 혼자 '썸' 탄다고 생각하는 남성들 때문에 곤란했던 경험기가 온라인상에 수두룩하다.

트위터에서 화제가 된 사례를 하나 소개하겠다. 한 20대 여성은 회사 시설 관리 담당 50대 남성이 사무실로 오면 친절하게 인사하거나 차를 타 줬다고 한다. 그런데 갑자기 모르는 번호로 "우리 사이가 무르익은 듯하니 밖에서 데이트해도 되지 않겠느냐"라는 문자가 왔다. 정체는 역시 그 남자 직원. 정중히 거절하니 나중엔 꼬리 쳤다는 소문이 퍼졌다고 한다.

남초 커뮤니티에 남자들이 직접 쓴 글은 더 놀랍다. 활달한 회사 동료가 자신에게 적극적으로 말을 걸어오는 모습을 보고 썸으로 생각해 결혼까지 상상하며 고민한 회사원, 빽다방 알바의 친절을 보고 "분명히 저한테 관심 있으니까 생글생글 웃으며 귀염 떠는 거겠죠? 출장 기간 동안 아침은 여기서 먹어야겠다."라며 글을 올린 남자, 데이트 거절도 친절하게 하는 스무 살 알바에게 반해 "들이대도 괜찮으냐"라고 인터넷에 묻는 서른일곱 살 만둣집 아들 등등.

이런 사례들은 흔히 "찌질남이 김칫국 마셨다"라며 웃음거리로 소비되고 만다. 그러나 단순히 조롱하고 넘어갈 사안은 아니다. 사실상 희롱이라고 볼 수 있는 무례한 플러팅(Flirting)에 의한 불쾌감 등 여성이 입는 피해가 상당할뿐더러, 여성을 보는 남성 시각의 근본 문제가 드러나는 경우이기 때문이다.

남성들은 자라 오면서 여성을 성적 대상으로 끊임없이 상정한다. 또래 여성과 친구로 잘 지내고 우정을 쌓기보다는, 누가 누가 더 예쁘고 몸매가 좋다는 음담패설을 일삼기 일쑤였다. 최근 문제가 된 단톡방 성희롱은 여성과 평등한 관계를 맺기보다 여성을 평가하고 대상화하는 게 더 익숙한 남성 문화를 증명한다. 여성과 맺는 관계의 궁극을 '섹스'로 놓는 문화 안에서 성애 이외의 것은 부차적인 요소로 취급당한다. 그래서 어떤 남성들은 성격에 따른 혹은 일로서 행해지는 친절과 웃음을 제대로 해석하지 못한다. 성애와 무관한 관계를 이성과 맺어 본 적이 드물기 때문에 자신을 향한 이성의 긍정적인 행동에서 일단 성적인 함의를 찾고 보는 것이다. 심지어 처음 본 사람이라 할지라도.

여성을 성애의 대상으로만 여기는 비뚤어진 남성성
더군다나 여성의 행동을 오독한 뒤에 저지르는 일방적인 관심 표현과 연락도 사회적으로 지양하는 분위기가 아니다. 앞서 낚시나 하러 가자는 중년 남성의 동료가 같이 웃는 꼴을 보라. 너무 찌질하거나 나이 차가 많이 날 때 비난할 뿐, 단순히 연락하고 들이대는 행태에 대해선 그것이 얼마나 무례한지 돌아보기는커녕 '상남자'로 칭송하기까지 한다. 이런 분위기가 남성들의 자기 객관화를 막는 가장 큰 방해 요소다.

자기 객관화 안 된 남자들이 타인에게 약간의 불쾌감만 주면 차라리 다행이다. 이들은 온갖 곳에서 사고를 친다. 특히 직장은 이들의 착각이 최대치로 커지는 곳이다. 이들은 자신에게 친절하고 고분고분한 신입~저연차 여성 직원을 보며 또다시 착각하고, 이후 개인 만남을 요구하며 괴롭힌다. 만약 거절한다면 "꼬리 쳤다"라는 꼬리표가 붙는 것은 물론이다. 여성학자 권수현은 인권위 제2차 미투 운동 토론회에서 권력형 성폭력의 주요 이슈가 신입 사원을 대상으로 한 중년 남성들의 사적 만남 요구라고 언급했다.

사회 초년생이 들어오면 로맨스 대상으로 언급이 되며 '아저씨 문화' 안에서 사적 만남이 부추겨진다. 고용이나 승진 등 인사에 관련해서 우월적 지위에 있는 분들이 이런 행동을 하면 여성들에게는 치명적인데 본인들은 로맨스로 생각한다. 40~50대 유부남들의 사적 만남 요구가 신입 사원들의 조직 부적응을 초래하는 핵심적인 요인[1]

카페 알바가 귀엽게 웃었다며 "호감 있는 것 맞지?"라고 글 올리는 남자와, 부하 직원에게 "네가 꼬리 쳤잖아"라면서 만나 달라는 남자. 두 남자의 거리는 멀어 보이지만, 공유하는 정서 는 동일하다. '여성은 일단 성적인 관계를 맺어야 하는 대상'이 라는 것.

주류 남성성이 변하지 않으면 이 문제는 해결이 요원하다. 가부장제 사회는 지금껏 자기중심적이고 여성과 온전하게 관 계 맺을 줄 모르는 남자를 길러 왔다. 그래도 괜찮다고 믿었다. 하지만 페미니즘 운동이 활발해지면서 그런 남성들로 인해 여 성들이 얼마나 불쾌했는지, 고통받았는지 낱낱이 밝혀졌다. 그러면 남성은 행복했냐고? 아니, 그렇게 자란 남성도 불행하 다는 사실은 자명하다. 여성과의 소통에 끊임없이 실패하다 끝 내 외로워지는 삶이 괜찮을 리 없다.

페미니즘은 여성 인권을 증진하기 위한 이론이자 운동이다. 동시에 남성 중심주의 사회에서 비뚤어진 남성성을 바로잡는 방법론이기도 하다. 페미니즘은 여성의 입장에서 사고하고 공 감할 수 있는 남성을 만들어 가며, 기존의 남성성을 해체하는 계기를 마련할 것이다. 남성들을 착각의 늪에서 구해 내고, 여 성과 동등하게 관계 맺는 즐거움을 누리게 하기 위해서라도, 페미니즘은 남성에게 필요하다.

어떤 고백은
폭력이
된다

  드라마나 만화에서의 고백은 낭만적이고 설레는 순간으로 묘사된다. 그러나 실제 고백의 순간은 곤혹스럽고 불쾌하기 짝이 없는 경우가 많다. 특히 고백하는 사람보다는 고백받는 사람 입장에서 말이다. 그럼에도 한국 사회는 지금껏 고백을 연애 시작의 올바른 방식으로 권하고 있다. 한 예로 김제동 씨는 자신의 강연에서 '고백 연애론'을 설파한 적이 있다. 그는 "먼저 고백하되, 거절당하면 바로 뒤돌아서 가면 된다"는 말을 반복해서 강조한다. 또 자신도 20대로 돌아가면 그렇게 연애하고 싶다고 말한다.

  고백하고 사건·사고를 두려워하지 마세요. 20대 때는 충분히 그렇게 하고 살아도 전혀 지장이 없어요. 남에게 피해를 주는 일이 아니면 어떤 것을 하고 살아도 아무 문제가 없습니다.[2]

〈김제동이 어깨동무합니다〉 강연 중

그런데 과연 고백이 남에게 피해를 주는 일이 아닐까? 표면적으로 고백은 단순히 마음을 표현하는 행위고, 거절당할 경우 순순히 물러나면 서로 아무 문제 없을 수 있다. 하지만 우리 삶이 그렇게 단순하지 않다는 게 문제다. 김제동 씨의 뜻과 달리 '고백 권하는 사회'는 남자에게 왜곡된 연애관을 심어 주고, 여성을 곤경에 처하게 하는 것을 넘어 고통스럽게 만들고 있다.

상대방을 고통스럽게 하는 고백이 있다

흔히 고백이라고 일컫는 행위에는 두 가지 문제점이 있다. 첫 번째는 상호 감정 교환이 이루어지지 않은 상태에서 "네가 좋다"라고 말하는 것이 상대에게 어떤 호감도 줄 수 없는 행위라는 점이다. 나도 중·고등학교 때 학교나 학원에서 대뜸 마음에 드는 친구에게 인형이나 사탕을 준 적이 있다. 그렇다고 그들이 나에게 관심을 줬을까? 나의 마음에 감복해 "내가 너를 좋아해 볼게"라고 이야기했을까? 그렇지 않다. 서로의 호감을 확신했을 때, 관계를 정립하기 위한 고백(흔히 이런 행위를 고백이라 말하진 않는다)이 아닌 이상 대부분 실패한다.

연애는 타인이 나를 마음에 들어 해야만 가능하다. 즉, '나의 괜찮음'에 타인이 끌리게 하는 것이 연애의 기초 공사다. 매력을 어필하고 교감하는 단계가 우선이다. '썸'의 과정 없이 "내가 이렇게 너 좋아하니까 만나 줘"라는 고백에선 자기중심적 태도밖에 안 느껴진다. 거절당하는 게 당연하다.

두 번째 문제는 더욱 심각하다. 상황에 따라 고백받는 이가 정신적 폭력을 경험하게 된다. 《주간경향》의 〈왜 알바에게 고백해서 혼내주려 하나요 ㅜㅜ〉라는 기사는 손님의 고백이 얼마나 알바생을 난감하고 두렵게 만드는지 밝힌다. 기사에 나온 프랜차이즈 커피 전문점 매니저에 따르면 "가장 심한 진상은 고백하는 손님이며, 심지어 한 번 고백한 손님이 계속 찾아와 부담을 주는 경우도 있다"라고 한다. 6개월 동안 한 손에 꼽지 못할 정도로 고백받았다는 커피 전문점 알바는 기러기 아빠의 고백을 받거나, 고백한답시고 시를 써 온 뒤 계산대 앞에서 읊던 사람에게 큰 충격을 받았다고 한다. 심지어 그는 또래에게 고백받은 적은 한 번뿐이었다고 전한다. 나머지는 다 아저씨라는 것이다.

손님이 알바에게 고백하는 짓, 알바 입장에서는 일할 의욕을 떨어트리는 일이다. 다시 찾아와도 막을 방법이 없고, 매몰차게 거절하기도 부담스럽다. 본사에 클레임을 걸거나 스토킹을 할까 봐 걱정되기 때문이다. 본인은 고백이겠지만, 고백받는 사람에게는 갑질 폭력이나 다름없다. 이런 식의 무모한 고백은 손님과 점원 관계에서만 이뤄지는 게 아니다. 선생과 학생, 상사와 부하 직원, 정규직과 계약직(또는 인턴) 등 평등하다고 보기 어려운 관계에서 지위가 높은 쪽이 고백할 경우, 고백받는 사람은 '순수한 마음'으로 받아들일 수 없다. 엄청난 압박이며 때에 따라서는 '강요'로 느껴질 것이다.

갑의 고백은 위험하다

고백은 용기와 솔직함의 상징으로 여겨지며 권장되고 있다. 그런데 이런 분위기는 주로 고백하는 남성을 기준으로, 지극히 남성 중심적인 시각에서 조성되었다. 사실상 젠더 권력과 위계에 의한 권력을 동시에 가진 남성들에게 고백은 여성을 다루는 수단에 가깝다.

남성 본인의 의도가 어떻든 결과적으로 이런 형태의 고백은 거절하기 까다로운 상황을 만들어 여성을 궁지로 몰아간다. 남성이 고백해서 얻는 최악의 결과는 거절뿐이지만, 여성은 날벼락 같은 고백을 거절할 경우 예상되는 불편과 불이익을 고민해야 한다. 얼마나 불공평한가? 갑의 위치에 있는 남성들은 함부로 고백해도 괜찮은 상황을 한껏 이용한다. '좋아한다' '사랑한다' '보고 싶다'와 같은 말이 어떤 경우에는 세상 모든 욕설보다 끔찍할 수 있다.

앞서 이야기한 《주간경향》 기사는 이렇듯 여성을 괴롭히는 고백의 형태를 '고백해서 혼내주자(변변치 않은 나의 고백이 상대에게 타격을 입힌다는 의미)'라는, 남초 커뮤니티에서 유행하는 자조적 드립과 연결한다. 이 드립의 전제는 어떤 고백이 여성에게 굉장히 불쾌하고 짜증 난다는 사실을 남성들도 알고 있다는 것이다. 그럼에도 왜 여성을 당황하고 고통스럽게 하는 고백이 계속 이어질까? 여전히 '고백해서 혼내주자'가 일종의 밈(인터넷 놀이)으로만 받아들여지며, 남성이 제멋대로 고백해도 아무도 비난하지 않는 구조가 지속되기 때문은 아닐까?

찌질한 고백은 대중 매체에 의해 낭만화·정당화되고, 고백했다가 차였다고 하면 주변에서 위로해 주기까지 한다. 사회가 고백하는 사람의 입장에 이입해 그들의 '자기중심성'을 강화시켜 주니, 남성은 고백받는 사람의 입장을 돌아보지 못한다. 또한 사회적으로 고백이 진정성 있는 행위로 여겨지다 보니, 고백을 거절한 여성을 비난하며 집착하고 범죄까지 저지르는 경우도 생긴다. '진실한 마음을 전했는데, 왜 안 되느냐'라는 억울함이 커지는 것이다. 한국의 고백 문화가 '피해자 남성 모델'과 '쌍년 서사'를 지탱하는 축이 아닐까 의심이 들 정도다. 상대방이 예상하지 못하는 고백, '어쩌라고' 싶게 만드는 고백은 감정의 배설일 뿐이다. 배설을 왜 자꾸 정당화하거나 부추기는가?

고백이 언제나 폭력은 아니지만, 때때로 폭력이 될 수 있다. 특히 위계가 있는 사이에서 일방적으로 행해지는 고백은 심대한 정신적 폭력을 가하는 것이나 매한가지다. '고백해서 혼내주자'라는 드립을 넘어, '그런 고백은 폭력입니다'라는 진지한 캠페인이 필요하다.

왜 안 만나 주냐고
협박하는
김유정의
후예들

김유정은 번쩍이는 뭔가를 손에 들고 있었다. '칼이다' 하는 생각이 들자 온몸이 오싹해졌다. 인력거꾼은 재빠르게 앞으로 달려갔으나 김유정이 더 빨랐다. 그는 인력거채를 움켜잡고 나에게 소리쳤다. "녹주. 오늘 밤은 너를 죽이지 않으마. 안심하고 내려라." 그가 들고 있던 것은 하얀 몽둥이였다.

"엊저녁에는 네가 천향원으로 간 것을 보고 문앞에서 기다렸으나 나오지를 않았다. 만일 그때 너를 만났다면 나는 너를 죽였을 것이다. 그러나 좋아하지 마라. 단 며칠 목숨이 연장될 따름이니까."

박녹주. 〈나의 이력서〉 중[4]

소설가 김유정은 악명 높은 스토커였다. 2년 동안 명창 박녹주를 지독하게 따라다니면서 괴롭히고 살해 협박을 일삼는다. 이 사실을 알면 더 이상 김유정의 소설을 아름다운 사랑 이야기로 보기 어려워진다.

한 페이스북 페이지에 "왜 안 만나 줘"라는 제목의 기사만 모아 놓은 게시물이 올라왔다. 그저 안 만나 준다는 이유로 남자들은 여자들을 향해 살인, 디지털 성폭력, 폭행, 협박, 빙초산 뿌리기, 방화, 절도를 저지르고 있었다. 김유정의 후예들이 여전히 활개 치고 있다.

관계의 피해자로 위장하는 남성들

'이들이 저지르는 일은 극단적인 경우가 아니냐'라고 반문할 수도 있겠다. 하지만 평범한 남자들조차 나를 안 만나 주는 혹은 내게 관심 안 가져 주고, 무시당했다는 기분이 들게 하는 여자를 원망한다. 영화 〈건축학개론〉에서 어긋나 버린 첫사랑에게 "쌍년"이라 말하는 승민 같은 남자들은 사실 흔하지 않은가? "카페에 단 둘인데 나한테 1도 관심 없다"라며 같은 공간에 있던 여성을 몰래 찍어 올렸던 한 개그맨의 행동은 또 어떠한가?

많은 남자들이 이성과의 관계에서 무시당하고 외면받은 피해자라는 정체성을 공유한다. 가볍게는 원망의 말을 던지고, 무겁게는 복수한다며 범죄를 저지른다. 엄연한 젠더 권력이 강력하게 작용하는 사회에서 그들의 생각이 황당하긴 하지만, 어쨌든 '좌절한 남성'의 모습에 공감하고 자신을 투영하는 이들은 꽤 많다.

나라고 뭐 크게 다를까? 스무 살에 잠깐 만난 친구가 있었다. 이런저런 일이 많았는데, 아무튼 나는 그와 연인이 될 수 없었다. 그 이후로 간간이 연락을 이어 가다 몇 년 후 술을 마시곤 뜬금없이 그에게 "잘 먹고 잘살아라"라는 식으로 비아냥대는 문자를 보낸 적이 있다. 한때는 '뭐, 찌질할 때도 있었지'라고 생각했지만, 지금 보면 나 역시 스스로를 여성에게 인정받지 못한 '불쌍한 피해자'로 규정한 것이다.

관계가 어긋나거나 파국을 맞는 비슷한 상황에서도 여성과 남성의 대응 방식은 다르다. 이나미 신경정신과 의사는 이별 후 여성은 먼저 자신을 자책하지만, 남성은 남의 탓을 먼저 한다고 꼬집는다.[6] 이 차이는 사실 남성과 여성의 권력 차이에서 기인한다.

여성혐오의 대표적인 유형으로, 여성을 소유할 수 있다고 믿는 남성이 다수 존재한다. 내 소유물이 나를 함부로 떠난다? 나를 무시한다? 내 말을 안 듣는다? 참을 수 없는 것이다. 이별 또는 거부의 원인을 오로지 여성에게 두고, 이별의 피해자로서 '정당한 복수'를 하겠다는 게 이별 폭력 가해자들이 공통으로 갖는 생각이다.

가부장제 사회는 가정 폭력, 데이트 폭력, 디지털 성폭력을 제대로 처벌하지 못하면서, 이별 폭력 가해자들의 오판을 사실상 방조했다. 한 예로 법원은 남자가 무시당한 상황에 매우 예민했다. 남편이 아내를 살해한 사건에 대해 "다소 남성적인 성격의 피해자는 거래처 사람들과 잦은 술자리를 갖고 나이 어린 피고인을 무시하였으며(2009고합72)"라는 말을 판결문에 써 놓고 집행유예를 선고한 적도 있다.

'여자에게 무시당하면 안 된다'라는 명제는 한국 남성의 집단적 히스테리가 응축된 지점이 아닐까? 실은 당신들이 더 큰 권력을 갖고 있다고 설명해도 남성들은 요지부동이다. 감히 말하건대 "보편이 되기 위해 동일시할 수 있는 대상도 없었고, 여성을 타자화함으로써 위치를 확보할 수 있는 자원도 없는" 식민지 남성들과 크게 다르지 않다.

구태의연한 남성 연대를 깨부술 새로운 남성성

오늘날 한국 남성은 식민지, 내전, IMF 등을 거치면서 무너진 국가, 망해 버린 아버지에 자신을 동일시할 수 없었다. 게다가 이제는 여성을 자기보다 못한 존재로 타자화해 보편의 자리를 차지하기엔, 여성의 능력이 뛰어나다는 사실을 의식할 수밖에 없는 상황에 이르렀다.

가부장제 사회는 여전히 정상 가족을 만들어 가족을 지키고 생계를 부양하는 '남자다움'을 이야기한다. 그러나 남자다움을 구현할 수 있는 사람은 많지 않다. 보편적 주체가 되지 못하는 결핍을 해결하기 위해 남성들은 '피해자 되기' 방식을 택한다. 누군가의 가해를 받아 고통을 겪는 척하며 사회적 압박과 책임을 피한다.

이런 움직임이 고착되어 가부장제 사회의 구조적 문제가 여성을 탓하는 방식으로 해소되는 경우가 있다. 이를테면 군대 문제를 향한 분노가 갑자기 '군 가산점 위헌 반대'나 "여자는 왜 군대에 안 가느냐"라는 쪽으로 방향을 튼다.

성폭력 가해자를 두둔하는 문화를 흔히 '남성 연대'라고 말하는데, 남성 연대는 '기득권'의 커넥션만을 뜻하진 않는다. 이들은 자신을 '약자'로 규정하고 힘을 합쳐 대응하는 방식으로 연대를 이룬다. 피해자로서의 정체성에 푹 빠진 이들은 '꽃뱀'에게 당할지도 모른다는 공포에 사로잡혀 집단으로 성폭력 피해자를 공격하는 일을 서슴지 않는다. 가해자 혹은 잠재적 가해자인 남성들이 스스로를 피해자로 여기는 분위기에서 2차 가해라는 해악이 발생한다.

김유정이 박녹주의 인력거를 세워 죽이지 않겠다고 한 뒤, 기껏 뱉은 말은 "너는 혹 내가 돈이 없는 학생이기 때문에 나를 피하는 거지?"[8]였다. 자신을 무시당하고 멸시받는 피해자로 믿고 자조하면서도, 동시에 가해할 힘을 가지고 있음을 인식하고 그 힘을 발휘하는 것. 이것이 한국 남성들이 가진 모순이다. "왜 안 만나 줘" 시리즈 범죄에는 한국 남성의 잘못된 관계 맺기, 관계에서의 문제 전가, 피해자로서의 정체성 구성 등 사회를 망치는 남성성의 비참한 모습이 총체적으로 담겨 있다. 특히 '피해자 되기'는 온라인을 중심으로 널리 퍼져 있고, 2015년 페미니즘 리부트 이후 그 심각성을 더해 간다.

남성 사회엔 균열이 필요하다. 뻔한 말이겠지만 근본적으로 남성들의 '피해자 되기'를 막으려면, 보편을 원하거나 좇지 않고 여성을 타자화하지도 않는 남성성 모델이 끊임없이 등장해 줘야 한다. 최소한 자신이 누군지, 어떤 위치에 있는지 돌아볼 줄 아는 남성이 더 많이 필요하다. 피해자 행세하면서 여성을 괴롭히는 '남성 연대'를, 여성들을 도와 때려 부숴야 한다.

일상의
홀로코스트,
아내를 때리는
평범한 남자들

견딜 수 없는 초조감과 불안감에 나는 급기야 아내에게 손찌
검하는 남편이 되고 말았다.[9]

아내가 조금이라도 불평을 하면 소리를 질러 대었고 그 말에
심하게 반발을 하면 다시 손을 올려붙였던 것이다. 정말 기억하
기에도 부끄러운 일이 아닐 수 없었다.[10]

위의 말들은 모두가 아는 사람의 자기 고백이다. 바로 노무
현 전 대통령이다. 노 전 대통령은 94년도에 낸 첫 자전 에세
이 《여보, 나 좀 도와줘》에서 아내를 때리는 가부장이던 자신
의 부끄러운 과거를 드러낸다. 노 전 대통령의 아내 폭력은 일
시적이거나 고시 합격 이전만의 일도 아니었다. 그는 심지어
연수원에서 동료들이 "형수님을 어떻게 꽉 잡고 사느냐"라며

묻자 "조져야 돼"라고 대답한 일도 털어놓았다. 노 전 대통령은 이 책에서 아내를 때리고, 여성을 소유물이나 장식품처럼 생각했던 자신의 과거를 크게 부끄러워한다. 그는 사회 운동을 시작하며 젊은이들로부터 영향을 받아 "자신의 행동과 사고방식에 깊은 반성"을 했다며, 여성 문제에도 많은 관심을 두게 됐다고 밝히고 있다. 나는 그가 집에서부터 가부장의 권위를 어느 정도 내려놓았기에 자연스레 시민들이 사랑해 마지않던 권위 없고 소탈한 모습이 나올 수 있었다고 생각한다. 그런데 한국의 아내 폭력 가해자 중 노 전 대통령처럼 반성하면서 스스로 아내 폭력을 멈춘 사례가 얼마나 될까? 거의 없을 것이다.

'어디 감히' 가부장제에서 폭력은 하나의 선택지다

노 전 대통령의 사례를 볼 때 아내 폭력은 '문제 있는' 남자가 저지르는 게 아니다. 흔히 사람들은 남성 개인의 폭력성이나 열등감 혹은 정신병력에서 폭력의 원인을 찾는다. 그러나 사회적으로 전혀 문제없어 보이는 남성이 아내를 때리는 경우도 비일비재하다. 남성과 여성의 성 역할을 고정시킨 가부장제가 가정 폭력을 용인하기 때문이다.

여성에게 가장 큰 공포는 낯선 사람의 위협이 아니라, 가장 친밀한 관계를 맺은 사람에게 언제든 폭행당할 수 있다는 사실이다. 아내 폭력을 포함해 디지털 성폭력부터 살인까지, 여성 대상 범죄의 주요 가해자는 애인이나 남편이었던 남성이다. 정희진은 아내 폭력을 다룬 책 《아주 친밀한 폭력》에서 "폭력 남편들은 '정상적'인 사람들"[11]이라며 "'아내 폭력'은 극단적이거나 일탈적인 현상이 아니라 구조 자체에 내재되어 있다"[12]라고 말한다. 가부장제 내에서 남성과 여성의 권력관계는 불평등하다. 또한 여성에게는 아내·어머니라는 고정된 성 역할이 부여되는데, 남성은 여성이 이와 같은 성 역할을 제대로 수행하지 못했다며 '맞을 짓'을 규정함은 물론 훈육까지 할 수 있는 권한을 가진다.

공사 영역이 분리되었다는 인식 역시 아내 폭력이 지속되는 주요 원인이라고 정희진은 지적한다. 가족을 법과 민주주의 등의 공적 질서에서 벗어난 사적 영역으로 두면서, 사회적 감시에서 벗어나게 만든다. 근대 가족 형태가 남성 중심의 핵가족인 점을 고려하면, 공사 분리 이데올로기는 가족 안에서 가부장의 무한한 권력과 폭력 행사를 방치하는 것이나 다름없다. 한국 사회에선 아이들을 '사랑의 매'라는 명목으로 때리는데, 가부장의 입장에서는 아내 역시 사랑의 매에서 예외일 리 없다. 가부장에게 폭력은 아내와의 관계에서 금기시된 것이 아니라 하나의 선택지가 되는 셈이다.

폭력 남편들의 기저에는 '어디 감히'가 깔려 있다. 남성들이 보고 배우고 익히면서 신화화된 아내상·어머니상이란, 육아와 가사 노동을 전담하며 가부장과 시가의 지시에 순응하는 여성이다. 이 테두리에서 벗어난 여성은 가족을 무너트리는, 가부장의 권위를 침범하고 무시하는 존재로 여겨진다.

불행히도 남성들은 누구도 이 가부장 질서에서 자유로울 수없다. 나도 어릴 적에 혼자 벽을 주먹으로 치며 '어디 여자가 감히'라는 말을 했던 것을 똑똑히 기억한다. 아마 누군가를 향한 불만을 속으로 삭이고 있었을 텐데, 난 그 말을 대체 어디서 배웠던 걸까?

남성들은 뉴스에 나오는 폭력 남편에게는 분노하고 비난하지만, 실상 폭력 남편을 만들어 내는 가부장제는 지켜 내기 급급하다. '맘충' '김여사' '된장녀' '화냥년' 이런 말은 누가 만들었는가? 전부 '어디 감히'의 정서에서 만들어진 말이다. 가부장제가 원하는 조신한 여성상에 부합하지 못했다며 여성을 비하하고 통제하려는 시도는 여전히 계속된다. 여성에게 유독 '어디 감히'가 통용되고 확산되는 사회에서, 아내 폭력이 용인안 될 리 없다.

아내 폭력범을 향한 분노로는 부족하다

가부장제 질서를 자연스럽게 익힌 나에게도 부끄러운 기억이 있다. 20대 초반, 몸이 좀 아픈 날이었다. 당시 만나던 친구가 무엇인가 먹자고 요구해 식당으로 가는 길에 다투고 말았다. 그때 내가 갑자기 내 가방을 길바닥에 내동댕이치고 집으로 가 버렸다. 굉장히 폭력적인 행동임은 말할 것도 없다. 그런데 내가 데이트 중 가방을 바닥에 던질 수 있던 이유는, 그런 행동을 하는 남성들이 드라마 남주인공으로 등장했던 상황과도 무관하지 않다. 그만큼 사회적으로 남성의 폭력적인 행동이 용인되고 있었던 것이다. 무엇인가 던지는 이 행동, 데이트 폭력이나 아내 폭력 가해자의 초기 행동이다. 자기가 원하는 대로 여성이 행동하지 않는다는 이유로 물건을 던지거나 엎다가, 결국 직접 폭력으로 이어지는 것이다.

당신이 남성이고, 아내 폭력범에 진정으로 분노하는가? 그렇다면 아내 폭력범을 비난하는 수준을 넘어, 여성을 남성에게 종속시키는 가부장제에 대해 고민해야 한다. 여성에게 특정한 성 역할을 강요하지 않았는지, 여성을 향한 남성 집단의 억압과 편견의 논리를 그대로 수용하지 않았는지 돌이켜 봐야 한다.

아내를 때리는 남편은 평범한 사람과 동떨어진 괴물이 아니다. 지금과 같이 가부장제 정상 가족의 틀이 공고하고, 성 역할이 강요되며, 가족이 완벽하게 '사적 영역화' 되어 있으면 어떤 남성이든 폭력 남편이 될 수 있다. 수많은 남성이 여성 통제와 역차별 이데올로기를 끊임없이 재생산하며 폭력 구조를 지탱하고 있다는 사실을 잊어서는 안 된다. 남성 스스로 성차별적 규범을 깨트리는 데 힘을 보태지 않으면 '일상의 홀로코스트'[13]는 계속될 수밖에 없다.

"죽도록 팰 수 있어" 발언, 농담이 아니라 폭력입니다

때려도 되죠? 안 되죠?

(경리가 강남의 성대모사를 하자)

죽도록 패라 그러면 팰 수 있어요.

(제작진이 '러브 라인' 생길 수 있느냐고 묻자)

내가 언젠가 한국에서 때린다……. 언젠가 한국에서 때린다.

(경리가 자신의 전화번호를 저장하지 않았다고 강남이 이야기하면서)

너 이런 걸로 맞아 봤어?

(경리가 "오빠 나 좋아하지?"라고 묻자 돌아온 대답)

강남은 '때릴 수 있다'라고 했다, 그것도 네 번이나

2017년 9월, 네이버TV에 올라온 웹 예능 프로그램 〈뭘들투어〉에 출연한 강남의 발언이 논란이 됐다. 함께 출연한 나인뮤지스 경리에게 '팬다' '때린다'라는 말을 반복했기 때문이다. 강남의 '때린다'식 발언들은 화기애애하고 장난스럽게 대화가 진행되던 중에 나왔다. 어쩌면 "너 죽는다"와 같은 친구끼리의 농담처럼 여겨질 수도 있다.

그러나 강남 발언의 가장 큰 문제는 아무리 장난이라도 '남성이 갖는 신체적 우위'를 계속해서 드러낸다는 점이다. 얼핏 보면 동등한 입장에서의 장난이지만, '때린다'는 물리적으로 상대방을 제압해 고통을 주는 것을 의미하는 말이다. 실제로 경리에게 위력을 행사할 수 있는 사람인 강남이 농담으로라도 위와 같이 말하는 행위는 명백한 협박이자, 자신의 젠더 권력을 재확인하는 작업이다.

'때릴 수도 있다'라는 말에 경리가 반발하자 강남은 "남동생이에요"라고 말한다. 과연 강남이 제 또래의 덩치 큰 남자 연예인에게 똑같은 말을 감히 할 수 있을까? 또 경리는 강남에게 "죽도록 팰 수 있다"라고 말할 수 있을까? 남성이 자신보다 어린 여성에게만 할 수 있는 '농담'이라면, 그건 자신이 가진 힘을 잊지 말라고 강조하는 '폭력'의 말이다.

〈뭔들투어〉는 경리와 강남의 '썸'과 '러브 라인'을 강조한다. 둘은 손도 살짝 잡고, '여보'라는 애칭을 쓰기도 하고, 결혼하자는 말까지 나눈다. 연인을 가장한 여성과 남성이 함께 여행을 간다는 설정에서 이런 콘셉트는 자연스럽다. 그러나 가상 연인끼리 만나는데 '때린다' '팬다'라는 말이 나오는 상황은 분명히 정상적이지 않다. 그런데도 제작진은 편집하기는커녕 오히려 자막에 'ㅋㅋㅋ'라 쓰고 배경음으로 웃음소리를 넣는다. 심지어 강남이 경리를 남자처럼 대하고 있다며 '브로맨스'라고 포장한다.

"오빠 여자 때리는 남자였어?"라는 경리의 말에 "요즘은 여자랑 남자랑 차별하면 안 돼"라고 답한 강남의 말은 제작진의 안일함과 궤를 같이한다. 실제 존재하는 성차나 젠더 간 권력관계는 무시하고, 여성과 남성을 인위적으로 똑같은 링 위에 올려놓으면서 폭력적인 발언을 정당화하는 행태다.

강남의 언행과 그것을 바라보는 제작진의 시선은, 숱하게 일어나는 데이트 폭력을 바라보는 남성 중심 사회의 시선과 비슷하다. 한국형사정책연구원의 연구 결과에 의하면 성인 남성의 약 80%가 한 번 이상 데이트 폭력을 가했다. 이 중 심리적·정서적 폭력을 저지른 남성은 36.6%에 달했다.[14] 〈뭔들투어〉에서 때릴 수 있다고 말한 강남의 언행은 심리적 폭력이다. 그러나 우리 사회는 이런 걸 '농담' 혹은 '사랑해서 그런다'라며 웃고 넘긴다. 경각심을 도무지 찾을 수 없다.

'경리가 웃으면서 넘어갔는데 남이 왜 폭력이라고 규정하느냐'라는 반론이 있을 수 있다. 그러나 이화영 한국여성의전화 성폭력 상담소 소장은 "데이트 관계는 둘의 관계를 통해 형성된 사적인 영역이라 볼 수 있지만, 이 관계 내에 폭력이 개입되었을 때도 '사적인 것'으로 봐야 하는가"[15]라며 폭력을 사적인 영역에서 다루면 안 된다고 지적한다. 폭력인지 아닌지는 개인이 전적으로 판단할 수 있는 문제가 아닌 것이다.

언론에서는 여성을 죽이거나 상해를 입히는 극소수의 데이트 폭력 사례만 보도된다. 그러나 데이트 폭력은 "짧은 치마 입지 마"라는 식의 통제 행동까지 포함해 일상적으로, 광범위하게, 평범한 사람들에 의해 이뤄진다. 〈뭔들투어〉가 강남의 행동을 비추는 방식은 이러한 일상적 데이트 폭력을 농담이나 웃음 코드로 이용한다는 점에서 심각한 문제다. 강남이 경리의 외모를 깎아내리는 장면이 나오는데, 이 역시 감정 폭력(가스라이팅)의 초기 형태에 해당한다.

강남 한국 사람들은 널 보고 예쁘다고 말하잖아. 기사 많이
　　　나오고 그러잖아.

경리 내가 여기 있음 오징어라고?

강남 여기 사람들은 널 어떻게 볼까? 물어보고 싶다.

강남은 길 가던 한 이탈리아 여성을 붙잡고선 "네 눈엔 경리가 어떻게 보이느냐?"라고 물어본다. 예쁘다고 대답하니 강남은 "나는 경리보다 네가 더 예쁘다. 남자 친구 있느냐?"라고 묻는다. 이런 행동에 경리는 당황한다.

　또 다른 장면. 경리와 강남이 일하던 카페에서 한 남자 노인이 경리에게 호감을 표시하자 강남은 "벨라?(예쁜가?)"라고 묻고, 남자 노인이 "원더풀, 낫 벨라, 베리베리!"라며 극찬한다. 그러자 강남은 "얘 그 정도는 아니에요, 할아버지"라고 대꾸한다. 한편에서는 연애나 결혼을 이야기하면서 다른 한편에서는 속칭 '외모 후려치기'를 하고 있다. 이는 상대방을 자신의 지배하에 놓으려는 감정 폭력으로 볼 수밖에 없다.

데이트 폭력 미화, 그냥 넘어갈 수 없다

　대중 매체의 파급력은 크다. 강남의 언어폭력이 장난이나 농담으로, 데이트하는 동안의 자연스러운 과정으로 사회에 수용되면, 그걸 보는 남성들은 유머랍시고 '때린다'와 같은 언어폭력을 행사할 것이다. 더구나 강남이 출연한 프로그램이 리얼리티 예능이라는 점을 감안한다면, 일상적인 데이트 폭력을 연애의 일부분으로 여기도록 정당화하는 꼴이나 다름없다.

　흔히 보는 드라마 속에서도 데이트 폭력은 끊이지 않는다. 강제로 키스하거나 동의 없이 현관문을 열고, 멋대로 집 안의 물건을 집어 던진다. 폭력적인 남자들은 '상남자'처럼 그려지며, 강제력을 써서 관계를 이끌어 나가는 장면은 로맨틱하게 묘사된다. 그러나 "데이트 폭력 신을 로맨스화하는 대중 매체는 연애 관계에서 폭력을 경험한 여성들이 자신의 피해를 공적으로 문제 제기 하는 것을 어렵게 만든다"[16]라는 중앙대 성평등위원회 이상 씨의 지적처럼, 데이트 폭력의 미화는 결코 가볍게 넘어갈 일이 아니다.

2017년 7~8월, 경기지방경찰청은 40일간 데이트 폭력 피해 집중 신고 기간을 운영해 109명을 입건했는데, 이 중 104명이 남자였다고 한다.[17] 남성이 압도적으로 높은 비율로 데이트 폭력의 가해자다. 오늘도 어떤 여성들은 가장 친근한 사람에게 맞는다. 이런 마당에 '러브 라인'을 만든 여성 출연자에게 남성 출연자가 '때린다'라고 말하는 상황을, 어찌 데이트 폭력을 보여준 게 아니라고 할 수 있을까?

누군가는 왜 이렇게 예민하냐고 물어볼 수 있다. 그러나 실제 연인 관계에서 벌어지는 수많은 데이트 폭력과 여성들이 겪는 고통을 생각한다면, 이는 결코 '예민하지 않게' 넘어갈 내용이 아니다. 여성 출연자를 두고 '팬다' '때린다'라고 말하는 장면을 두 번 다시 예능 프로그램에서 보고 싶지 않다.

남자가
둔감하게
살 수 있는
이유

　'소행성 책방'이라는 페이스북 페이지에서 〈예민한 여자와 둔감한 남자가 함께 사는 방법〉이라는 제목의 웹툰을 봤다. 《나는 둔감하게 살기로 했다》라는 책을 홍보하기 위해 만든 것인데, 내용이 좀 황당했다.

　둔감한 남편이 치약을 밑에서부터 짜지 않는 상황에 대해 예민하고 꼼꼼한 아내가 화를 내는 모습을 보여 준다. 이에 한 발 물러서는 쪽은 남편이지만 결국 둔감한 사람이 '속 편할 수밖에 없으니' 예민한 아내는 항상 의문의 1패를 당하는 기분이 든다고 설명한다. 그러므로 한 발짝만 물러서서 둔감한 마음으로 곁에 있는 사람을 바라보자는 게 웹툰과 책을 연결하는 교훈이다.

　결론이 갑자기 '둔감하게 살자'로 나온 점도 이상했지만, 애초에 그 결론을 내기 위한 웹툰의 설정부터 상당히 문제적이라고 느꼈다. 예민한 여자와 천하태평인 남자 사이에서 참는 쪽은 역시 여자였다. 더불어 상대적으로 예민한 여성의 고충을 기껏해야 '치약 짜기' 정도의 문제로 국한시킨 설정도 전형적이다. 치약 짜기? 그건 누가 봐도 사소한 문제다. 보다 예민하고 눈치 빠른 여성의 문제 제기를 고작 '치약을 밑에서부터 짜라'라는 사소한 불만으로 여기는 사회의 시선이 담겨 있다. 참고로 '예민하다'는 말은 '감각이 뛰어나고 빠르다'라는 뜻임에도 부정적인 어휘로 사용되고 있다.

남자는 운이 좋아 예민해지지 않았을 뿐

어째서 대부분의 대중 매체에서 여성은 '예민하고 신경질적인 사람', 남성은 '둔감하고 속 편한 사람'으로 형상화될까? 단순히 편견이 만들어 낸 상은 아닐 것이다. 실제로 내가 속했던 집단에서는 대체로 여성이 남성보다 눈치 빨랐고 예민했고 날카로웠다. 또 자주 불안해했다.

내가 느긋하고 둔감한 사람이었기에 종종 주변 여성의 모습은 '필요 이상으로 예민'하며, '불필요한 것까지 신경 쓰는 듯' 느껴지기도 했다. 하지만 언제부터인가 속 편하고 느긋하게, 큰 감정 기복이나 불안 없이 살 수 있는 이유에 '남성으로서의 특권'이 상당 부분 작용하고 있다는 사실을 알게 됐다. 여유 있고 비교적 주변 상황에 흔들리지 않는 성격을 갖게 된 까닭은 내 인격이 고양되어서가 아니라, 그냥 운 좋게 자라 왔기 때문이었다.

상당수의 한국 남성이 둔감하게 자란다는 점은 나의 일상과 성장 과정으로 증명된다. 나는 어릴 적부터 가사 노동에서 자유로웠다. 솔직히 말해 《82년생 김지영》의 '동생' 같은 존재다. 가사 노동에서 자유롭다는 것은 곧 집에서 어떠한 책임도 지지 않음을 의미한다. 여성은 어릴 적부터 은근슬쩍 가사 노동을 해야 할 것 같은 압박을 받았고, 실제로 고등학생이나 대학생이 되어서는 사실상 어머니의 가사 노동에 상당 부분 동참한다.

그러나 남성은 어떤 압박도 받지 않는다. 여성은 어리든 늙든 '잠재적 가사 노동자'다. 이에 반해 남성은 자신을 그렇게 생각하지 않는다. 가부장적 가족 형태에서 무언가 치우고 정리하는 역할을 꾸준히 부여받은 여성은 일상생활에서도 조금은 예민해지고 주변을 살피는 버릇을 익히게 된다. 반면, 남성은 무뎌진다.

감정적으로도 나는 남의 기분을 살피는 법을 잘 배우지 못했다. 누군가의 비위를 맞출 필요가 없었다. 이는 남자라는 조건에 더해 내 개인적인 상황에 기인했다. 나는 외아들이라 부모의 비위조차 맞출 필요가 거의 없었다. 공부도 조금 잘하는 편이었기 때문에 언제나 약간 떠받들어지며, 남을 평가하는 위치에 자주 섰다. 하지만 남자 형제가 있는 여성의 경우, 어렸을 때부터 집안의 '조정자'로서의 역할을 강요받기도 하고, 남자 형제에 비해 관심을 못 받으면서 다른 사람의 감정에 맞춰 나가는 방법을 습득하게 된다.

감정 표현에서도 다른 사람의 입장을 고려하기보다 자기중심적으로 표현하는 것을 '남자다움'이라고 배웠다. 이를테면 '열 번 찍어 안 넘어가는 나무 없다'라는 식의 일방적인 고백 문화가 그렇다. 나는 학창 시절 세 번 정도 내 마음대로 좋아하는 사람들에게 화이트데이 선물을 줬다. 그들은 내가 선물을 줄지 몰랐다. 시그널을 전혀 보내지 않았으니까. 교감할 줄도, 어떻게 해야 잘 보일 수 있는지도 모르니까 그렇게 행동했다. 감정을 밀어붙이는 식으로 관계를 맺으라고 조장하니, 타인의 감정을 고려하지 못하는 '둔감한 남자'가 탄생하는 것이다.

여성보다 외모 대상화에서 비교적 자유롭다는 점도 둔감함에 일조했다. 나는 학창 시절 내내 살이 찐 편이었지만, 어른들은 항상 내게 "듬직하다" "남자가 그 정도는 돼야지"라고 말했다. 그러나 나와 비슷하게 키 크고 살찐 여성이 한국 사회에서 받는 대우에 관해선 굳이 말이 필요한가?

여성은 어떤 일을 하든 외모에 대해 평가받으므로 자연스럽게 외부 시선에 예민해질 수밖에 없다. 남에게 평가받을 일이 적었다는 사실은 나 개인의 행운이자 대다수 남성이 누리는 행운이기도 하다. 대학생이나 취업 준비생 시절만 해도 나는 머리도 말리지 않고 밖에 나간 적이 많다. 이처럼 남의 눈치를 살피든 안 살피든 남자는 주변으로부터 평가의 대상이 되지 않았다.

'둔감남'을 선호하는 사회

거의 두려움을 느끼지 않을 만큼 안전한 일상에서 살아온 것도 둔감해지는 데 한몫했다. 남자이기 때문이다. 예전에 나는 "그래도 한국은 치안이 좋은 편이지"라는 말을 종종 했다. 언제나 위협받을 수 있는 여성들에게 이 말이 얼마나 속 편한 말인지는 뒤늦게 깨달았다.

나는 느긋한 성격에 맞게 버스든 지하철이든 아무 데서나 잘 자는 편이다. 택시를 탈 때는 의외로 아주 자 버리진 않는데, 그래도 졸면서 간다. 이렇게 아무 데서나 잘 수 있는 것도 당연히 남자이기 때문이다. 만약 졸고 있는데 누군가 내 허벅지를 만질 수 있다고 생각하면, 그리고 실제로 그런 일이 있었다면 다시는 대중교통에서 잘 수 없을 것이다. 신변을 위협받을 수 있다고 생각하면 사람은 주변을 살피고 사방에서 들리는 소리에 신경을 곤두세우게 된다. 당연히 예민하게 살아야 한다. 누군가 따라오는 소리에 한 번이라도 뛰어 본 경험이 있는 여성과 그렇지 않은 남성의 삶은 다를 수밖에 없다.

더불어 남성에게 예민함을 부정적인 감정으로 생각하고 정서적으로 무뎌지라는 사회적 요구가 있었던 것도 사실이다.

중·고등학교 시절 또래 남자 집단 사이에서는 정말 많은 폭력 행위가 일어나는데, 이에 대해 문제의식을 갖고 볼멘소리를 해도 무시당하기 일쑤였다. 분명 불편하고 이상하다고 생각하면서도 무뎌져야 했던 상황이 있다. 여성을 괴롭히거나 대상화하는 친구에게 한마디 하지 못하고 방조하기만 했다. 그런 부조리를 생각하면 할수록 또래 남성과의 관계가 악화될 것이 뻔했기에 그들이 저지르는 폭력과 무례함에 둔감해져야만 했다.

문제는 여성이나 약자를 향한 폭력을 당연하다고 체화한 남성이 성인이 되어 여성에게 실제로 정신적·신체적 폭력을 저지르면서도 무슨 문제가 되는지조차 모르고 산다는 점이다. 문제 제기가 있어도 '뭘 그런 것까지 불편해하냐?'라며 괜히 시비 건다는 식으로 받아들인다. '맨박스'는 존재한다. 그러나 맨박스가 여성을 억압하는 기제로 작용하는 이상, 여성 대상 폭력의 정상참작 요소가 될 순 없다.

'예민남'이 되어야 하는 이유

아이러니하게도 이 글을 쓰는 나 역시 느긋하고 여유롭다. 나는 페미니스트를 인터뷰하고 여성 단체 행사를 취재하지만, 안티 페미니스트가 나에게 메일이나 쪽지를 보내는 일은 드물다. 간혹 남초 커뮤니티에서 공격받기는 하지만 강도가 심하지 않다.

반면 주변의 여성 기자들은 페미니즘 관련 기사를 쓸 때마다 악성 댓글과 악성 메일을 각오해야 하고, 실제로 극심한 욕설 메일도 많이 받는다고 한다. 항상 그들에게 죄송한 마음이 든다. 내가 받는 비난은 여성이 감수해야 할 비난에 비해 빈도도 낮고 정도도 약하다.

한국에서 남성은 '과도하게' 눈치 안 봐도 되며, 느긋하게 생활할 수 있다. 남성은 둔감해도 문제없으니까, 오히려 둔감한 남성이 더 선호 받으니까 그렇게 산다. 그런데 둔감한 남성과 한 사회에서 살아가는 여성들은 '과도하게' 주변을 살피며 불안해야 한다. 누군가가 필요 이상으로 편하면, 누군가는 필요 이상으로 불편해야 하는 것일지도 모른다.

나를 비롯한 한국 남자들은 어디서든 예민하게 살아야 한다. 남자들은 자신보다 서열 높은 남성 앞을 제외하고는 너무나 눈치 없어진다. 일상 공간에서 주변 눈치를 많이 살피고, 감정 노동을 일부러 할 필요가 있다(여성이 그 역할을 담당하지 않기 위해서라도). 둔감함은 남성 중심 사회에서 얼마나 안락하게 살고 있는지 말해 주는 증표일 뿐이다. 나아가 너무 예민하다고 느껴지는 지적에 대해 더 많이 고민해야 한다. 그 지적은 대부분 당신이 누군가의 희생을 통해 누리고 있는 편안함에 관한 이야기일 것이다.

무례하고
뻔뻔해도
괜찮아.
여자들은 빼고

하연수의 온라인 말투는 조금 남다르다. 꽤 진중하게 자기 이야기를 하는지라 그에 맞게 건조하고 단호하다. 2016년 누리꾼에게 조롱 조로 답글을 달았다며 '인성'까지 언급되면서 비난받은 후에도 딱딱한 말투를 유지해 왔다. 그런데 그 말투라는 게 사실 별 게 아니다. 친절하지 않고, 과장된 애교나 수식이 없는, 일반적인 남성들이 쓰는 말투와 다르지 않다.

500번 정도 받은 질문이라 씁쓸하네요. 이젠 좀 알아주셨으면... 그렇습니다. 그림 그린 지는 20년 되었구요.
"연수님이 직접 작업한건가요?"라는 누리꾼 질문에 하연수가 단 인스타그램 댓글

이 대답에 '까칠'이 어디 있고, '경솔'이 어디 있나. 하연수가

평소 온라인에 쓰는 글의 느낌이나 말투에서 크게 벗어나지도 않았다. 그런데 이번 논란에서 하연수가 그간 사용해 온 말투는 전혀 고려 대상이 되지 않았다. 그저 《OSEN》의 기사처럼 '교정'의 대상이 되는 비호감적 말투로 여겨졌을 뿐이다.

　　본인 스스로 오해를 불러일으킬 만한 말투를 호감형 말투로 바꾸는 연습을 해보는 건 어떨까.

《OSEN》, 〈하연수 댓글이 논란거리?
"500번 받은 질문"은 '말투의 문제'〉, 2019년 6월 19일.

한때 그림 실력으로 화제가 됐던 하연수의 '또 다른 커리어' 역시 많은 사람들이 간과했다. 《여자들은 자꾸 같은 질문을 받는다》라는 리베카 솔닛의 책 제목처럼 하연수는 정말로 같은 질문을 500번은 들었을지도 모른다. 구글에 '하연수 그림'만 쳐도 그가 그린 그림들이 나오는데, 굳이 '네가 직접 그렸느냐'라고 물을 이유가 있을까? 오히려 질문 자체를 무례하게 생각할 수 있는 상황에서도, '친절하게 대답하지 않은 것'만이 문제가 됐다.

심지어 비난 여론에 힘입어 《한국경제신문》의 〈홍자·하연수·감스트… '말의 무게' 잊은 자, 그 대가는 혹독하리라〉처럼 지역 차별과 성희롱 발언을 저지른 이들과 하연수를 등치시키는 기사까지 나왔다. 이런 식의 비난에는 하연수가 어떤 사람이었는지에 대한 맥락이 완전히 무시된다. 그저 '연예인의 행동으로서 부적절하다'라는 자의적인 규범만이 강조될 뿐이다.

그런데 연예인이라고 다 같은 연예인이 아니다. 몇몇 남성 연예인은 '예의가 없어도' '막말을 해도' '팬들에게 함부로 대해도' 괜찮다. 무례함, 뻔뻔함, 독설, 강함 등의 요소가 캐릭터로 발전한 남성 연예인들의 경우다. 남성 연예인이 일관되게 특정한 모습을 보일 경우, 처음에는 '논란'이 되다가도 나중에는 그것이 자연스럽게 받아들여지기도 한다.

남성들의 무례함은 어떻게 용인되는가

남자 중에는 대표적으로 래퍼 스윙스가 '무례하고 웃기는 캐릭터'를 가진 연예인이다. 스윙스는 이런저런 논란으로 안티가 매우 많은 래퍼였다. '센 척' '허세' '막말' '개똥철학'으로 유명세를 치렀다. 그런데 이런 모습이 어느새 그만의 '독특함'으로 여겨졌고, 이젠 대중들도 자연스럽게 받아들이고 있다.

그 때문일까? 스윙스는 2019년 2월, 자신의 소속사에서 낸 래퍼 양홍원의 앨범에 관한 인스타그램 댓글에 답할 때 반말로, 훈계조로 말했다. 하지만 아무도 그의 말투를 지적하지 않았다. 그저 학교 폭력 가해자 의혹이 있는 양홍원을 두둔하는 게 불편하다는 의견이 있었을 뿐이다. 언론들도 스윙스가 말한 "사람은 변한다"라는 메시지만 부각했다.

…… 보지 못한 것인데 단지 들은 것에만 대해서 너무 확신을 가지면 위험해. 불공평하고. 너한테도 남한테도. …… 사람이 변할 수 있다는 잠재성을 가진 것을 인정해주라. 모두가 지금의 너처럼 모두에게 'ㅇㅇ 넌 한번 병신 즉 영원한 병신' 이러면 결국 삶이 지옥이 되는데 그 지옥 안엔 본인이 없다고 생각하나 혹시? 우리 모두 좀 chill 하고 좋은 음악이나 듣고 자기 계발이나 합시다.

양홍원의 앨범을 비판하는 누리꾼에게 답하는 스윙스의 인스타그램 댓글

격투기 선수이자 예능인인 김동현의 사례도 있다. 2017년 3월, 그는 페이스북에서 "사진 찍어 달랬는데 욕하고 화냈다"라며 자신의 태도를 지적하는 어느 네티즌에게 반말과 경고로 대응한다.

아 그런가? 일하고 있는데 뒤에서 툭 치면서 사진 찍어달라고 강요하듯 말하는데 친절함을 기대하는건가? …… 나와 사진 찍은 수많은 사람들과 너와 무엇이 다른지를 느껴보고 부디 앞으로는 인터넷에서 이런 글을 남기는 사람이 아니길 바란다. 은행동서 또 만나게 될 것이다.

불친절한 태도를 지적한 누리꾼에게 답하는 김동현의 페이스북 글

마지막 말은 거의 협박조에 가깝지만, 김동현의 글은 당시 '무례한 팬에게 날리는 일침' 정도로 요약되었고, 심지어 '은행 동서 만나게 될 것이다'라는 문장은 일종의 '드립'으로 쓰이기도 했다. '격투기 선수가 진상 팬에게 응징한다'라는 이미지가 저런 말까지 거부감 없이 넘어갈 수 있게 한 것이다.

'할 말은 한다'라는 이미지를 구축한 유아인의 케이스도 있다. 그는 2014년 3월, 트위터를 통해 "가만히 있으니 가마니로 보는 듯싶어 등 따숩게 가마니 코스프레로 가만히 좀 있을까 했더니 똥들이 똥인지 모르고 자꾸 똥물을 튀기네?"라며 자신을 공격하는 네티즌들에게 반격했다. 당시 언론들은 '유아인의 분노' '일침' '무슨 사연?'과 같은 식으로 중립적이거나 우호적으로 보도했다.

이뿐만이 아니다. 한 트위터 사용자는 "하연수 인스타 기사 낸 사람 팔로알토 인스타 보면 기겁할 거 같은데"라고 평하면서 래퍼 팔로알토의 인스타그램 캡처 사진을 올렸다. 팔로알토는 팬들의 댓글에 "시렁" "안물" "나 원래 이 시간에 안 자는 거 당신 빼고 세상이 다 앎"처럼 짧은 반말로 답을 달고 있었다.

그러나 여성 연예인들은 아무리 화가 나도 반말이나 비속어를 쓰지 못한다. 가수 태연은 2019년 6월 16일 '무엇이든 물어보세요'라며 인스타그램 스토리를 통해 팬들과 대화했는데, "띠껍다" "조울증이냐, 쯧쯧" "철 좀 들어라"라는 조롱 댓글에도 꼬박꼬박 존댓말로 답글을 달았다. 그걸 보면서 남자 아이돌들이 팬들에게 반말로 글을 쓰거나 말을 하는 광경이 떠올랐다. 이렇게나 다르다. 심리적인 '코르셋'이 여성에게만 적용되고 있는 듯하다.

남성 연예인의 무례함이나 폭력적 표현을 더욱 정당화하는 요인은 그것이 일종의 '젠더 수행'처럼 여겨지기 때문이다. 자신의 힘과 분노를 과시하는 행위는 남성이라면 으레 해야 할 일처럼 여겨져 왔고, 이런 행동이 마초적이거나 직설적인 캐릭터에 의해 수행됐을 경우에 아주 자연스럽게 받아들여지는 것이다.

반면 여성 연예인은 제아무리 캐릭터가 만들어진다 해도 결국은 스테레오타입에 따른 규제를 받게 된다. 이를테면 래퍼 제시나 가수 제아에게 '센 언니'라는 캐릭터가 부여되긴 했지만, 이들이 스윙스처럼 반말 댓글을 단다면 과연 논란이 없을까? 우리 사회가 남성 연예인의 언행을 판단할 때는 남성이라는 성별 대신 개인을 보지만, 여성 연예인의 경우에는 개인 대신 성별을 먼저 보는 것은 아닐까?

과연 연예인만의 이야기일까

그런데 나는 이것이 연예인에게만 국한된 사안이라고 생각하지 않는다. 무례하고 철이 덜 든 남성들은 어디에나 많다. 그들은 일반적인 회사 조직 안에서 기행을 저지르거나, 직설적인 말로 타인에게 상처를 입히기도 한다. 그러면서도 그들은 대체로 여유로운 태도를 보이는데, 자신의 '특이함'이 남성 사회에서 주류로 자리 잡는 데 큰 장애 요소가 되지 않기 때문이다. 오히려 그것은 '똘끼'라며 긍정적인 에너지로 포장될 때도 있다. "모범생 타입도 있으면, 저런 사람도 있어야지"라는 소리를 듣는다.

여성들은 남성들처럼 막무가내로 행동하기 어렵다. 앞서 말했듯 여성의 경우 사회적으로 드러낼 수 있는 감정의 형태가 매우 제한적일뿐더러, '쟤는 원래 저런 애야'라는 '남성 권력'의 추인도 받지 못하기 때문이다. 남성들처럼 소리를 지르거나, 욕을 하거나, 엉뚱한 소리를 하거나, 대드는 행동은 젠더 권력을 뛰어넘는 권력(자본)을 가지지 않는 이상 어렵다. 만약 여성이 '남성들처럼' 감정을 표현할 경우 하연수의 사례처럼 비난과 '교정하라'는 압박이 이어진다.

남성들은 자신의 자유를 알지 못한 채 여성의 특이한('스테레오타입의 여성'답지 못한) 행동을 공격하기 바쁘다. 그런데 그들이 부정적으로 바라보고 배제하려는 여성의 언행은, 정작 남성들이 일상적으로 행해 온 것이다. 나 또한 남성의 감정에만 관대한 문화의 수혜자였을 것이다. 감정을 강하게 표출하는 태도, 상대방을 향한 과도한 조롱, 지나치게 나이브한 말······.

내 또래 여성이었다면 크나큰 비난에 직면했을 행동을 나는 너무나 자연스럽게 해 왔다.

차별은 은근하고 교묘하게 이뤄진다. 왜 우리 사회가 유독 여성 연예인의, 여성의 부정적 표현에 유독 민감하게 반응하는지 되돌아볼 필요가 있다. 한편으로는 남성의 '제멋대로'가 어떻게 긍정의 이미지를 부여받는지도 꼼꼼하게 살펴야 한다. '인성'과 '태도'는 어쩌면 권력자에게만 유리한 '불공정 잣대'일 수도 있겠다는 생각이 든다.

〈내 딸의 남자들: 아빠가 보고 있다〉 아빠들의 이상한 '딸 품평회'

　오랜만에 TV 채널을 돌리다가, E채널의 〈내 딸의 남자들: 아빠가 보고 있다〉라는 프로그램을 봤다. 포맷 자체가 아빠들이 딸의 소개팅, 썸, 연애 등을 관찰하는 것이다. 아빠가 딸의 주인인가? 딸은 아빠의 소유물인가? 데이트 폭력의 한 유형으로 분류되기도 하는 '행동 통제'는 아빠가 딸을 집안의 소유물처럼 여기는 가부장 문화에서 비롯된다. 그런데도 딸에 대한 과도한 간섭과 규제를 사랑으로 포장하는 방송들은 가부장제를 은연중에 더 공고히 만들고 있다.

　이 프로그램은 딸의 사생활에 카메라를 들이대 그들이 남성과 데이트하는 상황을 지켜본다. 스튜디오에 모인 아버지들은 그걸 보고 끊임없이 서로의 딸에 관해 이야기한다. 딸의 인지도 상승에 도움이 될까 싶어 출연하였는지는 모르겠으나, 어떤 목적이건 간에 출연자들은 서로의 딸을 '관음'하고 있다고밖에 볼 수 없다.

내가 본 방송분에서는 중견 배우 정성모의 딸 정연과 그의 소개팅 상대였던 한 남자의 애프터 데이트가 나왔다. 남자는 27살 3D 아티스트라고 한다. 방송을 보고 지적하고 싶은 점을 정리해 봤다.

첫째, 정연은 소개팅 남성에게 존댓말을 하고, 남성은 정연에게 반말을 한다. 다섯 살 차이였는데, 상호 존대를 하든지 상호 반말을 해야 맞지 않을까? 게다가 남성이 꽤 강한 경상도 사투리까지 쓰니까 정연의 존댓말과 대비되어 느껴지는 위화감이 엄청났다. 연상 여성과 연하 남성 구도의 가상 연애나 소개팅에서 남성이 존댓말 쓴 적이 있나? 애초에 남성이 연하인 경우가 거의 없고, 있다 해도 '동생으로 보이기 싫다'라면서 은근슬쩍 반말을 썼을 것이다.

둘째, 남성이 연남동 맛집에 이끌고 갔는데, 정작 자기는 잘 못 먹고 정연만 맛있게 먹는다. 남성은 알고 보니 해물을 못 먹지만 정연의 인스타그램을 보고 그의 취향에 맞춰준 거란다. 여기서 아빠들이 다 감동한다. 하지만 메인 메뉴를 못 먹어서 여성이 "왜 안 먹느냐?" 할 정도의 식당에 가는 것도 실례다. 불필요한 미안함을 주고, 같이 잘 먹은 후의 추억도 공유하기 힘들다.

여성이 "저게 꼭 먹고 싶다"라고 말하지 않는 이상, 본인이 자기 못 먹는 음식을 데이트 코스로 짜는 것은 배려가 아니라 '오버'다. 한국 남성들이 생각하는 배려에는 자아도취적인 측면이 있는 게 아닐까 고민하게 하는 대목이다.

셋째, '들이대는 행위(대쉬)'에 대한 미화가 심하다. 남자가 고작 두 번 만난 스물두 살 여자에게 결혼은 언제 할 거냐 물어보고, "내한테는 감이 안 오나?"라며 부담스럽게 접근한다. 심지어 타로 점집에서 서로 손 잡으라고 하는 주인에게 "감사합니다"라고 말하는 등 세련되지 않고 무례하다 싶은 행동을 하는데, 이를 '남성의 박력'으로 포장한다. 남성들의 거친 행동과 두서없는 호감 표시가 대중 매체에 의해 미화되는 것을 그만 좀 보고 싶다.

넷째, 정연이 소개팅 남성에게 호의적인 행동을 할 때마다 (웃거나 손을 잡거나, 여행 가자는 제안을 승낙할 때) 아버지 정성모가 움찔하거나 안절부절못한다. 이 프로그램은 아버지들의 이런 반응을 재미 포인트로 잡았다. 아무리 봐도 그저 딸의 '정조'가 지켜지길 바라는 아버지들의 '발악'으로밖에 안 보여서 하나도 안 웃겼다. 정연이 여행을 간다니까 진행자인 이수근이 "정연이 성격 보면 당일치기일 거예요"라고 말하는 부분은 이 프로그램의 정체성을 드러낸다. 어떤 성격이면 여행지에서 자고 오는 것인가? 저 말을 듣고는 '남자들의 저열한 말

품평회'라는 생각을 지울 수 없었다.

다섯째, 소개팅한 남성과 정연이 함께 여수로 여행을 떠난다. 남성이 정연에게 먼저 기차에 타 있으라고 해서 정연이 탑승해 기다리고 있는데, 기차는 출발하고 남성은 오지 않았다. 전화해 보니 남성은 "내가 기차를 잡을게"라는 말도 안 되는 소리를 한다. 정연이 황당해서 제작진에게 "이거 실제 상황인 거예요?"라며 물어보기도 한다. 여기에서 이번 화 정연의 이야기가 끝났는데, 아무래도 "힝, 속았지?" 하면서 이벤트를 벌이는 장면이 다음 화에서 나올 것 같다.

가상 연애 프로그램의 문제라고 보기에는 매우 이상한 이벤트가 아닐까 싶다. MBC 〈우리 결혼했어요〉에서도 이런 경우 없는 이벤트는 보지 못했다. 당황하고 깜짝 놀라게 하는 짓이 일방적인 장난에 가깝다는 건 둘째 치고, 딸을 보는 프로그램인데도 정작 딸의 감정이 어떤지에 대해서는 별 관심이 없는 프로그램이라는 것을 보여 주는 지점 같았다.

대중문화를 페미니즘의 관점에서 비평한 책 《을들의 당나귀 귀》[18]에서는 얼핏 보면 무해하게 느껴지는, '딸 바보' 캐릭터를 내세운 아빠 예능 역시 가부장 판타지를 유지시키는 동시에 "여성의 노동과 자리를 비가시화"한다고 지적한다.

'딸 바보'는 사실상 딸을 여자로 대상화해서 '여자는 일찍 다녀야 하고, 술 먹으면 안 되고, 연애는 이렇게 해야 한다'는 식으로 계속 감시의 대상으로 놓는 거죠. 동시에 아버지는 그 딸의 연애나 섹슈얼리티를 통제할 수 있는 인물로 남는 것이고요.

《을들의 당나귀 귀》, 92쪽.

이렇듯 〈내 딸의 남자들〉은 딸을 아버지의 '소유물'로 여기는 가부장제적 인식을 오히려 '개그 코드'로 삼으면서, 남성의 무례함을 '박력'이나 '호감에 의한 장난'으로 묘사한다. 기존의 젠더 인식을 답습한 채 여성과 남성의 관계를 평등하게 그리지 못하는 이 프로그램이 비판받지 않고 방송되는 상황이 우려스럽다. 남성들이 떼거리로 나와 떠들며 여성을 대상화하거나 부수적 존재로 만들었던 '아재 예능'은 페미니즘 시대에는 맞지 않는다. 한국 사회엔 젠더 감수성 높은, 여성들이 주체로서 목소리를 내는 예능이 더 많이 필요하다.

무통분만=불로소득?
진짜 불로소득자는
따로 있다

2018년 12월, 이외수 작가가 "불로소득이나 무통분만으로 얻어지는 소득이나 기쁨을 기대하지 마라. 그대는 도둑놈과 똑같은 처지가 되기를 기대하고 있는 것이다."라고 SNS에 써 논란이 됐다. 출산의 고통을 줄여 주는 무통분만 주사를 불로소득과 동일 선상에 놓는 인식이 얼마나 황당한지는 굳이 말해 무엇하랴.

이 작가는 비판이 일자 "적합한 단어를 제안해 달라"라고 했고, 결국 '무통분만'을 '무임승차'로 바꿨다. 그런데 더 적합한 단어가 하나 있다. 바로 '가부장의 삶'이다. 평범한 가부장의 삶 자체가 끊임없는 불로소득의 추구를 의미하기 때문이다. 여기서 불로소득이란 '가사와 돌봄 노동을 제공받기만 하는 것'을 뜻한다. 실제 소득은 아니지만, 따로 구매하려면 돈이 든다. 더 많은 연봉이나 지위를 누릴 수 있도록 도와주는 무형의 자산이나 다름없다.

가사 노동 안 하는 남성들

가족 모델의 표준으로 신화화된 '남성 생계 부양자 모델'에 근거해 남성은 여성에게 가사와 감정적 돌봄을 제공받으며 자기 일에 집중할 수 있었다. 반면 여성은 남성의 휴식과 재충전을 돕고, 남성이 이끄는 가족의 유지를 도와주는 보조자 노릇을 하게 된다. 물론 그 노동은 전부 무보수로 이뤄진다. 그러니 남성들은 어떠한 '노동'을 제공받는다고 여기지도 않았고, 그냥 '당연한 일'이라고 생각해 왔을 것이다.

2018년 10월이 되어서야 국가 기관으로서는 처음으로, 통계청이 무급 가사 노동의 가치를 평가했다.[19] 2014년 기준 무급 가사 노동의 가치는 GDP의 24.3%에 해당하는 361조 원가량이고, 여성의 가사 노동은 이 중 272조 원을 차지한다. 이를 연봉으로 환산하면 여성은 1,076만 원, 남성은 342만 원을 받게 된다. 그런데 시간으로 따지면 하루 평균 남성은 53분, 여성은 214분을 가사 노동에 투입하는 것으로 드러났다. 시간은 네 배나 차이 나는데, 임금 환산 격차는 세 배를 조금 넘는 정도에 불과한 것이다.

이유는 통계청이 남녀 간 임금 격차 현황을 반영해 남성의 시간당 임금을 높게 평가했기 때문이다. 만약 가사 노동에서의 숙련도나 노동 강도까지 따져 본다면 여성의 가사 노동 임금이 남성보다 훨씬 높아야 맞겠지만, 그런 것들은 조사 대상이 되지 못했다.

여성의 가사 노동뿐 아니라 가사 노동 자체의 가치가 전체적으로 저평가됐다는 비판도 있었지만, 첫 조사라는 점에서 의미가 있다. 적어도 상당수의 남성이 매년 1,000만 원 이상을 무상으로 지급받는 상황이나 다름없다는 점을 증명했으니 말이다.

혹자는 남성은 가족의 생계를 책임지니 이미 가사 노동의 대가를 치르고 있다고 반문할 수도 있겠다. 그러나 실상 이전부터 '도시 중산층'을 제외하고는 남성 생계 부양자 모델이 온전히 구현되지 못했다. 서민층 여성들은 집 안팎에서 이중, 삼중의 노동을 감당해야 했다. 심지어 IMF 이후 대량 실직 사태로 '가족을 책임지는 든든한 아버지'의 신화는 완전히 깨지고 말았다.

맞벌이가 보편화했음에도 구체제는 위력을 떨치고 있다. 여전히 대부분의 집안에서 가사와 돌봄 노동은 여성이 책임지며, 남성은 '도와주는' 보조자에 불과하다. 여성이 남성에게 '몰빵'을 해 줄 이유가 사라지고 있음에도 (가사에 동참하지 않음으로써 얻게 되는) 자원의 남성 집중 기조는 크게 변하지 않은 것이다. 따라서 남성들이 가사 노동을 안 하거나 적게 하면서 얻는 이득은 '불로소득'이라고 해도 과언이 아니다.

아직도 여성이 가사와 돌봄 노동을 전담으로, 혹은 더 많이 하는 게 옳다는 시각이 존재한다. 책 《잠깐 애덤 스미스 씨, 저녁은 누가 차려줬어요?》[20]는 주류 경제학이 이런 성차별적 관점을 옹호한다고 지적한다. 저자 카트리네 마르살은 밀턴 프리드먼의 말 "공짜 점심은 없다"를 비틀어 이렇게 말한다. "공짜 돌보기는 없다."

이 책은 애덤 스미스의 '경제적 인간(호모 에코노미쿠스)'이란 합리적이고 독립적인 남성이라고 규정한다. 더불어 애덤 스미스의 모델이 남성과 상반된 역할을 도맡아 주는 여성이 '경제적 인간' 옆에 존재한다는 것을 전제로 하고 있다고 주장한다. 저자는 "여성의 노동은 비가시적이지만 사라지지도 않는 인프라로 간주된다"라며, 시카고학파 경제학자들이 "여성은 집안일에 맞게 태어났다"라는 전제로 이야기한다고 비판한다. 노벨 경제학상 수상자 게리 베커를 비롯한 학자들이 여성을 희생시키는 가족 구조에는 의문을 품지 않은 채 성차별을 경제학적으로 설명하기에 급급하다고 역설한다.

직장에서 일하는 여성은 여가 시간을 집안일에 많이 쓰고. 그래서 아무것도 하지 않는 것보다 더 피곤해진다. 베커는 바로 이 점 때문에 여성에게 더 낮은 보수를 주는 것이 합리적이라고 주장했다. …… 동시에 경제학자들은 이와 정반대의 설명도 내놓았다. 여성의 수입이 더 낮기 때문에 결과적으로 여성이 집안일을 하는 것이 가족 전체로 볼 때 손해가 덜하다는 설명이다.

카트리네 마르살, 《잠깐 애덤 스미스 씨, 저녁은 누가 차려줬어요?》, 59쪽.

위의 말은 시카고학파뿐 아니라, 한국 주류 남성들의 생각이기도 하다. 채용 차별, 유리 천장, 임금 차별까지 모든 성차별은 '여성이 가사·돌봄에 남성보다 더 적합하다'라는 인식을 깔고 간다. 실제 저 논리대로 사회는 흘러간다. 회사에서는 여성은 육아해야 하니 중요한 일을 못 준다고 하고, 자연스레 승진에서도 차별받는다. 또 한편에선 경력 단절과 임금 차별 등으로 남성보다 수입이 낮은 경우가 많으니, 집안일이라도 많이해야 한다는 압박에 시달린다.

여성의 기회와 자원, 언제까지 빼앗을 생각입니까

현실이 이러니 젊은 페미니스트들이 '비혼'을 이야기할 수밖에 없다. 어떻게 봐도 기혼 여성이 된다는 것은, 특히 출산은 커리어에 도움이 안 되기 때문이다. 이런 위험을 감수하고도 출산을 감행하는데, 고통을 조금이나마 줄여 주는 주사를 맞았다고 '불로소득'이란다. 여성들이 분노하지 않을 수 없다.

2017년 KBS 〈살림하는 남자들 시즌 2〉에 잠깐 나온 이외수 작가를 보면 가사 노동을 거의 못한다. 40년 동안 아내가 그의 밥을 차려 주고, 빨래와 청소를 도맡아 하며 '뒷바라지'했기 때문이다. 게다가 유명 작가가 되기 전까지는 '생계 부양형 모델'에 부합하는 가부장도 아니었던 것으로 보인다. 그가 공짜로 제공받은 노동의 가치, 즉 불로소득 역시 어마어마할 듯하다.

남성들이 무형의 불로소득을 기반으로 일에 집중하면서 안정된 사회적 기반을 획득할 때, 여성들은 남성과 가족에게 가사와 돌봄 노동을 공급하며 자신의 사회적 가치가 떨어짐을 감수해야 한다. 남성들의 사회적 성취를 온전히 '그 남성의 것'이라고 볼 수만은 없는 이유다.

누군가의 일방적 희생에 가까운 노동을 통해 무상으로 얻은 자원을 당연하게 여기지 않아야 한다. 보이지 않고 티가 안 나더라도 남성이라서 얻는 불로소득이 무엇인지 계속 고민해야 한다. 다시 말하건대 '공짜 돌봄은 없다'. 언제까지 여성의 기회와 자원을 빼앗고 살 것인가?

여자 친구 죽인
남자에게
감정이입 하는
사법부

　평소 피해자에게 폭력적인 모습을 보이지 않았던 데다 술에
취해 우발적으로 범행에 이른 점

　피고인은 사건 당시 피해자가 정신을 잃자 인공호흡을 하는
등 구조 활동을 하기도 했다.

　2019년 7월, 대전고등법원이 여자 친구를 죽인 남성을 집행
유예로 풀어 주면서 감형 사유로 든 근거들이다.[21] 보도를 통해
드러난 판결의 핵심 요지는 이거다: '그럴 수도 있다.'
　재판부는 사랑을 무엇이라고 생각하는 걸까? 사랑하는 이를
죽인 사람에게 '사랑'이 정상참작의 근거가 된다고 말하는 판
결을 어떻게 받아들여야 하나. '사랑하는 사람을 어떻게 주먹

으로 때릴 수 있을까'라는 생각부터 드는 게 먼저 아닐까? 하지만 재판부는 사실상 '술 먹었다면 때릴 수도 있다'라고 판단한 것이다.

계획적 살인이 아니었고, 인공호흡을 실시했다는 사실은 애초에 이 사건을 '살인'이 아닌 '상해치사' 혐의로 다룬 이유였다. 그런데 재판부가 살해할 고의가 없었다는 점을 또다시 감형의 이유로 언급한 것은 가해자의 입장에 공감해서라고밖에 볼 수 없다. 사람을 죽인 행위는 고의성이 없더라도 중히 다스린다. 원상회복이 안 되는 범죄이기 때문이다. 피해자는 삶을 잃었다. 타인의 삶을 빼앗았다면, 그만한 대가를 치르는 게 정의다. 사람이 죽었는데 '그럴 수도 있다'라는 생각이 적용될 여지가 어디 있단 말인가?

살인 사건 다섯 건 중 한 건이 남편에 의한 아내 살인(2017년 기준, 국회 여성가족위원회 정춘숙 의원에게 경찰청이 제출한 자료)이다.[22] 판결들이 제대로 이뤄지는지 겁나는 건 나만의 기우일까? '사랑했고' '우발적이며' '술에 취했으므로'라며 남성 가해자 입장에 서기는 이렇게나 간단하다.

남성 살인자에게만 공감해 주는 판사들

재판부는 가해자에게 징역 3년, 집행유예 5년을 선고하며 "사회로 돌아가 학업을 이어 갈 기회를 준다"라고 밝혔다. 학업? 누군가의 인생을 앗아가 놓고 학업을 이어 가라? '그럴 수도 있다'라는 생각이 아니고서야 나올 수 있는 말이 아니다.

2018년 1월에도 비슷한 판결이 있었다. 역시 여자 친구를 때려 죽인 사건인데, 1심(의정부지법)에서 집행유예가 선고됐다. 그때도 사법부의 판단은 비슷했다.

> 죄질이 좋지 않으나 피고인이 피해자에게 다른 남자가 생긴 사실을 확인하고자 다그치는 과정에서 벌어진 '우발적인' 범행[23] (2심에서 가해자는 징역 2년을 선고받았다.)

두 사건은 비슷하다. 일단 유족과 합의했다. 그리고 가해자는 다른 남자의 존재를 살인의 원인인 양 이야기한다. 이쯤 되면 "'다른 남자'가 마법의 단어인가?" 하는 추측마저 든다. 실제로 아내를 죽였음에도 집행유예나 벌금형을 받은 판결에선 가해자 남성의 입장에서 살해를 정당화하는 듯한 문구들이 등장한다. "피해자의 외도를 의심하여(2012고합78)" "피해자의 외도 사실을 알고 나서 이를 용서하기 위하여 노력하였으나(2006고합911)" "피해자가 전 직장 동료와 자주 연락한다는 사실을 알게(2010고합91)" "피해자가 친구들과 함께 술을 마시는 장소에 찾아가 일행 중 남자들도 끼어 있음을 발견하고(2009고합201)".[24] 세상을 떠난 사람은 항변할 수 없으니, 가해자 측은 살인이 '여성의 부정'이 야기한 일종의 '사고'였음을 적극적으로 주장해 감경받는 것이다.

이런 판결은 살인 가해자와 그를 변호하는 로펌에게 '너도 풀려날 수 있다'라는 신호를 준다. 강서구 주차장에서 전처를 살해한 남성이 딸들에게 '(살인해도) 심신미약 감형으로 6개월만 살고 나오면 돼'라며 괜히 말하고 다녔겠는가?

142건의 배우자 살인을 분석한 허민숙 교수의 논문 〈살인과 젠더〉에서는 121건의 남성에 의한 여성 살인 사건 중 과반수에서 재판부가 살인의 동기를 격분이나 분노로 해석한다고 밝힌다. 이와 같은 해석이 판결문에 나온 경우, 살인 고의가 없는 우발적 범행으로 판단하는 셈이니 형량이 높을 수가 없다. 그러나 여성이 남성을 죽인 21건의 경우 대부분 약 20년 이상의 장기적 학대가 원인임에도, 재판부는 '우발적으로' '격분하여'라는 말을 쓰지 않았다. 남성의 가정 폭력을 여성이 격노하는 원인이나 살해 동기로 여기지 않는 것이다. 당연히 정상참작 요소로도 보지 않는다.

20년 동안 가정 폭력을 당하다가 '살기 위해' 살인을 선택한 여성의 처지는 고려 못 하면서, '다른 남자' '외도'라는 증언만 나오면 아내나 여자 친구를 죽인 남성에게 감정이입 하는 재판부. 하지만 이런 행태를 이제 시민들이 보고만 있지 않을 것이다. 정의롭지 못한, 젠더 관점이 부재한 판결은 페미니즘 리부트의 영향으로 예전과 달리 언론을 통해 여과 없이 보도되며, 여성들은 크게 분노하고 있다. 지금까지 그래 왔던 것처럼 '남자가 그럴 수도 있지'라는 식으로 판결한다면 분명 거대한 저항을 맞이하게 될 것이라고, 사법부에 똑똑히 일러둔다.

〈나의 아저씨〉가 보여준
한국 남자들의
'집단적 자기 연민'

한국 남자를 설명할 수 있는 감정은 '집단적 자기 연민'이다. 이들은 언제나 자신을 '피해 보는', '약자의' 위치에 놓으며 스스로의 악행 혹은 찌질한 행동을 정당화한다. 그런데 정작 자신의 '강자성'은 전혀 인식하지 못하니 더욱 문제다. 김수아 서울대 기초교육원 교수는 2018년 4월 인권위 토론회에서 한국 남성의 이러한 자기 연민을 지적한 바 있다.

스스로를 '서열 경쟁에서 밀린 약자'로 규정한 남성들이 '왜 여자가 피해자인 척을 하느냐'며 페미니즘을 거부하는 것. 이들은 '피해자 남성'과 '소수의 권력자 남성'을 나누고. 미투 운동도 남성의 문제가 아니라 일부 권력의 문제라고 해석한다.[25]

여자들은 경쟁 시장에 진입조차 못 했는데, 남자들은 경쟁에서 최상위에 오르지 못했다고 자신을 엄청 불쌍하고 가련한 존재로 여긴다. 승진, 외모, 학력, 결혼 여부, 재산, 명예 등이 포함되는 경쟁 요소 가운데 하나만 모자라도 자기가 불쌍하다고 난리다. 가족이든 친구든, 혹은 이 사회 전반이 '괜찮다'라며 부둥부둥 감싸 주기 때문에 가능한 일이다.

남성의 자기 연민을 바라보는 사회의 온정적 시선

'자기 연민'을 드러내는 일은 일종의 '도취'다. 객관적 위치를 망각하게 만들고, 자신의 잘못된 행위에 면죄부를 부여한다. 동시에 주변으로부터 과도한 인정을 원한다. 자신의 삶에서 무언가 손해 보고 희생하고 있음을 누군가 알아주는 것이 이들이 자기 연민을 드러내는 목적이기 때문이다. 이 과정에서 자신의 '억울함'에 공감해 주지 못하면 가족이든 애인이든 부하 직원이든 괴롭힌다.

그 '억울함' 중 가장 인정받고 심지어 조장되기까지 하는 것은 연애 혹은 결혼 못 한 남자들의 자기 연민이다. 사회적으로도 그들을 '제일 불쌍한 사람' 취급한다. 아침 라디오 방송 디제이를 맡은 김제동 씨는 아직도 '못생기고 연애 못 해서 불쌍한 나'라는 콘셉트로 웃기려 한다. 동년배 싱글 여성 예능인이 그런 콘셉트를 잡는 경우를 본 적이 없다. 김제동 씨처럼 똑똑하고 의식 있는 사람이 언제까지 '나는 불쌍한 사람이다'라고 외치고 다닐 것인지 의문이다.

SBS〈미운우리새끼〉도 비슷하다. 이 프로그램을 관통하는 정서는 "마누라가 없으니까 그 나이 먹고도 칠칠치 못하지"다. 최고의 인기 가수였던 김건모 씨가 졸지에 '결혼도 못 하고 철 없이 사는 중년 남성'으로 등장한다. 이들은 결혼을 안 했다는 이유만으로 모든 철없는 행동에 대해 면죄부를 받는다. 웃음을 주긴 하지만, 그 웃음 속에 남성들의 자기 연민을 바라보는 사회의 온정적 시선이 담겨 있어 영 찝찝하다.

tvN〈나의 아저씨〉에선 중년 남성의 자기 연민과 그 속에서 만들어지는 판타지가 적나라하게 드러난다. 황진미 평론가는 이 드라마에서 '기득권 아재의 피해자 코스프레'와 아저씨의 민망한 '자기 모에화(자기 탐닉)'가 두드러진다[26]고 분석했다. 자신의 '불쌍함'을 마구 떠벌릴 수 있고, 심지어 탐닉할 수도 있으니 얼마나 편한 삶인가?

SBS 라디오〈배성재의 텐〉은 아예 '불쌍한 남자들'을 주요 청취자로 삼는 프로그램이다. 정확히 말하자면 '스스로를 불쌍하다고 생각하는 남자'이다. 이 프로그램은 모쏠(모태 솔로)이나 연애 못 하는 남자를 핵심 키워드로 삼고, "비연애챔피언스리그" 같은 코너를 통해 찌질하고 처참했던 자신의 연애 실패담을 공개하며 "너도 찌질했냐, 나도 찌질했다"라고 서로를 위무한다. 문제는 이러한 코드의 전제에 '나를 만나 주지 않는 여자들'을 향한 원망도 들어 있다는 점이다.

그런데 왜 '불쌍한 여자들'은 없을까? 살면서 억울하고 힘든 점은 남자보다 여자에게 더 많을 것이다. 하지만 여자들은 억울함을 '분노'나 '화'로 표출할 뿐, 자기 연민으로 표출하지는 않는다. 왜냐고? 자기 연민을 표출해 얻을 수 있는 게 없기 때문이다. "억울했쪄요, 우쭈쭈"는 어쩌면 다 가질 수도 있었던 누군가가 무언가를 가지지 못했을 때 받는 위로와 인정일지 모른다. 애초에 약자이며, 그렇기에 많은 것을 포기해야 하는 이가 불쌍함을 전시해 봤자 "너만 힘들어?"라는 냉소를 받을 뿐이다.

남성의 '자기 연민'이 일종의 여론을 만들면서 여성의 고통은 계속 묻혀 왔다. 이를테면 남자들은 "뼈 빠지게 일하면서 아내와 자식들의 비위를 맞췄는데, 정작 아침밥도 못 얻어먹고 자식들에겐 외면만 받는다"라는 식의 '고개 숙인 남자론'을 줄곧 주장해 왔다. 남자가 더욱 살기 팍팍하다는 식의 기사는 잊힐 만하면 나왔다.

그런데 남자들이 찡찡거릴 때 여자들은 어떻게 살았을까? 결혼하자마자 경력이 단절됐고, 독박 육아로 아이를 길러 내다가 집안에서 돈 쓸 일이 많아지면 자신의 전문성을 살리지 못한 채 비정규직에 뛰어들어야 했다. 맞벌이를 하더라도 가사와 양육은 여전히 여자의 몫이었다. 그 밖에도 가부장제의 속박을 견뎌 내야 할 일이 어디 한둘이었겠는가?

여성들은 자기 삶을 잃고 매일 고개 숙여 왔는데, 사회가 집중하는 건 '남성이 기죽는 일을 막는 것'뿐이다. 남성들은 사회가 이 모양인 것을 잘 아니까 자꾸 "내가 불쌍하다, 열심히 살았는데 억울하다" 하면서 인정을 갈구한다. 특히 40~50대 남성은 한국 사회에서 권력을 가장 많이 향유하는 집단이다. 그런데 이들은 자기 연민에 집단으로 도취된 세대이기도 하다. 이런 사람들이 조직의 주류가 되니 "무슨 말도 못 하겠다"는 식의 펜스 룰과 '꽃뱀론'이 횡행할 수밖에 없다.

한국 남자들은 '나'밖에 모르는 채 자기중심적으로 성장해 왔다. 자신의 위치나 자신이 가진 권력에 대해 무지한 나머지 자기 연민에 빠져 남을 괴롭힌다. 부장이 부하 직원에게 사적 만남을 요구하는 행태가 어마어마한 압박이자 '더러운 짓'이라는 사실을 모른다. 군대 간 것이 너무 억울해 채용 성차별이 빤히 벌어지는 상황에서도 '역차별'을 운운한다.

'집단적 자기 연민'에 빠진 남성들은 결과적으로 페미니즘의 가장 큰 방해 세력이 되어 여성을 괴롭히고 있다. 이런 남성들을 대체 언제까지 봐야 할까? 자기 연민 없이 스스로의 주제를 파악할 수 있는 '건강한 남성상'이 우리에겐 더 많이 필요하다. 다른 사람의 삶을, 특히 여성의 삶을 상상할 수 있는 남성들이 늘어나길 바란다.

식탐남의
탄생

온라인에서 규탄받는 한국 남성 중 유독 사람들을 경악시키는 부류가 '식탐남'이다. 혼자 닭 다리 두 개 먹는 남성의 이야기는 예사다. 포털 사이트 네이트 판에선 아내 몰래 명절 음식을 주차장에서 혼자 먹었다는 '주차장 우걱우걱남', 여친 몰래 짜장면 밑에 깐풍새우를 숨겨 놓았다 들킨 '깐풍새우남' 등 다양한 식탐남의 사례가 보고되고 있다.

이들은 단순히 먹는 데 욕심이 많아 비난받는 게 아니다. 식탐남의 결정적 문제는 '배려 없음'이다. 앞사람이 먹는지 마는지 신경조차 안 쓰고 자신의 식사에 도취한다. 식사할 때만큼은 아내나 애인이 걸리적거리는 존재, 내 몫을 빼앗는 이에 불과하다. 그런데 과연 식탐남의 사례가 '매우 예외적인 일'일까? 물론 네이트 판에 올라오는 수준의 남성은 드물겠지만, 식사할 때 제멋대로 행동하는 남성이 특이 케이스라고 볼 수는 없다.

식습관에서 드러나는 자기중심적 면모

나는 밥을 천천히 먹는 편이다. 그런데 오빠는 밥을 5분이면 다 먹는다. 입도 커서 정말 빨리 먹는다. 신혼 초 손이 느려서 찬을 내놓기도 바빴는데 오빠는 이미 다 밥을 먹어 버렸더라. 그게 너무 서운했다.

이민정. 2018년 11월 25일. SBS 〈미운우리새끼〉 출연분 중

남편과 유럽으로 배낭여행을 갔다. 많이 돌아다니다 배가 고파 식당에 들어갔고. 음식 두 개를 시켰다. 그런데 남편이 내 것까지 다 먹어서 난 배가 고픈 상태였다. 그래서 음식 더 시킬까 라고 했더니. 남편이 나는 배부르다고 하더라. 그리고는 끝이었다. 나에게 '배고프냐. 더 시킬까?'라고 물어보지 않더라.

한고은. 2018년 4월 23일. SBS 〈동상이몽 2〉 출연분 중

배우 이민정과 한고은이 묘사하는 남편의 행동에서 '지 입만 입인 줄 아는' 남성들의 한 단면을 본다. 물론 두 배우 모두 유머러스한 분위기 속에서 이야기하긴 했지만, 그렇다고 이 문제를 가벼이 여길 순 없다. 특히 비교적 평등한 관계로 보이는 한고은 부부 사이에서도 저런 일이 일어났다는 사실은 조금 놀라웠다.

먹는 행위를 통해 관계에 문제를 일으키는 사람은 대체로 남

성이라는 점에 주목해야 한다. 여성이 남성과 같이 닭을 먹으며 닭 다리 두 개를 다 먹거나, 음식을 숨겨 두고 혼자 먹는다는 이야기는 들어본 적이 없다. 만약 그런 여성이 눈에 띌 정도로 존재했다면 진작 혐오 단어가 만들어졌을 일이다. 심지어 KBS2 예능 프로그램 〈안녕하세요〉에서 '식탐녀'로 소개된 이도 여러 음식을 많이 먹을 뿐, 남자 친구의 몫을 빼앗는 경우는 아니었다. 그러나 대체로 식탐남은 타인의 몫을 고려하지 않는다.

어머니의 보호 아래 자라 온 한국 남성의 자기중심적 면모는 여러 곳에서 찾아볼 수 있다. 식탐남 역시 철저히 자기중심적인 기질과, 가부장제 가족 안에서 학습되고 용인된 태도가 결합한 결과다. 오빠나 남동생이 있는 집에서 여성은 공공연하게 음식 차별을 받아 왔다. 치킨을 시키면 퍽퍽한 가슴살이나 목을 먹고, 맛있는 반찬은 남동생에게 먼저 주고 남은 반찬을 먹었다는 여성들의 하소연을 흔하게 들을 수 있다.

여전히 가족 안에서 아들은 아버지 다음의 식탁 서열을 가지고 있고, 딸처럼 살찔 것을 걱정해 과식이나 폭식이 금기시되지도 않는다. 적어도 집에서만큼은 음식을 두고 눈치 봐야 할 일이 아들에게 많지 않았다. 또 아들이 보고 자라며, 궁극적으로 지향하게 된 모델은 '앉아서 받아먹는 아버지'였다. 남자들이 평소에는 사회화된 태도로 식사하다가도, 집에서 유사 엄마(애인이나 아내)와 있을 때 갑자기 '먹방 모드'가 되는 배경이다.

반면 음식의 양과 분배를 고민하는 어머니를 보고 자란 딸은 저절로 타인의 식사에 관심을 갖게 된다. 자연스럽게 "어머니는 짜장면이 싫다고 하셨어"나 "우리 어머니는 생선 대가리나 꼬리만 드셨다"라는 이야기가 진정한 모성의 모습처럼 받들어졌다. 그런데 가부장제 아래에서 딸은 어머니와 함께 대가리나 꼬리를 같이 먹는 존재지, 어머니의 희생을 통해 살코기를 먹는 존재가 아니다. 이 차이가 남성과 여성의 식탁 위 공감 능력을 결정했다.

어머니의 희생을 알면서도 여전히 맛있는 부분만 온전히 받아먹는 습관을 유지하면 식탐남이 된다. 김치찌개 안에 돼지고기만 골라 먹는, 부대찌개에 햄만 쏙 빼 먹는, 단 한 번이라도 상대의 입장을 생각했다면 감히 못 할 짓을 하는 인간이 만들어지는 것이다.

문제는 가부장제다

그런데 식탐남을 만드는 구조나 분위기는 변하지 않았다. 2018년 9월, 논란이 된 SK텔레콤의 광고 문구는 "아들, 어디가서 데이터 굶지 마" "딸아, 너는 데이터 달라고 할 때만 전화하더라"였다. SK텔레콤이 《한겨레》에 "자연스러운 가족의 풍경을 보여주려고 했는데 취지와 달리 오해를 받았다"[27]라고 해명한 것을 보면, 아직도 한국 가족에서 아들은 먹여 주고 싶은,

먹기만 하면 되는 존재인가 보다.

나도 워낙 음식을 빨리, 많이 먹는 편이라 의식하지 못하는 사이 '흡입'하는 경우가 있다. 그래서 요즘에는 고기나 전골을 먹을 때, 의식적으로 음식을 상대방에게 떠 주거나 어떻게 나눠 먹어야 할지 고민하려 한다. 습관은 무섭고, 내가 언제든 '눈치 안 보며 먹던 7살 때'로 돌아갈 수 있음을 너무도 잘 알기 때문이다.

식탐남 현상은 가부장제가 타인, 특히나 가장 친밀한 이를 배려하고 공감하지 못하는 인간형을 만들어 낸다는 사실을 잘 보여 준다. 가족 안에서 남성의 모습이 달라지지 않고, 변화된 남성성이 가부장제를 균열 내지 못하면 이런 괴기스러운 남자들은 계속 등장할 수밖에 없다. 남성을 어린아이에 머물지 않는, 타인에 공감할 줄 아는 시민으로 키울 방법을 고민해 나갈 시기다.

단언컨대, 남성혐오는 없다

02

20대 남성은
왜 억울한가:
불공정함이라는
착시 현상

'여자가 더 살기 좋다' '남자가 더 차별받는다'라는 말은 남성들의 착시를 통해 확산된다. 오랜 착시로 인해 확증 편향에 빠진 이들은 객관적인 성차별 통계조차 거짓이라 말한다. 남성으로서 사는 이득이 전혀 없다고 느끼기 때문이다. 남성들이 페미니즘을 경멸하고 비난해 온 것은 어제오늘 일이 아니지만, 최근 20~30대 중반 남성이 주도하는 안티 페미니즘 정서는 보다 적극적인 양상을 띤다. 남초 커뮤니티를 보면 '페미니즘 비난'은 남성 주류 문화의 일부가 되어 버린 듯하다.

유독 젊은 남성들에게 착시가 잘 일어나는 원인은 복합적이다. 군대라는 억압적·폭력적 환경에 끌려가는 상황, 취업을 준비하는 불안정한 위치, 강요된 남성성, 유례없는 페미니즘 열풍에 가장 큰 영향을 받는 세대로서의 반발 심리 등이 원인으로 지적된다. 이들은 자신의 안티 페미니즘을 공정성 이슈로 환원해 공론화할 수 있는 명분을 얻는다.

젊은 남성들은 "남자라는 이유로 차별받는데도, 페미니즘 흐름이 사회 전반적인 여성 우대 경향을 증가시키며 공정성을 해친다"라고 주장한다. 그런데 이들의 시선이 주로 어디에 머무는지 살펴보면, 왜 착시를 믿게 되는지 추측할 수 있다. 혹자는 남성들이 일자리가 없어서, 거시경제의 어려움 때문에 페미니즘을 적으로 돌렸다고 지적한다. 그러나 이는 반만 맞는 이야기다. 정확히 말하자면 남성들이 '보고 싶은 것만 봤기' 때문이다.

평평한 운동장을 못 참는 남성들

취업 문제에 있어 젊은 남성들의 화두에 오르는 직업군은 주로 공무원 쪽이다. 요즘 한국에서 공무원은 좋은 일자리의 상징이며, 많은 이들이 공무원 수험 생활을 하기 때문이다. '남성 공시생'이 파편화되지 않고 단일한 목소리를 낼 수 있는 몇 안 되는 젊은 남성 집단이라는 점도 한몫한다.

그런데 공무원 시험에서 여성들의 합격률이 점점 높아지고, 9급에서는 여성이 남성 합격률을 추월하기에 이르렀다. 밖에서는 여성혐오니, 성차별이니 하는데 자신이 딛고 있는 곳은 너무나 평평해 보이니, 아니 오히려 군대를 다녀오며 손해 보고 있는 것 같으니 반발이 생길 수밖에 없다.

그래서 이들은 여경의 체력 검정 기준을 물고 늘어지는 등 '틈'을 노린다. 체력 검정은 국가가 정한 기준임에도 이들은 '여경 지원자들이 꿀을 빤다'라며 여성을 비하하기 바쁘다. 문재인 정부의 여경 채용 비율 확대 정책에도 당연히 큰 불만을 품고 있다.

하지만 이들은 여경이 2017년 1차 시험만 해도 117 대 1의 경쟁률(남성 경찰은 35.5 대 1)을 보였다는 사실은 무시한다.[1] 2018년 이전까지는 여경의 경쟁률이 남성보다 줄곧 2~3배가량 높았다. 여경 채용 비율을 25%로 늘린 2018년 3차 시험에서야 처음으로 경쟁률이 뒤집혔다. 게다가 여경 숫자 확대는 문재인 정부만의 정책이 아니었다. 박근혜 정부 초기인 2013년 초 7.6%에서 2017년 초 10.6%까지 여경 비율이 증가했고, 이런 분위기에 발맞춰 문재인 정부도 여경 비율을 15%까지 확대하겠다고 한 것이다. 게다가 여경 채용 확대가 남자들의 파이를 줄이는 것도 아니다. 문재인 정부가 들어선 이후 여경 채용 인원이 늘었을 때, 남경 채용 역시 늘었다.

남성들은 '틈'만 노리는 것이 아니다. 심지어 음모론까지 펼친다. 노무사 2차 시험에서 2016년에 비해 2017년과 2018년 여성 합격률이 증가하자 여성 할당제를 적용한 게 아니냐는 이야기까지 나왔다. 근거는 단 하나였다. 고용노동부가 주관하는 '공인노무사 자격심의위원회'에 관한 설명이 여성가족부 게시판에 올라와 있었기 때문이다. 여성가족부는 노무사 시험을 심의하는 공인노무사 자격심의위원회에 관여하지 않는 기관이다. 정부 위원회 현황을 설명하는 차원에서 우연히 여성가족부 게시판에 올라가 있었을 뿐인데, 이걸 찾아내서 황당한 의혹을 제기한 것이다.

이렇듯 이들은 공무원을 제외한 '좋은 일자리'의 채용 과정에서 여성들이 여전히 심각하게 차별받는다는 사실은 의도적으로 외면한 채, 오히려 남자가 차별받는다는 식으로 말한다. 2016년 30대 공기업 신규 채용에서 여성 합격자의 비율은 21.76%[2]에 불과하다. 금융권을 비롯한 사기업, 공기업의 극심한 채용 성차별은 익히 알려져 있다. 언론사를 예로 들자면, 필기 합격까지는 여성 인원이 압도적으로 많았는데, 최종 합격자 성비는 1 대 1이거나 심지어 남자가 훨씬 많은 경우가 상당하다. 운동장이 이렇게 기울어져 있다 보니, 양성평등 채용 목표제를 시행한 이후 진행된 9급 공무원 채용에서 남성 수혜자가 더 많았다는 사실마저 당연하게 여기는 것 아닐까?

성폭력 피해자 비난하며 '역차별' 외치는 적반하장

젊은 남성들이 일자리만큼이나 공정하지 못하다고 느끼는 영역은 문화적인 측면이다. 이들은 한국 역사상 처음으로 여성

혐오적 발언과 행동이 사회적으로 제재받을 수 있다는 사실을 깨달은 세대다. 그런데 많은 남성은 여성혐오를 규탄하는 분위기에 대표적으로 두 가지 반응을 보인다. "나는 아니야" 또는 "여자들의 남혐은 더하다"이다. 그중 "나는 아니야"라는 반응이 나오는 이유는 김현동 바른미래당 청년 대변인이 《한겨레》에 기고한 〈20대 청년의 분노는 철없는 질투가 아니다〉라는 글에서 엿볼 수 있다.

  가령 성폭행 사건이 있다고 했을 때 이것은 남성 권력에 의해 발생한 여성에 대한 폭력으로 이해되는 식이다. 그러나 이러한 시각은 개인주의화 되어 있는 남성들에게는 어불성설에 가깝다. 20대 남성에게 성폭행 사건의 가해자는 내가 비난할 대상일 뿐. 책임과 잘못을 분담해야 할 동지가 아니기 때문이다. 이러한 맥락의 연장선에서. 20대 남성에게 지난 남성중심주의 사회의 책임을 분담하라는 요구는 불공정함 그 자체로 받아들여진다.[3]

이 글을 보면 젊은 남성들은 '여성혐오 하지 마세요'라는 요구를 두 가지 방식으로 반박한다. 하나는 '일반화하지 말라'이며 다른 하나는 '남성 중심 사회에 대한 책임은 윗세대에게 있다'이다. 그런데 젊은 남성들이 성폭력 사건 가해자에 대해 비난은 제대로 해 왔을까?

페미니스트들의 요구는 별 게 아니다. 피해자에게 '꽃뱀' 운운하지 말고, 2차 피해 입히지 말라는 것이다. 그런데 젊은 남성들이 인터넷상으로 피해자를 꽃뱀으로 몰아가며 무고죄 운운한 적이 많지 않은가? 물리적 폭력이 없더라도, 디지털 성폭력 영상 시청과 단톡방 성희롱도 우리 사회에 널리 퍼진 성폭력 문화의 일부분이다. 성폭력과 여성혐오를 만드는 구조에서 20대도 자유로울 수 없다. 남성 중심주의 사회의 책임을 분담한다? 그저 여성을 똑같은 사람으로 생각하면 될 일인데, 무엇이 불공정한가?

또한 남성들은 메갈리아 이후에 상대적으로 사회의 젠더 감수성이 올라가면서, 남성이 함부로 말 못 하게 되고 오히려 여성들이 '남혐 발언'을 일삼는다고 지적한다. 여자 선배나 상사로부터 들은 성희롱 발언, 남자를 향한 외모와 몸매 평가 등을 이야기하며 '역차별 사회'라고 말한다. 당연히 여성이 남성을 성희롱하거나 외모 평가 하는 것도 문제라고 생각한다. 하지만 그 빈도와 강도에 있어 여성들의 경험은 차원을 달리한다.

여성은 성장 과정에서부터 성희롱과 외모 평가에 노출되어 왔다. 언제나, 어디서나 겪는 일상적인 일이었으므로, 여성들은 예전엔 불쾌하다고 말할 생각도 못 했다. 심지어 외모는 공적 영역에서의 평가 기준이 되기도 했으니까. 남성이면 성희롱이나 외모 평가를 참고 넘어가라는 게 아니라, 여성은 그런 상황에 더욱 자주 노출된다는 사실을 알아줬으면 한다는 말이다.

한편으로는 페미니즘 리부트 이후 정치적 올바름이 중시되는 분위기에서 "비웃어도 '안전한' 남성이 주로 비하적 농담 대상으로 등장하며, 20대 남성은 특권을 느끼지 못해 '농담의 불균형 상태'를 받아들이지 못한다"[4]라는 지적도 있다. 일리 있는 주장이지만, 애초에 남성이 여성과 비교해 약자라거나 특권을 누리지 못했다는 생각 자체가 앞서 말했듯 착시에서 비롯됐다고 본다.

해법은 결국 페미니즘이다

남성들의 '억울한 심정'을 해결하는 방법은 남성 우대를 외치는 것이 아니다. 성차별과 성폭력 구조 그리고 이를 아우르는 페미니즘에 대해 더 많이 설명하고 설득해 페미니즘이 남성들에게 가닿게 하는 것이 맞는 해법이다. 오히려 몇몇 정치인처럼 20대 남성을 대변한답시고 페미니즘의 극단성과 '남성의 억울함'만을 일방적으로 전달하는 방식은, 20대 남성을 (속된 말로) '억울충'에 계속 머물게 하는 것에 불과하다.

비록 남성 집단에서 안티 페미니즘이 과잉 대표되고 있지만, 페미니즘 지지층으로 변화할 가능성이 있는 남성도 상당수 존재한다. 지난 1월에 발표된 한국여성정책연구원의 성평등 인식 조사는 '20대 남성 열 명 중 한 명만이 페미니스트다'[5]라는 식으로 인용 보도됐지만, 안의 내용을 살펴보면 희망도 있다.

2018년 11월 기준 20대 남성은 '여성에 대한 성차별'에 대해 33.1%(7월 42.6%)가 심각하다고 답했다. '우리 사회 여성 혐오'를 묻는 항목에 심각하다는 응답은 28.5%(7월 27.5%)를 차지했다. '미투 운동을 지지한다'라는 답은 43.6%(7월 56.5%), '안희정 1심 판결 잘못했다'라는 문항에는 44.6%가 동의했다. 7월과 11월의 차이가 꽤 나는데 여성들 역시 페미니즘 지지 비율이 이 기간에 상당히 떨어졌으므로, 남성만의 문제는 아닌 듯하다.

여성혐오와 사회적 성차별이 상당하다는 의견에 공감하는 20대 남성이 대략 30%대다. 또 미투 운동을 지지하며, (안희정 재판에 대한 의견을 고려하면) '동의 없는 섹스는 성폭행'이라는 인식을 명확하게 가진 20대 남성이 45% 정도는 된다(20대 여성은 69.8%). 분명 20대 남성의 주류적인 정서는 안티페미니즘일지 모른다. 그러나 이 결과를 보면 남성 집단 안에 '샤이 페미니스트'들이 존재하고 있음을 추측할 수 있다. '페미니즘=워마드'로 치환되는 남성 집단이나 남초 커뮤니티에서는 분명 다른 의견을 내놓기 어려웠을 것이다.

흔히 말하는 젠더 갈등을 줄이고, 페미니즘이 20대를 비롯한 젊은 남성에게 닿기 위해서는 당연히 언론과 정치인의 역할이 중요하다. 갈등을 불쏘시개로 이용하는 게 아니라, 갈등을 퇴행하지 않는 방식으로 해소하는 대책을 제시해야 할 집단이기 때문이다. 더불어 남성 페미니스트들이 나서야 한다. 이들은 남성 집단 안에 균열을 내서 남성들이 적어도 눈치를 보게 만들 수 있다. 한편으로 억울함에 대해 "나도 네 마음 알지만"이라고 말하며 서서히 설득해 나갈 수 있는 존재이기도 하다.

물론 설득은 어렵고 고통스러운 일이다. 그래서 나를 포함해 페미니즘을 지지하는 남성들은, 젠더 감수성이 부족한 남성들을 비난하고 조롱하기 바빴다. 하지만 이제는 전략 수정이 필요하다. "너는 그것도 모르냐?" 하는 선민의식으로는 주변을 변화시킬 수 없다. 같이 갈 수 있는 사람을 맛집 데려가듯 끌고 가는 것이, 남자들이 할 수 있는 페미니즘 운동이다.

여성 인권을 지지하고 성차별과 성폭력이 없어져야 한다고 생각하면서도, 선뜻 자신이 페미니스트라고 응답하지 못한 이들은 누구일까? 나는 이 남자들에게 희망을 건다. 어떻게든 그들과 같이 가고 싶다. 적어도 20대 남성의 40~50%가 공개적으로 자신이 페미니스트라고 이야기할 수 있다면, 세상은 급격하게 변할 것이다.

남자들 이야기에
귀 기울인 결과가
고작
'우유 당번'?

 '억울한' '역차별당한다고 느끼는' 20대 남성의 목소리를 들어야 한다는 움직임이 늘고 있다. 《중앙일보》가 2019년 1월 '인서울' 남자 대학생 6명을 인터뷰하고, 민주당 표창원 의원이 비슷한 시기에 '20대 남성의 이야기를 듣겠습니다'라는 간담회를 연 게 대표적이다.

 결과는 형편없었다. 《중앙일보》 기사는 우유 당번을 더 많이 했다는 대학생 발언이 역차별의 근거로 제시되면서 기사 전체가 웃음거리가 됐다. 표 의원이 연 간담회는 참석자들의 거센 항의와 표 의원의 '이해해 달라'라는 말만 반복된, 생산성 없는 행사였다고 전해진다. 사실 당연한 결과다. 어떻게 들을지, 무엇을 들을지 고민하지 않고 무조건 귀만 갖다 댔기 때문이다. 사회적 의미에서 '귀 기울여 듣는다'라는 것은 단순히 듣는 행위 자체만을 의미하지 않는다. 집단의 목소리를 듣는 행동은 궁극적으로 응답해 주기 위한 준비다. 어디선가 '들려오는 것'이 아니라 명확한 목적을 갖고 '듣는 것'이기 때문이다.

문제의 본질은 페미니즘에 대한 반발

지난 몇 년간 페미니스트들의 목소리는 성폭력—성차별 문제의 공론화와 관련 법 제정, 남성 중심 사회의 병폐를 견제하는 '제도와 문화의 형성'이라는 응답으로 돌아왔다. 그렇다면 20대 남성들의 억울하다는 목소리는 대체 어떤 응답을 받게 될까? 아무리 상상해 봐도 이 응답이 무엇일지 잘 떠오르지 않는 것은 나쁜일까?

- 남자니까 기득권 취급을 받는다.
- 초등학교 때 우유 당번 등 궂은일은 남자가 많이 했다.
- 사회에 20대 남성을 보호해 주는 시스템이 없다고 느낀다.
- (한국 남성 절반이 성매매) 이런 통계를 만드는 것 자체가 남성을 공격하기 위한 의도 아닌가.
- 군대를 다녀온 복학생을 조롱하는 분위기가 만연하다.

《중앙일보》가 실은 20대 남성들의 역차별 주장이다.[6] 사실 10~20년 전에도 남자들은 비슷한 이야기를 하고 살았다. 군

가산점이 폐지됐을 때도, 예비역 문화를 비판했다는 이유로 남성들이 사이버 테러에 가까운 공격을 퍼부은 '부산대 페미니즘 웹진《월장》사태' 때도, '된장녀'라는 말을 만들어 낼 때도, '남성 연대'라는 단체가 만들어졌을 때도 여성 상위 시대라는 이야기를 했다. 그런데 왜 유독 최근에 이 주장이 힘을 얻고 눈에 띄는 것일까? 남성들이 딱히 예전보다 더 손해를 보거나, 더 불행해져서? 아니다. 페미니즘의 힘이 강해져서다.

여성혐오와 역차별론의 확산을 가난한 20대 남성의 분노에 기인한 것으로 치부하는 시선이 많다. 그렇다면 비교적 사정이 좋은 명문대의 단톡방, 대기업의 '블라인드' 앱에서는 왜 그렇게 안티 페미니즘 정서가 강할까? 경제적 문제가 아니라 페미니즘 확산에 대한 거부감이 핵심이기 때문이다. 그러므로 어떤 특정 계층만을 경유하는 형태를 넘어 남성들의 유대를 형성해 주는 주류 남성 문화로 발전할 수 있었던 것이다.

이들은 페미니즘의 확산이 여성을 우대하는 분위기를 만들고, 자신이 생각하는 공정함을 망친다고 믿는다. 여성의 목소리가 커질수록 그들은 무엇인가 빼앗기고 있다는 느낌에 사로잡힌다. 그러니까 있지도 않은 여성 할당제를 없애 달라고 하고, 팩트와 통계를 무시하면서까지 '역차별받는다'라고 주장한다.

사실 이들이 원하는 응답은 딱 한 가지다. "아예 페미니즘을 없애겠습니다." 당연히 불가능한 일이다. '2030 남성이 이 시대 최고의 약자'라고 외치는 하태경 의원도 그들이 원하는 응답을 해 주긴 어렵지 않을까 싶다(그는 '여성우대법'(?)에 일몰 시한을 넣겠다고 밝혔으나, KBS 취재 결과[7] 어퍼머티브 액션, 즉 사회적 약자 우대를 명시해 놓은 몇 안 되는 법은 양성평등 조항이거나 원론적인 내용을 담은 정도가 대부분이었다).

남성들은 여성들이 고통을 전시하며 약자인 척한다고 이죽댔다. 그리고는 자신의 고통을 이야기하기 시작했다. 하지만 그 내용을 보면 대체 저 사례를 고통의 영역에 넣을 수 있을까 싶은 게 대부분이었다. 남성들의 하소연을 여성들이 겪는 성폭력과 성차별에 비교해 보면, 오히려 누가 사회적 약자인지 명백하게 드러날 뿐이다.

역차별론은 왜 허구인가

그런데 이상한 점이 하나 있다. 분명 한국에서 젊은 남성이 고통받는 가장 큰 원인은 군대다. 한국 사회에서 남성이 '남성이기 때문에' 겪는 가장 극심한 폭력이 군대 아닌가? 하지만 역차별론을 주장하는 남자들은 군대에 대한 사회적 인정이나 보상이 아닌, '군대 그 자체'가 주는 고통은 이야기하지 않는다. 여러 이유가 있겠지만 딱 두 가지를 꼽자면 1) 남성이 남성에게 가한 폭력이 고통의 원인이며, 2) 군대에서의 고통을 말하는 순간 결론이 '군대를 없애자!'라는 모병제 주장이나 군대

내 인권 개선으로 귀결될 수밖에 없기 때문이다. 결국 남성이 군대에서 겪는 고통은 페미니즘에 대한 반격이 되지 못한다는 이유로 오히려 묻히는 셈이다.

그들이 정말 남성 인권 개선에 대한 절박함이 있었다면, 군대부터 없애야 한다고 광화문 광장에 나왔을 것이다. 하지만 역차별을 이야기하는 젊은 남성들은 정확히 말하자면 자신의 삶이 나아지길 바라는 게 아니다. 그들은 그저 여성들이 닥치고 있기를 바란다. "여성이 약자인 척하지 말고, 남성을 비난하지도 말고, 예전처럼 평화롭게 살자"라는 속내다. 성차별은 없고, 성폭력은 아주 특이한 일부의 사례일 뿐인 그들이 상상하는 세상 속에서 페미니즘은 '불공정한 우월주의'일 뿐이다.

20대 남성들은 어쩌면 살아오면서 자신이 기득권을 누리지 못했다고 느꼈을 수 있다. 과거와 비교해 남아 선호 사상이 사라졌고, 남성만이 무엇을 할 수 있는 세상은 지났으니까. 그런데 20대 남성들이 이런 생각을 하며 자라 왔다 해서 여성이 약자인, 여성이라서 차별받는 현실이 부정되어야 하는가? 추상적이고 '느낌적인 느낌'에 의존한 남성들의 역차별 사례와 다르게, 여성들이 성별로 인해 겪는 차별, 이로 인해 받는 실존적인 고통은 일상적이며 매우 구체적이다. 누가 누구보고 망상이라 하는가?

20대 남성들은 한국 사회에 페미니즘이 필요 없다고 생각할지 모른다. 하지만 그들이 싫어한다 해서 페미니즘이 없어지진 않는다. 여성들은 절박하다. 계속 목소리를 내며, 자신이 겪는 부당한 차별과 폭력에 저항할 것이다. 그러므로 역차별론을 주장하는 20대 남성에게 계속 그렇게 생각해도 괜찮다며, 이해하고 '우쭈쭈' 해 주는 것은 임시방편이자 희망 고문일 뿐이다. 해법이 될 수 없음은 물론, 오히려 그들을 도태시키는 꼴밖에 안 된다.

결국 현재 20대 남성이 겪는 어려움이 또래 여성이나 페미니즘 때문이 아니라는 사실을 깨닫도록 하는 것, 남성이 감지하지 못했던 젠더 권력과 이로 인한 차별이 실제로 존재하는 현실을 인식하게 하는 것이 정답이다. 원론적인 이야기라는 것을 잘 안다. 하지만 남성들이 페미니즘을 이해하고 스스로 타협점을 찾는 것이 젠더 갈등을 해결할 수 있는 가장 '빠르고 정확한' 방법이다.

'위무와 공감'의 탈을 쓴 퇴행과 포퓰리즘이 우려되는 시기다. 남성의 페미니즘 수용이 대전제로 깔리지 않는 이상, 20대 남성의 목소리에 귀 기울이려는 그 어떤 시도도 전부 실패로 돌아갈 것이다. '남성들이 어떻게 성차별 구조를 인식하고 페미니즘을 이해할 수 있을 것인가?'라는 주제에 모든 사회적 역량을 집중하고, 수많은 방법론과 설득 포인트를 고민해야 할 시점이다.

남자들은
가해자이고,
분노할 자격이
없다

본인의 사생활로 사회적 물의를 일으킨 데 대해 사과드린다.[8]

2000년대 초 불법 촬영 피해자였던 연예인이 기자 회견을 열고 한 말이다. 심지어 이를 전한 《연합뉴스》 기자는 "최근 '섹스비디오'로 물의를 일으키고 있는 ○○○은"이라고 리드를 썼다. 여성 피해자가 '물의'를 일으키는 사람이라는 인식 아래 몰카 문화는 성장했다. 당시에 남자 어른들이 모여 "누구 비디오 봤냐?" 하며 껄껄거리던 장면이 지금도 눈에 선하다. 죄의식 없던 어른들 밑에서 자식 세대가 제대로 자랄 리 없었다.

불법 촬영물을 보고, 심지어 찍던 아이들
각 집에 초고속 인터넷이 깔리던 시절이었다. 휴대 전화에는 카메라가 달리기 시작했다. 데스크톱에는 웹캠을 달 수 있었다. 누구든 찍을 수 있었고, 누구든 쉽게 퍼트릴 수 있었다. 소리바다 같은 P2P 사이트에서 대충 검색만 해도 불법 촬영물이 쏟아졌다(당시 소리바다에선 음악뿐만 아니라 포르노와 불법 촬영물도 많이 공유됐다). 그러다 보니 지금의 20~30대 남성은 불법 촬영물을 아주 자연스럽게 접했다. 이를 야동의 한 종류, 즉 '국산 야동'으로 생각한 것은 물론이었다(한국도 아니고 '국산').

야동을 검색하면 불법 촬영물을 자연스레 볼 수 있었으니 왜 문제인지도 못 느꼈다. 심지어 직접 유출하기도 했다. 하두리 웹캠과 버디버디가 유행하던 시절, 여성들이 아마 자신의 애인에게 보여 주려고 찍은 나체 사진이나 자위 영상은 남성들에 의해 인터넷에 퍼져 나갔다. 그리고 그들의 말에 따르면, '고전'이 됐다.

수많은 영상을 보고 자라며 불법 촬영이 범죄라는 사실을 인식하지 못하니 실제로 직접 찍는 수준에 이르렀다. 학창 시절에 반에서 소위 '놀던' 아이들이 지나가는 선생님의 치마 속을 휴대 전화로 찍어 돌려 봤던 적도 있다. 그런 행위가 '놀이'였다.

직접 찍었는데 퍼트리는 게 어려울 리 없다. 휴대 전화 카메라가 발전하면서 연인과의 성적인 행위를 담은 사진과 영상을 남성이 유포하는 경우도 늘어났다. 노트북 수리 기사나 우연히 제삼자가 유출하는 경우도 있었지만, 상당수는 영상을 찍은 남성이 직접 퍼트린 것이었다. 야설 사이트로 유명했던 소라넷에서는 어느새 따로 게시판을 만들어 몰카 사진을 평가하는 지경에 이르렀다.

그렇게 몇 년이 흐르자 남자들은 완전히 무감각해졌다. 영상 뒤에 피해자가 있다는 사실을 알지 못했다. 아니, 알아도 그게 뭐 대수냐는 식이었다. 그들은 영상에 나온 여성이 어떻게 살고 있는지 공유하며 페이스북을 털었고, 어떤 경우엔 '유작'이라고 이름 붙이기까지 했다. 연예인으로 추정되는 사람이 과거 버디버디 영상을 찍었다며, 피해자의 얼굴을 캡처해 조롱했다. 심지어 연예인과 영상 속 여성의 얼굴이나 몸을 비교하는 게시물까지 올렸다.

가해자=남성들, 반성부터 하시라

학교에서 선생님을 대상으로 찍을 만큼 불법 촬영을 아무렇지 않게 여기는 남자들, 웹하드-P2P 사이트-토렌트-텀블러 등의 공유 플랫폼, 그리고 불법 촬영물에 대해 품평하고 농담하는 남초 커뮤니티. 세 개의 축으로 구성된 '몰카 문화'는 인터넷 시대 남성 문화의 핵심축이다. 이는 여성을 철저하게 성적으로 대상화시켜 포르노보다 더 심각한 악영향을 미친다. 남성의 즐거움을 위해서라면 여성이 고통받아도, 심지어 죽어도 괜찮다는 가정 하에 만들어진 사진과 영상들이라 그렇다.

한 작가는 2015년에 "나는 '몰카'와 '유출영상'을 본다. ……
몰카나 유출영상에는 '사랑'이 있다"[9]라고 말했다. 또 다른 음
악가가 2014년에 발표한 〈야동을 보다가〉라는 곡에는 "나랑
사귈 때에 너는 저런 체위 한 적 없는데 화면으로 보니까 내
XX가 더 크다"[10]라는 가사가 나온다. 이들이 저런 글과 가사를
남길 수 있었다는 사실은 전혀 놀랍지 않다. 작가의 글은 소위
'국산 몰카'를 찾아본다는 남자들 대다수의 생각과 다를 게 없
고, 음악가의 가사는 불법 촬영물을 본 남성들이라면 누구나
한 번쯤 떠올릴 법한 상상이기 때문이다.

나는 몰카 문화 안에 속해 있던 가해자다. '무감각해진' 그들
가운데 한 명일지도 모르겠다. 이 글을 쓰면서 정말 참담할 정
도로 부끄러웠다. 그러나 남자들 스스로가 가해자였음을 받아
들여야 변화가 있을 것이라 믿는다. 가해자로서의 죄의식을 갖
고, 죄를 씻기 위해 남성 문화에 균열 내는 행동을 지속해 나가
야 한다. 남자들이 더는 '그따위로' 살면 안 되기 때문이다.

《르몽드 디플로마티크》 최주연 기자가 쓴 〈더 이상 여성들
은 '소비재'가 아니다〉라는 글에는 이런 문장이 나온다.

'나도 피해자'라고 말하는 폭로가 '미투'를 완성했다면, 강간
문화는 '나도 가해자'이기 때문에 침묵으로 완성된다.[11]

그런데 상당수의 남자들은 침묵을 넘어, 적반하장으로 여자들을 물어뜯고 있다. 만약 불법 촬영에 대해 문제의식을 느꼈다면 적어도 앞으로 불법 촬영물만큼은 보지 않겠다는 이야기부터 나와야 한다.

하지만 이들은 자신이 가해자임을 잊고 있다. 집단 망각 중세다. 2018년 워마드 유저가 불법 촬영 범죄를 저질렀고, 심지어 워마드에서는 피해자를 향한 조롱이 이어졌다. 많은 남성이 분노했다. 그런데 워마드가 한 일, 실상 남자들이 전부 해 왔던 일이다. 물론 불법 촬영이나 불법 촬영 피해자를 조롱하는 행위는 '미러링'이라는 말로 정당화할 수 없다. 그러나 살아오며 줄곧 '여성 대상 범죄 행위'를 즐겼던 당신들이 어떻게 성별만 바뀌었다고 분노하는지 이해할 수가 없다.

남자들은 분노할 자격이 없다. 그저 가해자임을 한없이 부끄러워해야 할 뿐이다.

친구를
'몸평'하는
비열한 남자들

중학교 3학년 때였나, 안양역 근처에 모인 친구들이 길 가던 여성을 점수 매기기 시작했다. "쟤는 A, 얘는 C" 그런 말을 내뱉으며 "저 여자 죽인다" 같은 말들도 누군가 했던 것 같다.

요즘 들어 그때 그 모습이 자꾸 떠오른다. 아주 어릴 때부터 또래 남성 집단이 여성을 어떻게 대상화하고 평가했는지 보여주는 장면 같아서다. 여성을 오로지 성애의 대상으로 삼고, 그 성애를 공공화함으로써 남성들 간의 유대감을 다지는 행태는 한국 남성들의 주류 문화다.

이런 문화는 나이가 적든 많든, 돈과 권력이 있든 없든 상관없이 전면적으로 퍼져 있다. 여전히 남성들은 여성을 동등한 '사람'으로 존중하는 문화를 가지지 못했고, 그것은 버닝썬 게이트(정준영 불법 촬영)와 서울교대 집단 성희롱 사건으로 증명되고 있다.

성희롱도 '공적으로' 인정받는 남자들

'단톡방 성희롱 고발'에 대해 "사생활 침해" "얼굴이나 몸매 평가는 솔직히 할 수 있는 거 아니냐"라고 묻는 사람들도 있다. 나는 그런 물음에 "왜 여성들은 단톡방 성희롱 문제를 일으키지 않을까?"라고 되묻고 싶다. 남자 얼굴이나 몸매 평가? 여자들도 할 수 있고, 누군가는 할 것이다. 그런데 그 양상이 남성들과는 사뭇 다르다.

적어도 대학이나 회사 동기 십여 명이 있는 방에서 그런 평가가 이뤄지진 않을 터이며, 무엇보다 불법 촬영 영상이나 사진을 뿌리는 일은 없을 것이다. 그러니까 남성을 성적으로 평가하거나 성애의 대상으로 언급하는 일은 여성들에게 굉장히 사적이고 비밀스러운 행위에 가깝다. 공적으로는 사실상 금기시되어 있기도 하다.

반면 남성들에게는 자신의 성욕을 드러내고, 여성을 성적으로 평가하고, 성 경험을 자랑하는 것이 매우 '공적'인 일이다. 즉, 사회생활의 일부다. 군대에서 만난 남자의 절반 정도는 원나잇이나 성 구매에 대해 아주 쉽게 떠들었고, 여자 친구와의 관계를 이야기할 때도 별 거리낌이 없었다.

단순히 "성관계를 했습니다"라고 이야기하는 사람은 아무도 없다. 온갖 성희롱적 언사가 양념처럼 들어갔다. 여성이 여성이라는 이유로 한 명 한 명의 주체가 아닌, '성애화된 몸'으로 공유되고 있다는 것을 느끼는 순간이었다.

남성 집단에서 여성이 오로지 성적 대상으로 공유되며, 남성 집단 유지를 위한 도구로 쓰이는 구조는 공적으로 승인되며 재생산된다. 서울교대 집단 성희롱 사건을 보자. 성희롱 고발 대자보에 따르면 해마다 일부 남자 졸업생들과 대다수 남자 재학생들의 '남자 대면식' 행사가 열린다. 재학생들은 새내기 여학생의 얼굴과 나이 등 인적 정보가 적힌 책자를 졸업생에게 제출하기 위해 만든다고 한다. 그러면 졸업생들은 책자를 보곤, 재학생들에게 신입생 평가를 스케치북에 쓰게 하고, 마음에 드는 여학생의 이름을 말하게 한다는 것이다.

여성 학우를 동기나 후배가 아닌 마음껏 평가할 수 있는 몸으로 규정하는 행위, 이것은 그들끼리 '남성'임을 승인하는 절차다. 앞으로 이 남성들이 우정을 쌓기 위해 무엇을 주제로 이야기할지는 너무나 자명하다. 그런데 이 같은 관행이 서울교대에서만 벌어지는 일은 아니다. 많은 남성 집단에서 공인된 '남성됨'의 조건은 주변 여성을 성애화하거나 자신의 성적 행위를 공유하는 것이다.

또 이를 적극적으로 수행하는 이들이 남성 주류 사회에서 '사회생활 잘하는 남자'로 인정받는다. 요즘 트위터나 여초 카페에서 "남자들 사이에서 '의리 있는 놈' '진국' 이런 말 듣는 사람들 걸러라. '노잼' 소리 듣는 사람을 만나라."라는 말이 돈다고 한다. 왜 이런 말이 나오는지 잘 알 것 같다.

이젠 남성들 스스로 남성 문화를 무너트릴 때

고 장자연 사건, 김학의 전 법무부 차관 성폭력 의혹, 버닝썬 게이트는 모두 여성을 단지 성애화된 몸으로 여기며 평가하고 공유하던 남성 문화의 민낯을 보여주는 사건이다. 그런데 평범한 남성들은 괜찮은 걸까? 중·고등학교와 대학, 군대를 거치며 여성을 대상화·도구화하는 것을 '남성됨'의 과정으로 여기던 이들은, 함께 룸살롱에 가고 성 구매를 한다. 서로의 성행위를 공유하며 밀어주고 당겨 주는 끈끈한 관계로 발전하는 것이다. 기존의 남성 문화를 무너트리지 않는 이상, 앞서 세 사건처럼 권력과 유착된 사실상의 집단 성폭력도 사라지지 않을 것은 자명하다.

그동안 남자들만 있는 모임 또는 단톡방에서 행해지는 말과 행동이 불편하다고 느꼈던 남자들부터 움직였으면 좋겠다. 어쩌면 그들은 집단에서 배제당하지 않기 위해, 지금껏 여성혐오 문화에 적당히 타협하거나 순응했을 것이다. 그런데 버닝썬 사건이 반론의 기반을 만들었다. 적어도 소극적이지만 한 마디, "요즘 그런 말 하면 큰일 나요" 정도의 말은 지나가듯 할 수 있게 됐다.

물론 '다른 목소리'를 내는 것 자체가 어려운 경우도 있다. 그럼에도 포기하지 말고 소극적 저항의 방식이라도 고민해 보기를 바란다. 룰이 바뀌고 있다. 앞으로의 한국 사회는 단톡방 성희롱을 방조하거나, 술자리에서 소위 '2차'에 함께하는 행위에도 강력한 책임을 묻게 될 것이다.

남성들의 변화를 위해 미디어도 힘을 모았으면 한다. 이번에도 몇몇 언론은 피해자 신상을 특정하는 등 2차 피해를 입히는 성폭력 보도를 반복했다. 다만 이전과 달라진 양상은 주요 방송사와 언론에서 '우리는 피해자가 궁금하지 않습니다' 운동을 보도하며 이를 주요 의제로 삼았다는 점이다.

분위기가 확실히 달라졌다. 주류 남성성에 저항하는 목소리가 굉장히 커졌다. 언론이 이를 수면 위로 올리는 것만으로 기존의 남성 문화에 균열을 내는 데 일조할 수 있다. 친구와 동료마저 성적 대상으로만 여기는 남성들이 어떻게 만들어졌는지, 이러한 남성 문화의 구조가 낱낱이 밝혀지길 바란다.

때리고도 당당한
폭력 남편:
이빨 드러낸
가부장제

언어가 다르니까 생각하는 것도 다르고 하니까 그것 때문에 감정이 쌓이고 한 건 있는데 다른 남자들도 마찬가지일 것 같은데 복지 회사(기관)에서 그런 것 좀 신경 써 줬으면 좋겠습니다.[12]

2019년 7월, 전남 영암에서 베트남인 아내를 때려 구속된 한국인 남편이 기자들 앞에서 한 말에는 '억울함'이 잔뜩 묻어났다. 보도에 따르면 그는 경찰 조사에서도 아내가 폭행의 빌미를 제공했다는 식으로 진술한 것으로 알려졌다. 즉 '맞을 만하니까 맞았다'라는 것. 그는 자신이 무엇을 잘못했는지 전혀 모르는 것처럼 보였다.

정신없는 와중에도 가해 남성은 왜 '다른 남자' 운운했을까? 실제로 자신만 폭력을 저지르는 게 아니기 때문이다. 국가인권위원회가 2017년 이주 여성 920명을 대상으로 한 설문 조사에 따르면 42.1%(387명)가 가정 폭력을 겪었다고 답했다.[13] 이렇듯 폭력이 일상화된 환경에선 폭력을 저질렀다고 수사를 받는 게 오히려 특이하고, '재수 없어 걸린' 경우로 여겨질 수밖에 없다.

시가의 통제와 억압, 그리고 폭력

아내를 대상으로 한 가정 폭력의 근본 원인은 가부장제에 의한 지배인데, 이주 여성을 상대로 한 폭력에서 가부장제는 더 노골적으로 이빨을 드러낸다. 처음 한국에 온 결혼 이주 여성에게는 불안정한 신분, 인종, 여성 등 다양한 약자성이 결합되어 있다. 게다가 중개업체를 통했다면 남편 측에서 소위 '돈 주고 데려왔다'라며 우월감을 느낄 가능성도 크다. 이런 배경에서 시가 식구가 주도하고, 경찰을 포함한 지역 주민들이 방조하는 이주 여성의 '노예화' 전략이 전개된다.

남편과 시가 식구의 폭력을 피해 이주 여성 쉼터로 온 이들의 이야기를 담은 책 《아무도 몰랐던 이야기》[14]에 나온 사례들을 보면 참혹하다. 일곱 명의 인터뷰이 중 여섯 명이 중개업체를 통한 국제결혼이었으며, 이들은 여지없이 시가 식구로부터 직접적인 착취와 폭력을 경험했다. 아래는 책에 나온 피해 사례를 요약한 것이다.

캄보디아인 쏙카(가명): 시어머니가 "밭에서 같이 일하려고 데려왔다" "나가라"라는 폭언을 반복. 시어머니는 쏙카 씨가 한국어를 배우지 못하게 막고. 경제권도 빼앗으면서 철저하게 통제함. 3년 간 남편에게 상습 폭력을 당한 끝에 쉼터로 옴.

베트남인 여성 A: 남편이 뱃일을 해서 시누이와 같이 살게 된 상황. 남편이 번 돈을 시누이가 가져가고. 사실상 A씨의 밭일로 살림을 꾸리고 있었음. 그런데 동네 주민들이 주는 밭일로 받는 품삯도 오천 원. 만 원. 삼만 원 등으로 착취 수준. 결혼 생활을 하며 시조카. 시누이. 남편에게 맞았고. 시누이가 자신을 위협해 쉼터로 오게 됨.

베트남인 여성 B: 50대 초반인 남편과 약 서른 살 차이. 심지어 기초 생활 수급자에 알코올 중독자였음. 남편은 칼로 협박하거나 허리띠로 목을 조르는 등 물리적 폭력을 행사하고. 아이까지 때림.

베트남인 여성 C: 시누이의 강력한 통제. 남편이 말다툼 중 뺨을 때렸고. 시어머니는 "남편 말을 듣지 않으면 죽이라"라고 폭언함.

베트남인 여성 D: 시어머니와 남편이 여권을 강제로 빼앗아 놓고. 걸핏하면 여성에게 "돌아가라"라고 말함.

베트남인 여성 E: 시아버지의 성폭행.

일반적인 가정 폭력의 양태가 남편의 폭력, 시가의 방조와 묵인이라면, 이주 여성에 대한 폭력은 상당수 시가 식구가 주도하거나 공모하는 구조다. 한국에 처음 온 이주 여성에게는 사회 연결망이 부재하다. 가장 처음 만나 관계 맺는 대상이 남편과 시가 식구다. 그러므로 통제해서 고립시키는 방식에 취약할 수밖에 없다. 고립은 곧 배타적 지배로 이어지고, 끝내 폭력에 저항할 의지를 빼앗는 결과를 불러온다.

이주 여성만의 문제가 아니다

결혼 이주 여성이 구조적으로 취약한 여건에 처해 있다는 이야기는 새삼스럽지 않다. 폭력에 대항할 안전망 하나 없이 복권 긁듯 남편과 시가의 선의만 믿고 한국에 살아야 한다. 그런데도 정부나 지자체는 이주 여성의 안전이나 안정된 삶을 위한 별다른 관리 대책도 없이, 지난해까지만 해도 500만 원에서 최대 1000만 원(양평군)의 지원금을 지급하며 결혼을 부추겼다. 그래서 알코올 중독자에 기초 수급자인 남성도 중개업자에게 비용을 지불하고 결혼할 수 있었던 것이다. 이 와중에 경찰은 B씨와 C씨의 사례에서 화해만 종용하고 돌아갔을 정도로, 여전히 가정 폭력 사건에는 무력하다.

물론 제도 자체는 일정 부분 개선되었다. 이주 여성들의 죽음이 사회에 경종을 울렸고, 이주 여성들과 여성 단체의 연대가 변화를 만들었다. 국제결혼 중개업체의 등록 요건이 강화됐고, 2011년부터는 체류 자격 연장 심사에서 한국인 배우자의 보증을 요구하지 않는다. 법 개정을 통해 국제결혼 중개업자의 건강 상태나 범죄 경력을 알려 주는 신상 정보 제공도 의무화됐다. 또 2019년부터는 여가부가 직접 이주 여성 상담소 운영에 나섰다. 그러나 이런 변화를 결혼 이주 여성들이 실제로 체감할지는 미지수다. 가족이라는 집단은 여전히 한국 사회에서 지극히 사적인 영역으로 여겨져, 강력한 배타성을 지니기 때문이다.

결국 이주 여성이 폭력과 억압에 시달리지 않도록 국가 또는 공동체가 가족에 개입할 수 있게 하는 것이 근본적인 이주 여성 폭력 문제의 해결책이다. 이는 공사 분리 이데올로기와 성 역할을 강요하는 가부장제 등 한국 사회 전반에 깔린 가정 폭력의 근간을 깨는 작업과도 맞닿아 있다. 이주 여성의 가정 폭력 문제는, 한국 사회의 전반적인 가정 폭력이 줄어들어야 같이 줄어들 수 있다는 이야기다. 송란희 한국여성의전화 사무처장은 《아무도 몰랐던 이야기》에서 이렇게 말한다.

선주민(한국인)의 가정 폭력 문제도 해결하지 못하는 국가가 결혼 이주 여성의 가정 폭력 문제를 해결할 수 있겠는가.

가부장에게 순종적이고 가사에 전념하는 고정된 성 역할을 여성에게 강요하고, 원하는 성 역할을 수행하지 않을 경우 통제하거나 폭력을 행사하는 남성은 어디에나 있다. 한국 사회에서 흔히 일어나는 가정 폭력과 결혼 이주 여성에 대한 폭력은 그 구조가 근본적으로 동일하다. 도시와 동떨어진 일인 양, 남성 일반과 전혀 무관한 일인 양 타자화할 수 있는 일이 아니다.

포털이나 커뮤니티를 보면 이번 이주 여성 폭행 가해자뿐 아니라 아내를 때린 남자들에게 분노하는 남성이 대단히 많다. 그렇다면 '폭력 남편'이 끊임없이 나타나는 이유가 무엇일지도 곰곰이 생각해 봤으면 한다. 분명 가부장적 구조에서 발생하는 여성 억압과 여성 차별이 가정 폭력의 주요 원인이다. 그럼에도 이를 극복하려는 페미니즘을 '굳이' 지지하지 않는다고 하면 참 이상한 일 아니겠는가.

대림동
여경 혐오 사건:
왜 여성은
언제나
증명해야 하나

이번 '대림동 여경 혐오 사건'[15]은 여성혐오의 구조를 정확하게 보여 준다. 애초에 "여성은 ~을 못한다"라는 전제에서 시작했으므로 이 프레임을 깨느냐 마느냐로 논의가 진행된 것이다. 논란은 현장에서 여경의 주취자 제압을 도와준 교통경찰이 "여경이 취객을 완전히 제압했다"[16]라고 말하고, 이어 경찰 출신 표창원 의원이 인터뷰를 통해 '여경 무용론'을 반박하면서 그나마 정리되고 있다. 하지만 '여경 무용론'을 주장하는 이들의 말처럼 만약 여경이 주취자를 제대로 제압하지 못한 사건이었다면 여론은 어떻게 됐을까?

사실 남경에 대해선 정준영 불법 영상 수사를 엉망으로 하든, 버닝썬과 유착 관계를 맺든, 주취자를 제압 못 하든 '남자라서 그렇다'라는 말을 하지 않는다. 그건 곧바로 경찰 전체의 문제로 다뤄진다. 하지만 여경이 어떤 행동을 잘못했다는 의혹이 불거지면 이는 '여자'의 문제가 된다. '여자라서' '여자가 경찰이 되어서' '여경이 있기 때문에' 생기는 문제로 취급된다는 말이다. 여경은 경찰이 아닌가?

경찰이 얼마나 많은 일을 하는지 잘 모르는 사람이 많다. 범법자를 잡는 것은 중요한 업무이긴 하지만, 업무의 일부일 뿐이다. 경찰은 자잘한 대민 업무부터 온갖 지능 범죄에 대한 수사까지 다 해야 한다. 특히 요즘 검경 수사권 논란을 통해 엿볼수 있듯 수사는 경찰 능력의 핵심이다. 무조건 때려잡는 게 능사라면 격투기 대회 열어서 경찰로 뽑으면 된다. 그런데 경찰업무는 그게 다가 아니다.

범인도 못 잡고, 수사 보고서도 제대로 못 쓰는 남경들은 단한 번도 이슈화된 적 없다. 나이 50살 넘은 남경이 20대 조폭을 손쉽게 제압할 수 있나? 당연히 그렇지 않지만 이에 관해선아무도 이야기하지 않는다. 하지만 여경이 시민 앞에서 조금이라도 허술한 모습을 보이면 이번 사건처럼 바로 "해고하라" "여경 없애라"라며 난리가 난다.

조직 밖 분위기가 이런데 조직 안에서는 오죽하겠는가? 여경이라서 못한다는 이야기를 듣지 않기 위해 더 잘할 수 있다는 것을 상시 증명해야 한다. 자신이 원해서 내근직에 간 게 아니더라도, 내근하며 소위 '꿀 빤다'라는 편견에 맞서 싸워야 한다.

'남성은 강해야 한다'라는 고정된 남성성을 거부하는 젊은 남성들이 정작 경찰은 남성만 뽑으라고 말하는 모순을 어떻게 받아들여야 할까? 극도의 자기중심적 관점이라고밖에 볼 수 없다. 앞선 글(20대 남성은 왜 억울한가: '불공정함'이라는 착시 현상)에서 남초 커뮤니티가 얼마나 여경을 비하해 왔는지 이야기했다. 여경 경쟁률이 남경의 두 배, 필기시험 커트라인은 20점 이상 높은(서울, 2018년 1차 시험 기준) 상황에서도 이들은 '여경 되기 쉽다'라며 국가가 정한 여경의 체력 검정 기준을 물고 늘어진다. 여경은 여기서도 또 한 번 증명의 대상이 된다. "너 팔굽혀펴기는 제대로 할 수 있냐?"

이런 분위기 속에서 한 여경 지망생은 운동하는 모습을 '증명'하며 체력 검정 기준이 남성과 같아야 한다고 주장했고, 이를 본 남초 커뮤니티 유저들은 '흔하지 않은 여경 준비생'이라며 치켜세웠다. 그런데 '흔하지 않은'이라는 말속에는 '흔한' 여경 혹은 여경 준비생들을 향한 멸시, 그리고 "너도 증명해 봐라"라는 권력자의 의도가 숨겨져 있는 것이 아닐까?

반면 남성들에겐 아무도 증명하라고 요구하지 않는다. 남성은 보편 그 자체이기 때문이다. 남성이 어떤 일을 하든, 사람들은 그의 성별에 의문을 제기하지 않는다. 몇 안 되는 여초 직업에서 '남자라서 못한다'라는 말이 나오기는 하는가? 그들은 증명할 필요도 없을뿐더러 오히려 자기들끼리 똘똘 뭉쳐 힘을 키운다. 소수인 남성이 다수인 여성 학우를 품평하고 성적 대상화 하며 문제가 된 '서울교대 단톡방–대면식 사건'만 봐도 잘 알 수 있다. 이렇게 '증명의 의무'가 권력의 차이를 만드는 것이다.

배텐 막내 작가의
부당 전출,
여성의 일자리를
위협하는
남성들의 '조리돌림'

2017년 12월경, '배텐' 막내 작가가 '남혐'으로 몰리며 고통을 겪었다. 그는 자진해서 일을 그만두려 했지만, 타 프로그램으로 이동하는 선에서 마무리됐다. 이는 배텐이라는 프로그램의 독특함과 현존하는 젠더 권력의 차이가 결합해 만들어 낸 사건이다.

나는 SBS 파워FM의 오후 10시 방송인 〈배성재의 TEN〉(아래 배텐)을 꽤 즐겨 들었다. '남심 저격 리얼 토크 라디오'라며 남성을 타깃팅한 콘셉트가 독특했고, 한 시간짜리 방송이라 그런지 구성도 빈틈없었으며, 무엇보다 웃겼다. 남자 디제이에 대부분 남자 게스트가 나오고, 주요 청취자까지 남자이니 페미니즘 관점에서 마음에 걸리는 방송 내용도 있었지만, 배성재 아나운서가 그럭저럭 잘 수습하는 편이었다.

배텐은 남성을 주요 청취자로 잡고 만든 최초의 라디오 프로그램일 것이다. 배텐에서 배성재 아나운서는 '결혼 못 한 찌질 아재'라는 캐릭터를 잡는다. 제작진은 '솔로' '찌질남' '덕후' '해외 축구 팬' '남초 커뮤니티' 등의 몇 가지 코드를 프로그램에 심어 놓고 남성들의 참여를 유도했다.

코너만 보더라도 프로그램의 타깃이 드러난다. '비연애 챔피언스 리그'는 남자들의 찌질한 연애 사연을 콩트로 소개하는 코너고, '아재 판독기'는 매주 정해진 주제에 맞춰 "이거 알면 아재"라면서 소개하는 코너인데, 이 코너가 있는 날에는 프로그램에서 '여신'으로 대접받는 윤태진 아나운서가 방송 막바지에 ASMR을 해 준다. 남초 커뮤니티에서 환호받는 이말년 작가가 게스트인 '고민 상담소' 코너나 남성 잡지 《맥심》의 이석우 기자가 나오는 '베스트 텐' 역시 이 프로그램의 정체성이 무엇인지 설명해 준다.

남초 커뮤니티나 인터넷 개인 방송의 B급 문화를 정제해 프로그램에 녹여낸 시도는 꽤 성공적이었다. 녹음 방송은 팟플레이어를 통해 '보는 라디오'로 진행하면서 일명 '팟수(팟플레이어 시청자)'들이라는 개인 방송 시청자까지 청취자로 포섭했다. 참여도로 보면 다수의 남성과 약간의 여성으로 구성된, 기존의 라디오 공동체와는 정체성이 전혀 다른 공동체가 만들어진 것이다.

하지만 배텐의 남다른 정체성은 막내 작가가 '페미니스트' 정체성을 드러냈다는 이유로, 자진해서 사표를 쓰게 하는 (이후 제작진은 다른 프로그램으로 작가를 이동시키기로 결정) 황당한 결과를 불러오고 만다.

'페미니스트' 프로필에 격분한 남성들

과정은 이렇다. 배텐은 팟플레이어 방송을 통해 제작진을 자주 노출시켰다. 그래서 작가나 피디도 청취자에 의해 캐릭터를 부여받았다. 막내 작가인 '뀨미작가' 역시 관심의 대상이었다. 이번 사건 이후, 한 청취자가 '뒤통수를 맞았다'라며 적은 글을 보면 청취자들이 제작진 개개인에게도 관심이 많았다는 걸 알 수 있다.

뀨미작가 그 캐릭터가 있잖아요. 꿍하고 어리바리하고 지각하면 죄송하다고 하고 후닥닥 뛰어오고.
…… 방송 시작과 종료 때 뀨미작가가 방송 키고 끄는 역할을 할 때마다 채팅창에서 장난으로 이쁘다고 했는데 그걸 보면서 뭐라 생각했을지… 참

얼마나 관심이 많았는지 청취자들은 개인적으로 운영하는

작가의 인스타그램에도 들어간 모양이다. 팟플레이어 채팅창에 주소가 올라온 적도 있었다고 한다.

사건의 시작은 배우 유아인 씨가 페미니스트들과 인터넷으로 설전을 벌였던 2017년 11월 30일, 커뮤니티 '엠엘비파크'에 작가의 인스타그램 캡처본이 올라온 때부터다. 작가의 인스타그램을 보면 "방금 너 때문에 여성 인권이 한 50년쯤 후퇴됐다"라는 미국 드라마의 한 장면(짤방)이 피드에 올라와 있고, 프로필에 Feminist라고 쓰여 있다. 엠팍 유저들은 저 짤방 자체가 여초 커뮤니티에서 유아인 씨를 저격할 때 쓰는 짤방이라며 분개한다. 게다가 그들은 작가가 '페미니스트 선언'을 했던 한서희 씨를 팔로우하는 것까지 찾아내고, 9월 초 이말년 작가가 규미작가에게 "여성시대(여초 커뮤니티)도 하시는 거예요?"라고 묻는 장면(본방송에는 나가지 않고 팟플레이어로만 방송되었다)까지 엮는다.

남초 커뮤니티와 디시인사이드 배텐 갤러리를 둘러보니 "소름 돋는다" "그동안 우리를 어떻게 생각했을까?" "메인 코너가 아재들 찌질한 이야기 다루는 건데 작가가 그쪽이면 좀 그렇다" "한남 혐오하면서 한남 방송에서 왜 일함?" 등등 배신감을 느끼는 반응이 다수였다. 이들 중 일부는 자진 하차를 언급하면서 은연중에 그만두라는 압박을 가했다.

배성재 아나운서가 12월 5일 팟플레이어 녹음 방송 직전에

'배텐은 편을 가르려는 목적을 가진 적이 없다'라고 해명하며 상황을 수습하려 했지만, 고릴라(SBS 라디오 애플리케이션) 게시판이나 디시인사이드 배텐 갤러리의 반응은 잠잠해지지 않았고, 결국 7일 작가와 제작진이 배텐 인스타그램에 사과문을 올린다. 먼저 사과문을 올린 작가는 "여시는 '눈팅'만 했고, 인스타그램에 올린 사진은 유아인 저격 의도가 없었으며, 한서희 씨가 궁금해서 팔로우했고, 저는 남성혐오자가 아니다"라는 내용의 사과문을 올렸다. 제작진은 "작가가 자진 하차 의사를 밝혀 왔으나 고민 끝에 타 프로그램으로 이동하게 됐다"라고 밝혔다.

작가의 밥줄을 끊으려 한 남성들, 이유는 '불편하니까'

배텐이라는 프로그램의 특징이 작가 개인이 마녀사냥을 당하게 된 주요 원인이 됐다. 마니아적인 방송이 아닌 이상 청취자들은 작가에게는 큰 관심이 없다. 하물며 막내 작가에게 누가 관심을 두나. 하지만 배텐의 경우 팟플레이어를 통해 작가의 신분과 얼굴, 인스타그램 주소까지 노출되다보니, 작가의 일거수일투족도 라디오 공동체에서 화제가 될 수밖에 없던 상황이었다.

그리고 배텐의 '공동체'는 여혐 정서, 반 메갈 정서가 강한 '남초 커뮤니티'와 '개인 방송 시청자'들과 깊숙이 연관되어 있다. 그런데 작가는 이 공동체가 가장 싫어하는 집단이자 키워드인 '페미니스트' '한서희' 등을 개인 공간에 노출했다. 청취자들은 남성이 대주주인 방송에서 감히 페미니스트를 자처하며 반 유아인 정서를 공유하는 것 '같은' 사람을 견딜 수 없었던 것이다. 인스타그램이 작가의 철저한 개인 공간이라는 점과 어떤 맥락으로 글을 올렸는지, 어떤 생각을 하고 있는지는 전혀 고려되지 않았다. 'KBS 일베 기자'처럼 생각을 드러내는 글을 쓴 것도 아니었다. 여혐 이슈나 유아인 논란에 대한 의견을 밝힌 것도 아니었다. 그러나 그들은 그저 의혹만으로 작가를 쫓아냈다. '불편하니까'.

여성혐오적 언사를 쏟아 내고 성희롱을 일삼는 남자들은 논란이 되어도 큰 처벌을 받지 않은 채 요직에서 버티고 있다. 내가 속한 언론계도 크게 다르지 않다. 오히려 "기죽지 말라"라고 격려도 받는다. 그런데 단순히 여초 커뮤니티를 했고, 유아인 저격 글로 추측되는 짤방을 올렸다는 이유로 일자리를 잃거나 다른 부서로 가야 한다? 작가라는 신분의 불안정성이 한몫했겠지만, 만약에 여성 PD였다 하더라도 프로그램에서 하차하는 수순은 피할 수 없었을 것이다. 이런 상황을 전체적으로 고려한다면 여성들이 젠더 권력의 차이를 실감할 수밖에 없다.

물론 배텐 제작진의 결정도 이해가 안 가진 않는다. 작가는 개인적으로 견디기 힘들었을 것이며, 제작진 역시 주 청취자층의 심기를 거스르기 어려웠을 터이다. 당장 일자리를 잃지 않도록 타 프로그램으로 옮겨 준 것은 그나마 다행스러운 일이다. 그러나 성별이 뒤바뀌었을 경우, 이를테면 여성 청취자가 압도적인 프로그램에서 남성 작가가 단순히 유아인을 지지하는 글을 공유한다고 해서 프로그램에서 사표를 낼 리는 없지 않을까?

아주 잘못된 예시가 만들어졌다고 생각한다. 남성 집단이 소비자로서, 혹은 시청자나 청취자로서 어떤 물건이나 콘텐츠를 창작하는 이의 이념을 의심하고 압박하면 그것이 먹힌다는 선례가 생겼다. 앞으로도 남성 커뮤니티 유저들은 자신이 소비하는 무언가에 페미니스트가 개입하고 있다는 의혹이 있다면 그 여성의 밥줄을 끊으려 들 것이다. "배텐은 하차시켰는데 너희는 왜?"라는 버젓한 명분까지 생기지 않았는가. 끔찍한 일이다.

여신
아니면
마녀,
여성 음악가가
배제되는 방식

밴드에 여자가 있으면 재수가 없다던데.

밴드 '에고펑션에러'의 보컬 김민정은 자신과 밴드 멤버들이 들었던 말들을 토로했다. 드러머 백수정도 '여자치고 세게 친다'라는 말에 시달렸다. 어디 그뿐인가? 2016년엔 밴드 '쏜애플'의 한 멤버가 여성들의 음악에서 '자궁 냄새'가 난다고 말했던 사실이 알려지기도 했다.

위 내용이 담긴 여성 음악가 인터뷰집 《두 개의 목소리》[17]는 인디신을 비롯해 음악계 전반에 만연한 여성혐오와 여성의 음악을 가로막는 현실을 지적한다. 인터뷰집에 나온 아홉 명의 음악가들이 입을 모아 '여성으로서 음악 하기'의 어려움을 털어놓는다.

이 책에서 주로 다루는 인디신에서도 '남성 연대'는 공고하고 그 안에서 여성은 주변화된다. 은연중에 구조화된 배제가 여성들의 목소리를 이어 나가기 어렵게 만든다고 인터뷰이들은 증언한다. 그들의 말을 듣고 적은 저자 이민희는 인터뷰 중에 여성 음악가들이 처한 현실에 관해 언급한다.

나이에 대한 불안을 모르고 무대에 오르는 언니들은 진짜 손에 꼽을 만하다. 여성은 이렇게 무대에서 통하는 수명을 걱정하는데, 20~30년씩 활동하는 남자 선배들은 엄청 많다. 왜 여성은 노래를 지속하기 어려울까.

《두 개의 목소리》, 34~35쪽.

결혼한 삼십 대 여성, 안정을 얻은 사십 대 여성은 과연 매력적인 존재일까. 우리는 그런 여성을 제대로 사랑해본 경험이 있을까. …… 오지은이 그랬던 것처럼 여성의 세계에선 생산보다 중단과 거절의 경험이 더 많이 쌓인다.

《두 개의 목소리》, 187쪽.

여성의 음악은 왜 저평가받는가

나는 2000년대 초반부터 인디 록 음악을 들어 왔다. 생각해 보면 여성 음악가는 상당히 많았다. 그런데 문제는 여성 음악가들이 주목받는 영역이 굉장히 한정적이라는 점이다. 일단 '여성(멤버로만 이뤄진) 밴드'가 드물다. 또 보컬 이외의 악기 연주자가 많지 않다. 유명한 음악가들이 모여 리메이크 무대를 만드는 tvN 〈노래의 탄생〉을 보면, 보컬만 여자고 연주자는 전부 남자인 무대들이 꽤 있었다.

장르적으로도 그렇다. 어쿠스틱과 모던 록 장르에서는 여성 음악가들이 강세였다. 그러나 이외의 장르에서는 압도적으로 남성 밴드가 득세했다. 몇 년 전 유행했던 네오 개러지나 신스 팝 리바이벌을 비롯해 고전적인 펑크, 하드 록, 메탈 등에서 여성의 존재는 희미했다.

여성이 주목받는 영역이 한정적이니, 그만큼 운신의 폭이 좁다. 음악적인 성장이나 변화를 도모하기 어려울뿐더러, 생계를 이어 나갈 진로가 다양하지 못하다. 또 음악계 역시 출산에 의한 경력 단절 문제에서 예외일 수 없다. 《두 개의 목소리》인터뷰이들이 지속 가능성에 대해 걱정하는 게 기우라고 볼 수 없는 이유다.

여성 음악가들이 맞닥뜨리는 벽은 근본적으로 여성 음악가의 음악을 하찮게 보는 문화에서 비롯되는 측면이 있다. 여성 음악가들의 음악을 비교적 '가볍고' '감성에 치우친' 음악으로 여기는 문화는 평단과 팬덤에도 널리 퍼져 있다.

최근 여성 싱어송라이터의 음악. 하면 어떤 정형이 형성됐다. 어쿠스틱 사운드와 '일상' '감성' '치유' 등의 단어로 설명할 수 있는 이야기들이 결합해서 음악의 여러 축 중 서정과 달콤함의 좌표에 방점을 찍는다. 야광토끼는 이런 흐름과는 차별화된 음악을. 모범적으로 들려준다.

김작가. 야광토끼의 1집 〈Seoulight〉 비평 중[18]

평론가 김작가의 '야광토끼' 1집 비평은 여성들의 음악이 어떤 식으로 음악계에서 평가되는지 보여 준다. 즉, 여성 싱어송라이터의 정형을 열등하게 보면서, 야광토끼는 그렇지 않았으므로 '잘했다'는 것이다. 심지어 네이버 〈오늘의 뮤직〉에 이 앨범을 소개한 '오늘의 뮤직 네티즌 선정위원'도 "야광토끼가 데뷔 앨범으로 이 영광의 자리(?)를 차지할 수 있었던 것은 그녀가 보여준 신선한 음악이 지금까지 한국 여성 싱어송라이터가 좀처럼 가지 않았던 길이기 때문이다"라고 이 앨범을 평했다. 좋게 말했지만, 결국 '여자치고 잘했다'다.

평론가들의 이런 코멘트가 인디신에 있는 남성 뮤지션들의 시선과 크게 다를까? 쏜애플 멤버의 '자궁 냄새' 발언을 볼 때 그렇진 않은 듯하다. 남성들은 여성 뮤지션을 '여류'라는 틀에 가둬 놓고 제멋대로 '여신' 아니면 '마녀'의 호칭을 붙였다.

2018년 9월에 선정한 한국 대중음악 100대 명반을 보자. 대중음악 명반 100장 중 남성 혼자 혹은 여럿이 만든 앨범이 83장, 여성이 만든 앨범이 9장, 혼성이 8장이다. 특히 2000년대에 선정된 26장 중 여성 음악가가 참여한 앨범은 5장이었다. 장필순, 이소라, f(x), 3호선 버터플라이, 롤러코스터의 앨범이다. 장필순과 이소라는 이미 80~90년대부터 활동해 전설이 된 음악가라는 점을 감안한다면 결과는 더욱더 아쉽다.

평론가 서정민갑은 〈'한국 대중음악 명반 100'에 대한 몇 가지 생각〉이라는 글[19]을 통해 이번 선정이 "50대 초반부터 20대 중후반까지의 남성 음악 전문가들(전문가 47명 중 여성은 3명), 그중에서도 40대 이상의 남성 음악 전문가들을 중심으로 뽑은 결과"라고 말한다. 좋은 지적이다. 그런데 문제는 그들이 앞으로도 수년, 혹은 10년 이상 '음악성'에 대해 규정할 사람들이라는 사실이다. 음악가는 음악으로 인정받아야 한다. 그래야 기반이 생기고, 음악 작업도 많이 할 수 있다. 그런데 여성이 한 음악이라는 이유로 평가 절하되는 상황에 놓인다면, 여성 음악가들이 음악을 지속하기는 어려워질 수밖에 없다.

인디 음악의 팬덤이나 소비자들 역시 여성 음악가를 음악 자체보다는 가십거리로 즐기는 경향이 있다. 나도 홍대 클럽을 가거나 커뮤니티를 드나들며 별별 이야기를 다 들었다. '성형

설'은 기본이고, 남성 음악가와의 러브 라인, '누구는 공연 때 발 냄새가 난다'와 같은 이야기에 "여성 음악가 ○○○가 학교에서 특이한 행동을 한다"까지……. 이러한 소문이 주로 여성 음악가를 중심으로 쏟아졌다는 사실을 부정할 인디 음악 팬들은 없을 것이다.

페미니즘 문학 비평서인 《문학을 부수는 문학들》[20]에선 1세대 여성 작가인 김일엽–김명순–나혜석에 대한 소문(스캔들)이 끊임없이 서사화되고, 이것이 여성 작가들의 활동을 위축시키는 상황을 보여 준다. 물론 이 소문들이 널리 퍼지는 가운데 이들의 문학은 힘을 잃었다. 이와 비슷하게 여성 음악가를 가십거리로 삼고 성적으로 대상화하는 마초적 시선은 여성이 하는 음악의 가치를 무분별하게 깎아내리는 방식으로 작동한다.

또한 여성에게는 구조적으로 기회가 제공되지 않고 있다. 《두 개의 목소리》에서는 프로듀싱을 남성이 독점하는 구조를 지적한다. 싱어송라이터 소히는 "남성 음악가들이 (기계나 장비 등) 실용적인 것에 접근할 때, 여성들은 곡을 쓰는 일의 어려움을 털어놓는다"[21]라며 남성과 여성의 문화가 다르다고 지적한다.

그런데 소히가 말한 '문화' 역시 남성 중심의 음악계 문화에 의해 만들어진 것 아닐까? 기계나 프로그램을 만지는 프로듀싱이나 연주를 남성의 전유물로 여기는 분위기에, '여자치고'

라는 평가가 만연한 분위기에서 여성에게 중책이 주어지기는 힘들다. 롤 모델도 나타나기가 어렵다.

하지만 남성 연대의 저평가나 성적 대상화, 음악계의 유리천장에도 다행히 여성 음악가들은 계속 자신의 영역을 구축해 나가고 있다. '흐른'은 더 이상 '여자치고'가 통용되지 않는다며 이렇게 말한다.

여성의 실력과 수에 있어서 상당한 토양이 만들어졌고. 여성 음악가가 취하는 장르 또한 강성 계열부터 전자음악까지 다양해졌다. 나아가 자신의 위치를 고민하고 스스로 결정한 여성 음악가가 늘었다. 페미니스트 정체성을 가지고 활동하는 동료들이 멀지 않은 곳에 있다.

《두 개의 목소리》. 300쪽.

《두 개의 목소리》를 읽으며 과거 인디 음악의 팬으로서 했던 생각이 떠올랐고, 부끄러워졌다. 나 또한 여성 음악가들의 음악을 '감성팔이'라고 내심 깎아내리며, 남성 평론가들의 비평에 힘을 실어 줬다. 이제는 그것이 얼마나 편견과 혐오에 기반한 생각이었는지 잘 안다.

여성 음악가들이 스스로 길을 개척할 때, 남성들이 적어도 방해는 하지 말아야 한다. 그러나 음악을 하는 여성들, 특히 페미니스트로서의 정체성을 음악에 담는 여성들은 꾸준히 남성들의 혐오에 노출된다. 여성 음악가들이 더 오래, 안정적으로 활동하길 바라는 남성이라면 이젠 '여성 음악가를 폄훼하는 남성들'을 향해 돌을 던져야 하지 않을까?

+ '두 개의 목소리'는 음악에 필요한 육체적인 목소리와 더불어 여성을 이야기하는 정신적이고 정치적인 목소리를 뜻한다고 한다.

'저년'과
'화냥기'라는
말 없이는
예술 못 하나요?

단풍. 저년이 아무리 예쁘게 단장을 하고 치맛자락을 살랑거리며 화냥기를 드러내 보여도 절대로 거들떠보지 말아라. 저년은 지금 떠날 준비를 하고 있는 것이다. 명심해라. 저년이 떠난 뒤에는 이내 겨울이 닥칠 것이고 날이면 날마다 엄동설한. 북풍한설. 너만 외로움에 절어서 술독에 빠진 몰골로 살아가게 될 것이다.

2018년 10월 10일 이외수 작가가 SNS를 통해 공개한 시

요새 너무 경색되고 '미투'다. 이런 것들이 있다 보니까 서로가 움츠러들어가지고 뭐 개그라든가 유머라든가 조크를 하려고 해도 …… 사회가 무서워졌어요.

코미디언 심형래. 2018년 10월 8일.
〈19금 버라이어티 심형래 쇼〉 기자 간담회 발언 중

문학이 버려야 할 말이 너무 많아졌어요. 형님.

이외수 작가의 〈단풍〉에 대한 비난 여론이 일자
류근 시인이 이 작가의 SNS에 단 댓글

'아, 옛날이여!'를 외치는 올드 보이들이 점차 늘고 있다. 그런데 이들이 생각하는 그 좋았던 '옛날'이란 무엇인가? 그들이 마음껏 '혐오'하고도 존경의 대상이 될 수 있던 시절을 뜻한다. 흑인을 조롱하고 여성의 외모를 비하하고, 장애인의 행동이 개그의 주요 소재가 됐던 그때. 시의 화자가 빨랫줄에 걸린 속옷을 보면서 여성의 가슴을 상상하고(복효근)[22], 여성을 때리고 나서야 자아를 찾고(박남철)[23], 여성을 '조립식 침대'라고 대상화하며 잘 길들여 준 여성의 옛 남자에게 감사한다던(류근)[24], 그것들이 떳떳하게 '문학'의 이름을 가졌던 그때.

물론 올드 보이들은 억울할 것이다. 앞서 '혐오'라고 일컬은 것들은 그들에겐 관습이었고, 권장되는 일이기까지 했다. 사회에 만연한 엄숙주의를 깨고 자유자재로 언어를 구사한다는 것에 이들은 일종의 뿌듯함도 느꼈을지 모른다.

혐오를 기반으로 하는 표현, 이젠 용납할 수 없다

그런데 시대가 달라졌다. 젠더 권력을 가진 남성들의 시선과 잣대로 세상을 규정하는 관습에 동의하지 않는 이들이 많아졌다. 트위터에서는 누군가 이외수의 〈단풍〉에 대한 미러링으로 〈은행〉이라는 시를 썼다. 또 '남애시인 고간'이라는 이름의 계정에서는 여성을 대상화한 시들의 미러링 시를 올리고 있다. 그들의 시에서 남성의 신체가 적나라하게 비유의 대상이 되는 것을 보면, 그간 남성 시인들이 문학의 이름으로 얼마나 여성에 대해 함부로 이야기했는지 새삼 깨닫게 된다.

'정상'이자 '보편'의 위치에서 사회를 규정하고 약자에 대해 마음대로 표현할 수 있던 이들이, 사회가 변화함에 따라 그 지위를 잃어가고 있다. '끌어내림'을 당한 이들은 "표현의 자유가 없다" "무섭다" 등등의 말로 억울함을 주장한다. 이 과정에서 그들의 작품을 통해 '보편'의 위치에 서서 대리 만족하던 독자 내지 소비자들은 그들의 충실한 지원군이 되기도 한다.

그런데 누군가를 비하하거나 도구화하지 않고서는 힘을 얻지 못하는 언어라면, 그 언어의 토대란 얼마나 빈곤한 것인가? 대중을 상대로 언어 예술을 하는 사람들이 단순히 '내가 쓰고 싶어서' 혹은 '그게 가장 적확하다고 느껴져' 혐오를 담은 발화를 한다? 고민 안 하는 것으로밖에 보이지 않는다.

나는 어릴 적 '짱깨'라는 말을 자주 썼다. 중국인들이나 혹은 중국 음식을 지칭해 그런 말을 했다. 약간 껄렁하게 "야, 짱개 시켜 먹자" 하면 웃는 사람들이 있어 더 즐겨 썼다. 그런데 누군가 내게 왜 '짱깨'라는 말을 쓰느냐고 지적한 적이 있다. 난 처음에는 "재미있어서 그냥 쓴다"라고 했고, 그 이후에도 지적을 받자 "누군가를 비하할 의도는 아니었다"라고 말했다. 부끄러운 기억이다.

이처럼 혐오 단어나 특정 집단에 대한 혐오를 담은 비유는 재미있어서, 감각적이라고 느껴져서, 관습이라서 그냥 쓴다. 당연히 수많은 개그맨들과 시인들도 여성을 비롯한 약자를 비하할 의도는 없었을 것이다. 그러나 의도가 그렇지 않다고 설명하면 끝인가? 의도와 별개로 시민들이 일상에서 혹은 교과서에서까지 접하는 그들의 언어는, 성차별을 비롯해 약자에 대한 배제를 고착화·정당화하는 데 기여한다.

여성혐오가 관습이었던 올드 보이들의 시대는 끝났다

어원은 차치하고서라도, 이외수 작가가 〈단풍〉에서 쓴 '화냥기'라는 말을 보자. '남자를 밝히는 여자의 바람기'라는 뜻이다. 그렇다면 남자의 바람기를 지칭하는 말은? 없다. '화냥년'이든 '화냥기'든 일방적으로 여성을 비하하는 용어다. 어떤 행동을 하는 여성을 속되게 이르는 말은 있는데, 같은 행동을 하는 남성을 지칭하는 말은 없는 경우('걸레' '맘충' 등), 이를 혐오 표현이라고 여기는 게 그렇게 어려울까?

물론 혐오 표현은 부조리를 드러내거나 혹은 서사의 전개를 위해 예술 작품에서 이용할 수도 있다. 그러나 이외수 작가의 시에 어디 그런 맥락이 있나. 단풍을 '화냥기가 있는 여성'에

빗댄 것에 불과하다. 이게 불가피하고 대체할 수 없는 비유인가? 젊은 사람들은 '저년'과 '화냥기'를 빼고 단풍에 대한 시를 쓸 순 없느냐고 따졌다. 하지만 이외수 작가는 모든 비판자들에 대한 차단, 그리고 '독서량이 부족한 사람일수록 난독증이 심하다'라는 포스팅으로 응답했다.

DJ DOC의 〈수취인분명〉의 가사, 이구영 작가의 〈더러운 잠〉에 비판이 쏟아진 이유는 박근혜라는 공인의 잘못이 아니라 박근혜의 여성성을 조롱했기 때문이다. 이제 이 시대가 예술을 하는 이들에게 묻는다. 꼭 그렇게 약자를 혹은 누군가의 약자성을 비하해야 하느냐고, 적어도 다른 방식은 없었는지 고민해 볼 생각이 없느냐고.

다행히 서효인 시인은 그 물음에 응답했다. 《한국일보》 기사에 의하면 그는 시집 〈여수〉를 내기 위해 기존에 쓴 시를 묶으며, 여성혐오가 엿보이는 시어를 고치거나 다시 썼다. '여공들'을 '젊은이'로, '아줌마'를 '학부모'로 바꿨다. 시 〈서귀포〉에서 4.3 항쟁을 회상하는 부분 "젊은 남자는 섬 말 쓰는 아녀자를 잡아서 궁둥이 사이에 대검을 꽂아 넣었다"를 "미아들은 섬 말 쓰는 사람들을 잡아다 몸 어딘가에 대검을 꽂아 넣었다"로 수정했다. 그가 《한국일보》와의 전화 인터뷰에서 했던 말은 '단풍 논란'과 관련해 더욱 새겨들을 만하다.

폭력적인 장면이나 처연한 분위기를 살리는 장면에서 여자를 폭력의 제물로. 배경적 소재로 써 왔던 게 한국 문학 특유의 버릇이었던 것 같다.[25]

여성혐오를 예술적 영감인 양 이야기하는 올드 보이들의 시대는 끝났다. 여성을 비롯한 약자와 소수자를 비하하지 않아도 예술은 가능하다. 이는 '자기 검열'이 아니다. 창작자로서 관습과 편견을 넘어서는 과정에 더 가깝다. 페미니스트들의 목소리가 커질수록, 서효인 시인처럼 혐오를 거부하는 '다른 길'을 선택하는 움직임도 늘어날 것이라 믿는다.

이창동이 말하는
'청년'에
여성은 없다

이창동 감독은 〈버닝〉을 '젊은 사람에 대한 이야기'[26]라고 밝혔다. 어떤 젊은 사람? 바로 종수(유아인 분)와 해미(전종서 분) 같은 사람이다. 종수와 해미는 미래가 없는 청년이다. 자본주의가 주변부로 밀어낸 사람이다. 지그문트 바우만의《쓰레기가 되는 삶들》[27]을 인용하자면 이 사회에서 이들의 존재는 '여분의' '불필요한' '쓸모없는 것', 한마디로 '쓰레기'라고 규정할 수 있는 인물들이다. 바우만은 "설계가 있는 곳에 쓰레기가 있다"라고 말한다. 집이 풍비박산 나고, 소설을 못 쓰고 있는 소설가 지망생 종수, 카드빚이 있는데도 아프리카 여행을 가는 해미는 자본주의적 설계에 맞는 인간형에 포함되지 못한다.

이들 남녀들은 직업. 계획. 지향점. 자기 삶을 틀어쥐고 있다는 자신감을 잃었을 뿐 아니라 노동자로서의 존엄. 자존심. 자기가 쓸모 있는 사람이며 자신만의 사회적 지위를 갖고 있다는 느낌을 박탈당했다.

지그문트 바우만, 《쓰레기가 되는 삶들》, 35쪽.

현대 자본주의 사회는 신용이 높고, 세금을 잘 내고, 끊임없이 소비하는 인간을 원한다. 그 반대의 인간은 체제의 안전과 정상적 작동을 위해 '처리'해도 된다고 믿는다.

쓰레기로 규정되는 청년 남성의 반격

"종수가 사는 공간은 곧 없어질 공간이다"[28]라는 감독의 말처럼 파주 역시 '쓰레기'의 공간이다. 바우만이 책에서 제시한 '유동성'의 개념에 따르면 경제적 진보는 농업 등 기존의 삶의 방식을 박탈하고 '바람직한 것'을 재정의했다. 한때 설계의 과정에서 바람직한 것이었던 농업이나 농촌 공동체는 이제 설계를 통해 잉여가 되어 버렸다.

(농촌에 주로 있는) 비닐하우스를 태운다고 말하는 벤(스티븐연 분)의 대사는 정상/비정상, 쓸모 있음/없음을 구획한 설계자, 즉 시스템의 목소리다. 그는 '낡고 쓸모없는 것'을 태운다고 말하면서도, '낡고 쓸모없는 것'이 무엇인지에 대해 판단하지는 않는다. 실제로 '낡고 쓸모없는 것'을 구획하는 일은 사회에서 매우 자연스럽게 이뤄지는 과정이기도 하다. 벤이 상징

02 단언컨대, 남성혐오는 없다

하는 시스템은 보기엔 매우 풍요롭고 배려가 넘쳐 보인다. 언제든지 쓸모 있는 것들의 세계로 '들어오라고' 말한다. 그러나 이는, 시스템은 공정하게 설계되었고 당신들을 배제하지 않고 있다는 위장이다.

하지만 종수는 시스템이 인정하는 인간이 될 수 없음을 안다. 벤이 자신을 부르거나 도발하면 거기에 속절없이 끌려다닐 수밖에 없다. 이 세계에서 자신이 결정할 수 있는 것이 아무것도 없다는 사실을 벤을 보면서 깨닫고, 무력감을 느낀다. 무력하고 불확실한 삶은 그 자체로 공포스럽다.

반면 삶의 의미를 찾는 '그레이트 헝거'들에 관심이 있는 해미는 이 사회의 설계를 위협하는 사람으로 나온다. 그는 일몰이라는 '경계'에서 자유롭게 춤을 추며 시스템이 자신에게 부여한 분명한 선을 부순다. 그리고 그 이후 다시 나타나지 않는다.

한편 해미는 종수에게 두 가지 수수께끼를 남긴다. 우물의 존재와 자신이 기른다고 주장하던 고양이 '보일'의 존재가 그것이다. 둘 다 정말 있는지 없는지 알 수 없다. 그런데 그는 수수께끼를 풀어 가면서 일종의 믿음을 서서히 갖게 된다. 믿음은 무력감을 이겨 낼 수 있도록 도와준다. 택배 상하차 알바를 갔다가 관리자의 권위적 태도를 못 이기고 뛰쳐나온 장면은 그의 변화를 상징한다. 특히 '세상이 수수께끼 같아' 소설을 못 쓰고 있었던 그는 우물의 존재를 믿고, 이어 벤의 집 주차장에서 본 고양이가 보일이라고 생각하게 된 후 소설을 쓰기 시작한다. '소설 쓰기'는 불확실성으로 가득한 세계를 자신의 손으로 재정립함을 의미한다.

마지막의 '버닝'이 소설의 내용인지 아니면 현실인지 알 수는 없지만 중요한 것은 종수가 무엇이든 간에 믿음이 생겼고, 설계를 통해 자신에게 찍힌 낙인을 (설계자를 죽임으로써) 벗어던지는 동력으로 그 믿음이 작동했다는 점이다. 그러나 이를 일종의 복수 서사나 민중 서사로 읽을 순 없다. 종수는 애초에 무엇인가를 바꿀 수 있다고 혹은 복수하겠다고 버닝을 한 것이 아니기 때문이다. 다만 다시 시작하고 싶은 것이다. '쓰레기'에서 벗어나, 욕망하고 결정할 수 있는 인간으로.

해미는 도대체 왜 사라졌는가

이런 결말이나 전체적인 메시지를 보면 해미의 캐릭터 설정은 좀처럼 이해하기 어렵다. 해미는 꿈(그는 아무 데서나 잘 잔다)과 현실, 존재와 비존재의 경계를 오가며 "필요할 때는 거짓말까지 한다"라는 평을 듣는 '욕망하는 청년'이다. 앞서 말했듯 그는 시스템이 쳐 놓은 구획의 경계를 거닐며 비웃는다.

그런데 이런 해미가 갑자기 "벤 오빠는 나 같은 사람이 마음에 든대"라며 자연스럽게 시스템의 유혹에 빠진다. 너무 손쉽게 시스템의 정상성을 확보하기 위한 '제물'이 되는 것이다. 그가 자신의 욕망을 잃고 위장에 넘어가는 전개부터 내겐 설득력이 없었다. 그렇다고 그가 '순교'를 하느냐? 천만에. 결과적으로 그는 주인공을 각성시킬 단서만 제공하고 사라지는 '도구'가 된다.

물론 해미가 현실의 여성을 상징할 수도 있다. 쓰레기를 만들어 내는 시스템에서 쓰레기로 전락할 위험이 큰 쪽은 분명 남성보다 여성이니까. 그러나 적어도 해미의 희생을 그리려면, 해미가 왜 희생될 수밖에 없었는지도 그렸어야 한다. 영화를 보면 그저 '여자여서' '주제넘게 카드빚이 많아서' 죽은 상황으로밖에 읽히지 않는다.

여성 청년들은 실제로 '이유 없이' 많이 죽는다. 생면부지의 사람에 의해 혹은 가장 친한 사람에 의해 살해당하거나, 성차별을 통해 구조적으로 배제당해 사회적 죽음 상태에 이르기도 한다. 그러나 영화에서는 이런 현실을 겨냥한 문제 제기도 없을뿐더러, 해미는 모든 행동이나 말에서 일관성을 상실한 미스터리의 상징으로만 그려진다. 대체 어떤 여성 청년이 이 영화를 '내 이야기'라고 공감할 수 있을까?

얼마 전 '성판매 여성 안녕들 하십니까' 페이스북 페이지에 실린 글을 모은 책 《나도 말할 수 있는 사람이다》[29]를 읽었다. 이소희 씨의 글은 우리 사회가 시스템 밖으로 몰아내 성 판매를 하게 된 여성들이 처한 현실을 그렸다. 성 판매를 하는 여성들은 모든 종류의 폭력에 노출되며, '그 폭력에 맞서 어떤 것도 할 수 없다'라는 사실에 무력감을 느낀다. 그런데도 우리 사회는 여성을 착취하는 공고한 구조 대신 '개인'을 비난하기에 급급하다.

비참한 상황에 처한, 시스템이 배제한 남성은 적어도 동정의 대상이 되거나 분노의 주체로 호명될 수 있다. 이해해 주려는 사람들이 많다. 반면 여성은 삶의 맥락을 조명받지도 못한 채 모든 행위와 결과의 책임을 개인이 떠맡는다.

여성 청년이 처한 현실을 이창동 감독이 애써 무시하거나 폄하할 의도는 없었을 것이다. 종수의 '버닝'에 집중한 영화이니만큼 해미를 입체적으로 그리기가 힘들었을 수 있다. 그러나 '쓰레기가 되기 싫어' 끊임없이 욕망했던 한 청년이 사라지는 것에, 아무 이유도 제시하지 않는 서사가 어떻게 '청년의 이야기'가 될 수 있을까? 이것은 우리 청년들의 이야기가 아니다. '이창동이 생각하는 남성 청년'의 이야기일 뿐이다.

당신도
'안희정들' 중
하나입니까?

내가 자상하고 좋은 boss[30]

안희정 1심 판결문에 인용된 텔레그램 내용 가운데 가장 나를 아연실색하게 한 안희정 씨의 말이다. 비록 뒤에 "자뻑"이라고 부연하긴 했지만, 보통의 사람이 부하 직원에게 스스로를 "자상하고 좋은 boss"라고 말하는 것도 부끄러운 일일 터.

게다가 이 메시지는 이미 수차례 성폭행과 성추행 혐의 사건이 일어난 후인 11월에 보낸 것이다. 미투로 고발당할까 걱정하던 상급자의 말이라기엔 염치가 없어도 너무 없다. 이렇듯 위력은 위력을 가진 사람으로 하여금 '나 정도면 괜찮다'라고 생각하게 만든다. 이들은 폭력이나 폭언 사용 없이 적당히 다정하고 덜 권위적으로만 굴면 위력을 행사하지 않는 것이라고 생각한다. 그리고 이는 안희정 씨를 무죄로 판결한 1심 재판부의 생각이기도 하다.

위력을 '사람의 의사를 제압할 수 있는 유·무형의 힘'이라고 정의한다면, 위력은 힘의 적극적인 사용을 전제하지 않는다. 어떤 사람이 가진 자리와 사회적·경제적 위치 자체가 위력이다. 위력을 가진 이는 직접적이고 명시적으로 압박할 필요가 없다. 말 그대로 '말하지 않아도 알아요'다. 거부하면 엄청난 불이익이 따를 것이라는 불안감과 공포가 일어 차마 거부할 수 없는 것, 이게 위력이다.

"그럴 의도가 아니었다"는 변명이 될 수 없다

위력을 가진 사람은 자신의 위력을 망각한다. 자신의 행동을 막지 않거나, 요청을 거부하지 않는 이유를 '내가 정당해서'라고 생각한다. 그런데 이런 현상이 안희정 씨처럼 막대한 권력을 가진 사람에게서만 벌어지지는 않는다. 위력은 곳곳에, 아주 사소한 형태로 있다.

예전에 독립 언론 《고함20》에서 면접관을 맡았을 때의 일이다. 두 지원자의 면접을 봤는데, 그중 한 명의 대답과 자기소개서가 너무 엉망이라 짜증이 났다. 그때 나는 우습게도 '악역 면접관' 역할에 도취된 상태였다. 슬그머니 그 면접자의 자기소개서를 4등분으로 접어 볼 필요도 없다는 식으로 뒤로 빼놓았다. 그 모습을 해당 면접자가 봤을지 안 봤을지는 알 수 없다.

다만 무례하다고 항의받고 욕먹어도 할 말 없는 상황이었다. 그러나 그는 공손하게 면접을 마치고 꾸벅 인사하며 나갔다.

당시 나는 마치 '무례할 권리가 있다'고 믿는 사람처럼 행동했고, 그는 내 무례한 행동에 대응하지 못했다. 그때 나는 고작해야 청년 독립 매체의 전직 편집장이었을 뿐이지만, 적어도 그가 이곳에 들어올 수 있을지 없을지는 결정할 수 있었다. 위력으로써 그에게 눈치를 보게 하고, 무례함에 대응하기 어렵게 만든 것이다. 부끄러운 기억이다.

직장을 다니고 여러 사람을 만나다 보면 '우리는 동등할 수 없는 관계구나'라는 사실을 깨닫는 경우가 많다. 아무리 격의 없는 사이 같아도, 권한이 더 크고 상대를 압박할 수단이 더 많은 사람이 위력을 갖는다. 동등해지고 싶다고 동등해질 수 있는 게 아니다. 자신은 동료, 동지, 파트너라고 생각하지만 상대는 꾸역꾸역 맞춰 주는 처지일 수 있다.

위력이 의도와 관계없이 생긴다면 "편하게 대하시오"라고 말하는 것은 상책이 아니다. 그저 위력을 악용해 제멋대로 행동하지 않는 태도, 부하 직원이나 상대적으로 '을'이 될 수밖에 없는 이에게 예의를 지키는 것이 최악을 면하는 법이다. 나중에 "그럴 의도가 아니었어"라고 말해 봤자 소용없다. 지난날 당신이 상급자에게 당한 막말과 저질 농담, 부당한 요구도 "그럴 의도가 아니었을" 테니까.

안희정 씨처럼 자기 객관화에 실패한 경우에는 제멋대로 행동하는 것과 그렇지 않은 것을 잘 구분하지 못한다. 아마 그는 자신의 결정에 큰 반발을 받아본 적이 없을 것이다. 잘해야 얼핏 수평적으로 보이는 내부 논의를 거쳐 결국 '뜻대로 하옵소서' 식으로 일이 진행됐을 것으로 추측한다. 그 자체가 나쁘다는 게 아니다. 다만 안희정 씨는 도청과 선거 캠프 직원이 그의 말에 따르는 이유가 그가 언제나 옳은 말을 해서가 아니라는 것쯤은 알았어야 했다.

어린 여성을 향한 위력의 악용

안희정 씨뿐만이 아니다. 알량한 권력을 가지고 아랫사람을 함부로 대하면서도 반발이 없으니 그래도 되는 양 여기는 사람이 너무나 많다. 자신이 가진 위력에 아무 말 못 하는 것뿐이라는 사실을 모른다. 이런 사람은 누가 지적해도 잘 달라지지 않는다. 정당화하기 때문이다. 잘못을 인정할 줄 모른다. 저질 농담은 '분위기를 좋게 하기 위해', 후배를 향한 공격은 '다 회사 잘되라고' 했다고 한다. 결국 위력의 작동에 개입했음에도, 자기 객관화에는 실패하는 것이다.

물론 위력의 악용이 개인 품성의 문제만은 아니다. 사회 전반의 인권 의식이나 차별에 대한 민감도에 따라 위력을 가진 이에게 용인되는 행위의 범위가 달라지기 때문이다. 그래서 여성 인권이 남성 인권보다 현저히 뒤떨어진 사회에서는 여성을 향한 위력의 악용이 잦다. 성폭력뿐 아니라 여성에게 특히 강요되는 애교, 분위기 메이커 역할, '꽃'의 역할 등을 묵묵히 수행할 수밖에 없을 때도 있다. 어디 그뿐일까? 워킹맘을 향한 노골적인 불만 표출에도 웃어야 하고, 명백한 임금 성차별과 유리 천장 앞에서도 '내 능력이 부족하겠거니' 해야 한다. 여성에게 가해지는 위력은 더욱 강력하고 다양할 수밖에 없다.

같은 조건이면 한국 사회에서는 대체로 나이가 많고 남성인 이가 더 많은 힘을 가진다. 대부분의 조직이나 모임에서 누가 자신의 위력이 어느 정도인지 가늠하고 경계해야 하는지는 명백하다. 그런데 '위력의 행사가 없으니 무죄'라는 1심 사법부의 판단에 동의하는 남자들은 자신이 사회에서 가진 위력이 어느 정도인지 알지 못할 것 같아 걱정된다. 제발 누군가가 용기 있게 한마디 했을 때 잘못을 인정하길 바랄 뿐이다. 자신이 다른 사람에게 큰 고통을 주는지도 모르는 채 그저 자뻑에 빠져 있는 수많은 '안희정들' 중 한 명이 되기 싫다면 말이다.

+ '안희정 씨 성폭력 사건'은 1심과는 반대로 2심에서는 안희정 씨의 가해 사실이 상당수 인정되어 징역 3년 6개월이 선고됐다. 2019년 9월 9일, 대법원은 상고심에서 2심 판결에서 내린 형량을 그대로 유지하며 안희정 씨의 유죄를 확정했다. 부디 피해자가 다시 평온한 일상을 되찾기 바란다.

임신 중절,
뒷짐 진 국가와
무책임한 남자들

2019년 2월, 한 레이싱 모델이 자신의 개인 방송을 통해 8년 전 낙태 사실을 밝히며, 유명 프로게이머와 만나던 중 발생한 일이라고 주장했다. 프로게이머는 "사귄 것은 맞으나 당시에는 낙태 사실을 몰랐다. 친구랑 가서 (태아를) 지우고 왔다는데 진짜인지도 모르겠다."라고 반박했다. 사실 관계를 분명히 알 수는 없지만, 여자가 (사귀는 도중 혹은 헤어진 직후에) 남자에게 이야기하지 않고 낙태 수술을 받은 일은 분명한 듯하다.

포털 여론은 대부분 레이싱 모델 쪽을 비난하는 분위기다. 갑작스러운 폭로뿐 아니라, 아이의 아빠인 남자에게 알리지 않은 채 수술했다고 발언한 사실이 의심스럽다는 지적도 있었다. 아래는 포털 메인에 실린 관련 기사 베스트 댓글 중 일부다.

어느 날 갑자기 남사친이랑 와서 임신했다고 아기 지웠다고 통보함 = 남사친이랑 와서 통보했다는 것도 의심이 갈만한 부분이지만 중요한 건 임신했을 때 바로 (프로게이머)한테 얘기 안 하고 혼자 일을 처리했다는 점. 입장 바꿔서 내가 여자라면 임신했으면 제일 먼저 첫 번째로 털어놓고 얘기해야 되는 사람이 당사자인 (프로게이머)인데 남사친이 먼저 알고 있었다는 게 의심되고 열 받을 일이다.

낙태하는 여성은 왜 비난받아야 했나

당시에 낙태 사실을 알리지 않았음을 '의심'의 근거로 제시하는 것은 남자들의 생각일 뿐이다. 프로게이머는 어린 나이였다. 관계를 끝까지 지속할 게 아니라면 혼자 수술을 받는 선택이 오히려 현명하다고 판단했을 수 있다. 남자 주변에 낙태 사실이 알려질 수 있다는 점도 걱정됐을 것이다. 프로게이머는 '멘탈'이 바로 성적으로 이어질 뿐 아니라, 숙소에서 단체 생활을 하는 직업이기 때문이다. 실제로 여자는 개인 방송을 통해 "남자도 나도 꿈이 있었기 때문에 서로를 위해서 수술할 수밖에 없었다. (낙태는) 큰일이 아닐 수도 있으니까……"라고 말하기도 했다.

나는 이 사례에서 이성애 관계의 극단적인 불평등함을 본다. 섹스를 하는 경우, 남성은 아무런 부담이 없다. 반면 여성은 상시적으로 임신의 위험에 노출돼 있다. 임신하더라도 남자는 아무 책임을 지지 않아도, 때에 따라 아예 몰라도 된다. 그래, 이 불평등은 생물학적 원인에서 온다고 치자. 그렇다면 국가는 무엇을 해야 할까? 애초에 이런 불평등한 상황(원하지 않은 임신)이 발생하지 않게 피임을 장려해야 한다. 그러나 비교적 피임 확률이 높은 콘돔, 피임약, 미레나 등을 사용하는 적극적 피임률은 어떤 통계를 봐도 절반이 안 된다.

그렇다면 원하지 않은 임신을 해서 낙태를 시도하면 국가는 무엇을 하나. 불평등한 상황에 처한 이 여성을 도와주나? 아니다. 몇 달 전까지만 해도 낙태 수술을 받으면 오히려 처벌했다. 지금은 헌법 불합치 결정이 난 낙태죄를 통해 국가는 수십 년간 여성의 몸을 불법으로 규정해 왔다. 이는 낙태하는 여성을 향한 사회적 비하와 비난으로 돌아왔다. 불평등을 가중시켰던 것이다.

정부 조사 결과 15~44세 임신 경험이 있는 여성 10명 중 2명(성 경험 여성 10명 중 1명꼴)이 낙태를 한다.[31] 이중 절반이 미혼 상태에서 경험한다. 낙태는 흔한 일이다. 다만 그것이 불법이었기에, 사회적으로 금기시되었기에 드러나지 않았으며, 드러나지 않았기에 드러나면 삶에서 큰 위험 요소로 작용해 왔다. 이 위험에서 당연히 남자는 자유롭다.

여성이 낙태 수술로 겪는 고통을 감히 내가 함부로 말하기는 어렵다. 그럼에도 보고 들은 이야기를 정리해 보면, 육체적 고통만큼이나 여성을 고통스럽게 한 것은 낙태를 '불법' '숨어서 해야 하는 일' '부끄러운 행동'으로 바라보는 사회의 시선이었다. 게다가 이런 시선을 답습한 많은 남성이 낙태를 '성적 문란함'의 상징인 양 이야기하던 것은 여성들에게 공포 그 자체였으리라.

낙태는 가십이 아니다

낙태에 대해 낙인찍고 비난한 대표적인 예는 2010년에 나온 래퍼 데프콘의 〈그녀는 낙태중〉이라는 곡에서 찾을 수 있다. 가사는 여성 BJ가 명품을 위해 어장 관리를 하며 별생각 없이 낙태 수술을 받는다는 내용을 담고 있다.

실수를 가장한 그 팬티 보여주기란
명품 백을 위한 현실의 아픔인가?
익숙해진 임신 앞에 첫 마디가 씨발!
필 받아서 콘돔을 뺀 새끼도 씨발!
부랴부랴 헤드셋을 챙긴 채
오늘도 씨발 놈의 풍선을 또 땡기네.[32]

끔찍한 가사다. 단 한 번도 삶에서 원하지 않은 임신의 위험에 노출되어 보지 않은 남자가, 낙태 수술 받는 여성을 조롱하는 가사를 쓸 수 있는 현실이 한국 사회에서 남성이 가진 젠더 권력을 보여 준다. 동시에 그간 존재했던 낙태죄가 여성의 몸을 규정하고 통제하며, (몸이 불법으로 규정되지 않는) 남성들에게 도덕적 우위까지 선사했다는 점을 일깨워 준다.

낙태죄 헌법 불합치 결정은 시작일 뿐이다. 이제야 그나마 자유롭게 안전한 낙태 방법을 이야기할 수 있고, 궁극적으로는 섹스와 임신을 둘러싼 성별 불평등을 줄이는 작업을 진행할 수 있게 됐다. 사실 낙태죄가 없더라도 현대 노동 시장에서 임신했다는 이유로, 아니 임신할 수 있는 몸을 가졌다는 이유로 받는 차별은 어마어마하다. 몇 겹의 차별이 여성의 삶에 덧씌워져 있는 셈이다. 여자가 만나던 남자에게 왜 말 한마디 없이 낙태 수술을 해야 했으며, 그 사실을 오랫동안 묻어 둬야만 했을까? 이런 일은 이 레이싱 모델만의 특수한 경우일까? 나는 두 사람의 일이 가십이 아닌, 사회 문제로 여겨진다.

+ 헌법 재판소의 낙태죄 헌법 불합치 결정 이전에 쓴 글을 지금 시점에 맞게 수정했다. 현행 낙태죄가 없어진 것은 크게 환영할 일이지만, 그렇다고 해서 이성애 관계의 불평등함이 근본적으로 변하지는 않는다. 현행 낙태죄를 대체할 개정 법안을 논의하는 과정에서 여성의 재생산권을 최대한 보장해야 한다. 또한 사회는 피임과 섹스, 임신에 이르는 과정에 대한 성평등적 고찰을 해야만 한다.

명징과 직조,
그리고
나쁜수식
반지성주의

1. 이동진 영화 평론가가 자신의 블로그에 남긴 영화 〈기생충〉 한 줄 평이 지난주 큰 화제가 됐다. "상승과 하강으로 명징하게 직조해낸 신랄하면서 처연한 계급 우화"라는 평에서 '명징'과 '직조'라는 단어 사용을 비판하는 이들이 있었기 때문이다. 특히 커뮤니티 엠엘비파크(아래 엠팍)에서 이 주제로 난상토론이 벌어지면서, 몇몇 매체가 이를 보도하기도 했다. 페이스북이나 트위터에선 "명징과 직조가 왜 논란이 되는지 모르겠다"라거나 "저 말을 어렵다고 욕하는 사람들이 더 문제다"라는 식의 반응이 대부분이었다.

그런데 엠팍에 들어가 봤더니 웬걸, 명징과 직조를 '써도 된다' 또는 '쓰면 안 된다'라는 의견이 꽤 비등비등했다. 아래는 이 평론가의 한 줄 평에 비판적인 의견 중 극히 일부를 추린 것이다.

· 명징직조 어려운 거 맞는데영~ 대중문화 글로 벌어 먹고사는 사람이 설마설마 자기가 쓰는 어휘의 난도도 모르고 기고하는 거면 때려쳐야정 ㅎㅎ

· 수능 국어 1등급 출신인데 명징 모르겠네요. …… 책 사고 읽는 게 취미인데도 명징은 정말 모르겠어요.

· 대중을 상대로 글로 먹고사는 평론가는 저런 말 쓰면 안 되죠.

· 예술가도 아닌 평론가가 고작 20자 쓰면서 대중들이 못 알아먹게 쓴 자신의 역량을 탓해야지.

나는 '명징'과 '직조'라는 단어 사용을 비판하는 의견 중 "대중을 상대로 하면서"라는 말이 유독 눈에 띄었다. 이는 반권위주의를 내세우는 반지성주의 행태로 보였다. 전문가의 평가를 '일부러 어려운 말을 쓰는 것'이라고 규정해 버리며 '당신이 전문가든 뭐든 나와 똑같은 수준의 어휘를 구사하라'라고 요구한다. 즉, 어렵게 말하며 가르치려 들지 말고, 바로 알아듣게 말하라는 것.

책 《반지성주의》[33]를 쓴 학자 모리모토 안리는 반지성주의가 미국의 개신교와 결합하면서 19세기 여권 신장 운동과 노예제 폐지에 기여했다고 말한다. 또 이 흐름이 20세기에는 민권 운동과 소비자 운동으로 이어졌다고 강조한다. 즉, 반지성주의가 무조건 부정적인 것이 아니라, 엘리트가 독식한 지식과 부당한 권위에 대한 저항의 모멘텀이 될 수 있음을 이야기한 것이다. 그러므로 반지성주의와 반권위주의가 엮이는 것은 당연하다.

다만 문제는 반지성주의가 작동하는 방식이다. 직조와 명징을 대차게 비난한 댓글은 반권위를 추구하긴 하지만, '어쨌든 내 입맛에 맞춰'라는 식의 변질된 소비자주의에 더 가깝다. 인터넷을 통해 스스로 습득한 정보가 많다고 믿으며, 적극적으로 커뮤니티에 의견을 개진하고, 심지어 사전(위키백과, 나무위키 등)까지 만드는 이들은 전문가들이 자신 위에 올라선 느낌을 싫어한다. 엘리트의 지식 독식이나 권위를 타파하자는 게 아니라, '나도 알 만큼 아니까 (당신을 소비해 주는) 독자들 앞에서 유세 떨지 말라'라고 한다. 수능 언어 1등급에 책도 많이 읽는 '내'가 모르는 단어를 왜 쓰느냐는 불만은 그렇게 나왔다.

이에 대해 손희정 문화 평론가는 〈어용 시민의 탄생:포스트 트루스 시대의 반지성주의〉라는 글에서 "반지성주의는 초창기에는 '진실을 말할 권한'을 승인받은 엘리트에 대한 반발이었다는 점에서 권위에 대한 저항적 성격을 띠고 있었다. …… 그러나 이 저항의 끝은 합리적인 비판 의식이 아니라 '나도 너만큼 똑똑해'라는 나르시시즘(톰 니콜스 인용)"[34]이라고 진단한다.

2. 엠팍 내 명징과 직조 논란의 불을 지핀 것은, 조회 수 49500에 댓글 500개가 넘게 달린 〈요즘 인터넷 보면 별게 다 어려운 단어라고 까네요. jpg〉라는 글이었다. 흥미롭게도 이 글은 갑자기 유시민 노무현재단 이사장을 논란의 원인으로 언급한다.

이게 다 유시민 때문임ㅋㅋ 유시민이 아는 사람은 쉽게 쓴다 한 거 가지고 그 말을 전가의 보도처럼 휘두르며 별로 어렵지도 않은 단어도 어렵다고 욕함ㅋㅋㅋ

의도적이든, 의도치 않았든 반지성주의의 원인으로 유 이사장을 지목한 셈이다. 유 이사장은 글쓰기 강의를 하며 '쉬운 글이 좋은 글'이라는 관점을 밝혀 왔는데, 심지어 2017년 3월엔 JTBC 〈차이나는 클라스〉에 출연해서는 아래와 같이 말한다.

그렇게 어렵게 쓰는 사람은 남을 설득하려는 생각이 없는 거예요. 진정 소통으로 소통을 하고 내가 말하고 하는 논리 생각 전하고 싶은 사람은 그렇게 쓰지 않아요. 어떤 사람이 어렵게 쓰냐면 사기 치려는 사람이 어렵게 써요.

사실 유 이사장의 말은, 기자들 사이에서 많이 통용되는 '중학생이 이해할 수 있는 기사를 써야 한다'라는 말과 크게 다르지 않다. 필요 이상으로 어렵거나, 개념이 정확히 제시되지 않거나, 구조가 복잡한 글은 좋은 글이 아니다. 유 이사장의 발언은 '사기' 운운한 부분이 과하다는 지적을 받을지언정 큰 문제는 없어 보인다. 정작 그가 반지성주의를 부추긴 혐의는 다른 곳에서 발견된다. 바로 '어용 지식인' 선언이다.

2017년 5월 5일 〈김어준의 파파이스〉에 출연한 유 이사장은 당시 문재인 후보가 대통령에 당선되면 '진보 어용 지식인'이 될 거라고 선언한다. '진보'와 '지식인', 그리고 '어용'은 상식적으로 가능한 단어 조합이 아니다. 이러한 아이러니에도 그의 선언은 일부 문 대통령 지지자에게 강한 어필을 했고, 이후 '어용 시민'을 자처하는 이들도 늘어났다.

이는 일종의 시그널이다. 지식인으로서의 사명, 시민으로서의 비판 의식을 버리고, 즉 반지성주의를 장착하고 특정한 정치권력을 지키자는 것이다. 무고한 사람을 죽이고 탄압했던 한국의 색깔론, 미국의 매카시즘이 반지성주의와 권력이 결합한 행태였다는 것을 이들은 알까? 나는 현 정부를 꽤 신뢰하는 사람이지만, 지지자들의 이런 태도에 상당히 놀란 게 사실이다.

일부 문 대통령 지지자들은 노무현 전 대통령 때를 기억하면서, 스스로 가짜 뉴스를 만들어 냈다. 노 전 대통령이 당선 직후 노사모 앞에서 "여러분은 저를 지켜주셔야 합니다"라고 말했다며, 현재 문 대통령에 대한 '절대적 지지'를 외친 것이다. 하지만 유튜브에서 찾아보니 노 전 대통령의 발언은 말뿐 아니라 뉘앙스가 전혀 달랐다. 노 전 대통령 성격에 대통령에 당선되자마자 지켜 달라는 말을 할 리 있겠는가? 노 전 대통령의 실제 발언은 아래와 같다.

노 전 대통령 여러분은 제가 대통령 되고 나면 뭐 하지요?
지지자 감시. 감시.
노 전 대통령 (웃으면서) 여러분 말고도 흔들 사람 꽉 있습니다. 뒤통수칠 사람도 꽉 있습니다. 앞길을 막을 사람들도 꽉 있습니다. 감시도 하고 흔드는 사람들도 감시 좀 해 주세요.

조작을 통해서라도 어용이 되자고 주장하는 문화가 하루아침에 발생한 것은 아니다. 이라영 예술 사회학 연구자는 자신의 저서 《타락한 저항》[35]에서 '나꼼수'를 비롯한 민주당 지지 성향의 진보 남성들이 어떻게 반지성주의를 부추겼는지 지적한다. 특히 그 중심에 있던 나꼼수 세력은 (유 이사장의 어용 선언도 〈김어준의 파파이스〉에서 나왔다는 점을 주목해야 한다) 팬덤 정치를 조장하면서, '우리 편'을 향한 비판 자체를 '정권 교체를 방해하는 획책'인 것처럼 받아들여지게 했다.

나꼼수는 "쫄지 마, 씨바!"를 외치며 '무학의 통찰'의 위력을 보여 준다. 지식인의 고매한 말로는 감히 상상할 수 없었던 '사이다'를 대중에게 선사한다. 여기까진 좋다. 문제는 김어준 씨가 '우리 편이 듣고 싶은 말'을 하면서 종교적 열정을 자아내는 방식으로 사이다를 선사한다는 것이다. 일종의 '정치적 힐링'이다. 당연히 논리나 지식보다는 믿음이나 기분이 중요하게 여겨진다. 그러니 논리적으로 비판해도 이들에겐 먹히지 않는다. 동시에 정권 교체 혹은 민주당 지지라는 대의는 비판에 대한 방어까지 가능하게 한다.

또한, 김어준 씨는 끊임없이 음모론을 제기하는데, 가상의 적을 만들어 내서 위기의식을 고조시키는 그의 방식은 정권 교체나 적폐 청산 이외의 이슈를 사소화하는 데 기여했다. 이라영 연구자는 진영 논리에 기반한 그의 음모론을 통해 여성혐오가 정당화되거나, '나중에' 해결할 문제처럼 치부되어 버렸다고 지적한다.

김어준 씨는 미투 국면에서 미투 운동이 "피해자들을 준비해 진보 매체에 등장시키는" 일종의 '정치 공작'이라는 관점을 드러냈다.[36] 그가 생각하는 공작의 목적은 "문재인 정부 지지자들의 분열"이었다. 나아가 그는 자신의 프로그램에서 성폭력 의혹에 휩싸인 정봉주 전 의원을 두둔했다. 김어준 씨는 정 전 의원의 거짓말이 드러났음에도 사과하지 않았다. 던져 놓고 아니면 그만, 참 편하다.

김어준 씨의 파트너인 김용민 씨는 한발 더 나아간다. 지난 3월 12일 "한국 언론의 현실... 윤지오 출석 텅텅... 정준영 귀국 꽉꽉"이라는 글과 취재 사진을 SNS에 올리며, '버닝썬이 고 장자연 사건을 덮는다'라는 음모론적 시각을 부여한다. 그러나 실상 윤지오 씨의 검찰 참고인 출두는 조선일보를 제외한 모든 언론이 보도한 상황이었다. 이후 김용민 씨가 선대인 씨의 언론 비평 프로그램 제목을 〈버닝선대인〉으로 정한 걸 보면, 전 정부나 보수 세력에 별 타격감이 없는 버닝썬 사건에 대해선 철저히 무감각했던 것 같다.

이러한 시각을 잘 대변하는 또 다른 사례는 페이스북에서 화제가 된 〈버닝썬 사건의 본질〉이라는 글이었다. 글쓴이는 당시 정준영 불법 촬영 건이 크게 보도된 상황을 '(버닝썬 사건의) 프레임 전환'이라 칭하며 "교묘하면서도 절박한 누군가의 사주에 의한 것"으로 간주했다. 즉 (우리 편이 아닌) '거악'을 잡는 일이 중요한데 왜 연예인 '따위'에 관심을 쓰고 있느냐고 지적한 것이다.

나꼼수와 386으로 대표되는 중년 남성들은 젠더 폭력에 있어서도 여성의 피해가 아닌 자신의 정의감 충족에 몰두하는 것은 아닐까? 여전히 진보 성향의 남성 중에는 "여성 단체는 장자연 사건에 왜 침묵했느냐"라고 우기거나, 안희정 성폭력 사건의 피해자를 향한 공격에 동조하는 이들이 꽤 존재한다.

기본적으로 이 남성들은 믿고 싶은 대로 믿는다. 그리고 이들이 사실 관계나 전문가의 말을 거부한 채 자기가 믿고 싶은 대로 믿을 때, '그래도 된다'라고 이야기하는 자들이 있었다. 있었던 정도가 아니라 아주 많았다. 이라영 연구자는 반지성주의를 "알기를 적극적으로 거부하는 상태"[37]라고 규정했는데, 믿고 싶은 대로 믿는 그들에게 이 말이 딱 어울린다.

3. 명징과 직조에 거부감을 느끼는 상황을, 나꼼수나 유시민 이사장이 불러일으켰다고 단언하면 비약일 것이다. 그러나 비평이나 비판의 역할을 축소하고, 자신의 기분에 따라 정보를 판단한다는 점에서 이번 논란이 나꼼수식 반지성주의의 자장 안에 있다 해도 과언은 아니다. 그래서 나는 명징과 직조 논란이 우습게만 느껴지지 않았다. 지식인 혐오 정서를 포함한 오늘날 반지성주의의 흐름을 반영하고 있기 때문이다. 동시에 지극히 자기중심적인 나르시시즘과 이를 떠받드는 커뮤니티나 뉴미디어가 반지성주의의 기반이라면, 이 구조가 앞으로 페미니즘을 비롯한 소수자 담론에 큰 벽이 될 것이라는 걱정도 들었다.

지식이나 담론의 기준이 자기 자신과 주변 집단으로 좁아져 버린 이는 어렵고 낯선 지식이나 새로운 조류를 받아들이기 힘들다. 그런데 어렵고 낯선 것은 주류 이데올로기가 아니라, 결국 소수자─약자의 이야기 아닌가? 여성학자 정희진 역시 2013년 2월《경향신문》에 기고한 〈쉬운 글이 불편한 이유〉라는 칼럼에서 아래와 같이 말한다.

사회적 약자의 언어는 드러나기가 쉽지 않아 생소하게 들릴 수밖에 없다. 예를 들어 '폭력으로 가정이 깨져서 문제가 아니라 웬만한 폭력으로도 가정이 안 깨지는 게 더 큰 문제가 아닐까요?' 이렇게 반문하면 내용이 어려워서가 아니라 기존의 사고방식과 다르기 때문에 어렵게 들리는 것이다.

나는 주식이나 자동차 분야를 잘 모른다. 하지만 이와 관련한 글을 읽을 때 무지한 내가 문제지. '어렵게' 쓴 사람이 문제라고 생각하지 않는다. 반면. 여성(학)의 글일 경우 사람들은 모르면서도 무턱대고 비난하거나 거리낌 없이 '누구나 읽을 수 있도록 쉽게 쓰라'고 요구한다.

…… '근친강간(가족 내 성폭력)'이라고 써서 원고를 보내면 편집자가 오타인 줄 알고 '근친상간'으로 바꾸어. 나도 모르게 활자화되는 경우를 수없이 겪었다. 내가 장애인의 '상대어'를 비장애인이라고 쓰면 '정상인'이나 '일반인'으로 고친 후. '이 표현이 더 자연스럽다'고 오히려 나를 설득한다.[38]

안정된 사회적 위치에 오른 '중년 비장애인 남성'이 읽기 쉬운 글, 애쓰지 않아도 공감할 수 있는 글, 마냥 흡족해하는 글만 나오는 사회는 불행하다. 그들을 끊임없이 불편하게 만들 수 있어야 한다. 그러나 지금처럼 권력을 고착화하는 반지성주의 행태가 지속되면 '불편한 글'은 더욱 나오기 힘들어진다.

'오빠가 허락한 페미니즘'이란 말이 괜히 나온 게 아니다. 나 꼼수를 좋아했던 남성 상당수는 여성이 주도하고 여성이 자신의 피해를 고백하면서 현실을 바꿔 나가는 과정에서도, 남성의 기준에서 페미니즘 운동을 평가하려 들었다. 페미니즘의 대의에는 동의하는 척하면서도, 여성가족부 장관이 탁현민 행정관 해임 건의를 이야기하자마자 역으로 여성가족부 장관 해임을 이야기했다.

그들은 '나와 다른 시민'들과 연대는커녕, 어떤 생각을 하는지 알아보려는 시도조차 하지 않는다. 당연히 혐오와 적대 의식만 쌓인다. 김수아 서울대 기초대학원 교수는 엄연한 성차별 통계마저 거부하는 남성 역차별론자들의 행태에 대해 "'지금, 여기, 나'에게만 집중하는 태도에서 나온 반지성주의"[39]라고 지적한다.

마지막으로 나는 묻고 싶다. 보수와 진보를 막론하고 누가 이 남성들을 자기 자신에게만 흠뻑 빠지게 만들었을까? 왜 이 남성들이 귀를 막고 살아도 아무 문제가 없을까? 그들이 계속 반지성주의 안에서 안락함을 누리도록 내버려 둘 순 없다. 우리에겐 더 많은 지성과 불편함이 필요하다.

여성과 남성의 일상은 결국 다르다

03

뚱뚱해도
잘 사는 남자들
살아남기 위해
살 빼는 여자들

1. 미국의 페미니스트 작가 록산 게이의 에세이 《헝거》를 읽었다. 록산 게이는 어린 시절 겪은 고통스러운 일과 그로 인한 트라우마를 물리치기 위해 마구 먹어 몸을 키웠다. 그렇기에 록산 게이의 이야기는 자연스럽게 살찐 몸에 대한, 살찐 몸을 바라보는 사회에 대한 이야기가 된다. 주변 사람으로부터 '뚱뚱하다'라는 이야기를 들어 본 사람이라면 《헝거》의 몇몇 부분에서 무릎을 '탁' 칠 것이다.

이를테면 한 장소 안에서 나보다 살찐 사람이 누가 있는지 찾아봤는데 없을 때의 좌절감이라든지, '몸' 때문에 정당한 평가를 받지 못한다는 기분이 들 때 또는 내가 너무 공간을 많이 차지해서 누군가한테 불편함을 준다고 느낄 때 등등.

나는 어렸을 때부터 살찐(스스로에게 '뚱뚱하다'는 말을 붙이는 것은 왠지 가슴이 아프다) 아이였다. 아홉 살부터 스무 살까지는 항상 살이 쪄 있었고, 그 이후로는 찌고 빼고를 반복 중이다. 초등학교 때부터 살이 찌면서 내 생활은 꼬이기 시작했다. 체육을 못했고, 몸도 둔했고, 인기가 없었다. 괴롭힘도 당한 적이 더러 있다. 언제나 '루저' 같은 느낌으로 학교에 다녔다. 대체로 자신감이 없었다. 살이 쪘다는 이유로 무시 받고 놀림 받는 경우가 많았기에 비극의 원인을 언제나 '살' 때문이라고 여겼다. 그게 사실이든 아니든 말이다.

20대 이후에는 다이어트도 하고, 살이 찌고 빠지고를 반복하면서 예전처럼 몸 때문에 마냥 위축되어 살진 않는다. 그러나 여전히 "살이 쪘다"라는 자각은 사람을 움츠러들게 한다. 한창 살이 찐 요즘에는 '매력 없어 보이겠지' '사람들이 내 옆자리에 앉기 싫어할 거야'와 같은 생각이 자꾸 든다.

물론 몸이 내 전부는 아니다. 그러나 나를 규정할 수 있는 가장 편하고 쉬운 기준이다. 5년 전이었던가. 당시 취준생이던 내가 한 지상파 방송 라디오 PD의 강의를 듣고 뒤풀이 자리에 간 적이 있다. 그런데 술을 실컷 먹고 그 PD분이 내게 했던 말이 아직도 기억에 남는다.

10kg만 빼고 면접 보면 될 것 같다.

물론 그날 대체로 그분에게 칭찬을 많이 들었고, 나름대로 생각해서 해준 말이라는 것을 안다. 같은 남자라서 편하게 말한 것도 있겠지. 그런데 집에 오는 길에 그 말이 계속 생각나서 참 화가 났다. 살이 아직도 내 인생의 발목을 붙잡고 절대 안 놔주는 느낌이었다.

2. 하지만 이후의 내 삶은 크게 불행하지 않았다. 특히 취업 준비 과정에서나 직장 생활을 하면서는 살 때문에 차별받은 적이 거의 없다시피 했고, 사람들과 어울려 지내는 데도 크게 불편함을 느끼지 못했다. 물론 25kg가량 살을 빼는 다이어트를 하기도 했지만, 그 전후에도 내가 몸에 의해 평가 절하되는 일은 없었다.

그도 그럴 것이 사회에 나가 보니 나 같은 몸을 가진 남자가 많았다. 배 나오고 살찐 사람이 한둘이 아니었다. 나는 '특수한 부류'에 속하지 않았다. 그러니까 내가 원한다면 나는 다이어트를 하지 않은 채로, 계속 살찐 채로 살아도 큰 문제는 없었을 것이다.

국민건강보험공단이 낸 〈2017년 비만백서〉를 보면 남성 비만율은 35.7%, 여성은 19.5%다. 특히 30대 남자는 46%가 비만이다. 경도 비만은 크게 살쪄 보이지 않는다는 점을 고려하더라도, '뚱뚱한 남자' '배 나온 남자'는 상당히 보편적인 남성상이라고 볼 수 있다.

반면 여성을 보자. 남성보다 비만율이 확연히 낮다. 그런데 정작 다이어트의 압박을 더 강하게 받는 쪽은 여성이다. 섭식 장애, 즉 다이어트가 원인이 되는 젊은 층의 거식증과 폭식증에 관한 통계만 봐도 압박감의 차이를 보여 준다. 건강보험심사평가원이 2013년에 발표한 자료[2]에 의하면 섭식 장애를 앓는 여성의 수는 남성보다 20대에서는 8.8배, 30대에서는 8.4배가 많았다.

살은 남자들이 더 쪘는데, 다이어트에 대한 압박과 욕구는 여자들이 압도적으로 강하게 느낀다. 뭔가 잘못돼도 한참 잘못된 상황이다. 왜 뚱뚱한 남성은 (뚱뚱한 여성과 비교해) 행복하게 살아갈 수 있는 것일까.

뚱뚱해도 괜찮기 때문이다. 적어도 남자들은 '몸'으로 평가받는 경우가 드물다. 무엇보다 '대상화'되지 않는다. 남성 주류 사회에서 남성의 몸은 일차적으로 사람을 판단하는 기준이 아니다(그래서 앞서 전한 PD의 발언이 잘 이해 가지 않았다). '능력'만 있다면 몸은 논외의 대상이다. 남자 정치인의, 기업인의, 예술가의 몸을 논한 적이 있는가. 살이 쪘어도 떵떵거리며 잘 사는 살찐 남자들이 너무나 많으므로, 살이 쪄도 별 상관없는 것이다. 이런 상황이 나쁘다는 말이 아니다. 왜 여성들은 이렇게 살 수 없는지가 문제일 뿐.

우리 사회는 살이 적당히 찐 남성의 모습을 아주 편안하고 당연하게, 그리고 '주류'의 모습으로 받아들인다. 정용진 신세계 부회장, 최태원 SK 회장은 과체중으로 군 면제도 받았다. 실제로 몸무게가 꽤 나가 보인다. 하지만 이들을 누가 '뚱뚱하다'고 하는가. 전부 '풍채가 좋은' 사람이라고 언급한다. 문희상 국회의장도 젊은 시절부터 살이 찐 체형이었지만, 군이 그 사실을 언급하는 사람이 대체 누가 있단 말인가. 방송인 백종원 씨나 개그맨 김구라 씨도 마찬가지다.

앞서 언급한 2017년 비만백서는 이런 상황을 증명하는 듯한 결과를 내놓는다. 2017년 비만백서에 근거한 〈남자는 소득 높을수록, 여자는 낮을수록 더 뚱뚱〉[3]이라는 기사를 살펴보면 남성은 소득이 높을수록 뚱뚱하고, 여성은 소득이 낮을수록 뚱뚱했다. 소득 분위가 올라갈수록 남성은 비만율이 높아지는데, 여성은 비만율이 낮아진다. 거칠게 말하자면, 남성의 비만은 주류적인 질서에 속해 있으며, 여성의 비만은 그 반대의 의미를 지닌다고 풀이할 수 있다. 남자들은 뚱뚱해도 괜찮다. 아니 뚱뚱해도 행복할 수 있다.

3. 물론 나의 경우를 비춰 볼 때 뚱뚱한 남자가 마냥 행복한 건 아니다. 높은 지위를 가지지 않은 이상 사회적으로 받는 차별이 없을 리 없고, 사회적 미에 부합해 더 멋있어 보이고 싶은

욕구도 충족하지 못할 테니까. 그러나 뚱뚱한 여자들이 겪는 현실에 비하면 한참 나은 편이다. 적어도 남자는 살 때문에 취업이 안 되거나 커리어가 막히는 일은 많지 않다.

여성들은 어린 시절부터 '뚱뚱해지면 네 가치가 떨어진다'라는 생각을 주입받았다. 실제로도 살찐 여성은 남성들에게 조롱받아 왔고, 끊임없이 희화화의 대상이 됐다. 그가 어떤 능력을 갖추고 있든 간에 말이다. 이를테면 2005년도, 이금희 아나운서가 퀴즈 프로그램의 단독 진행자로 나설 당시 '자기 관리'가 부족하다고 비난하는 의견이 시청자 게시판에 쇄도한 적이 있다. 배 나온 아저씨들이 여자 방송인을 가리키면서 "저 사람은 너무 살쪘다"라며 혀를 차는 광경, 생각만 해도 한숨 나오지 않는가.

TV 드라마에서도 배 나온 남성은 사장님 역할을 하지만, 배 나온 여성은 하위 계층의 역할을 맡는다. 이걸 보고 자란 여성들이 '살찌면 뭐 어때'라고 생각하긴 어렵다. 저체중에 가까운 사람들이 왜 입만 열면 '다이어트'를 언급하겠는가.

최근 10대 여성들의 ('탈코르셋'을 지지하지 않는 여성을 비판하기도 하는) '탈코르셋 운동'이 과격하다고 생각한다면, 먼저 그들에게 가해졌던 억압이 얼마만큼이었는지 들여다봐야 한다. '작은 교복' 논란만 보더라도 몸에 대한 압박이 가해지는 연령대가 점점 낮아지고 있다. '살찐 여성은 아름답지 않다' '여성은 살찌면 가치가 떨어진다'라는 사회적 강박이 초등학생까지 다이어트에 뛰어드는 시스템을 만들고 있다.

이를 해결하기 위해선 기성세대가 만든 여성의 몸에 대한 억압을 해소해야 하는데, 말처럼 쉽지는 않다. 가령, 살에 대해 고민하는 이들에게 "외모가 전부는 아니야" "다이어트 안 해도 괜찮은데, 뭘"이라는 말을 위로랍시고 하는 사람이 있는데, 그들에게 별 도움이 안 된다. 정말 이 사회에서 뱃살이 있어도, 통통해도, 뚱뚱해도 잘 살 수 있다는 확신을 줘야 한다.

살찐 여성들이 성공하고, 사회적으로 명예를 얻고, 남자들처럼 몸을 제외한 능력으로만 판단 받는다는 분위기가 만들어져야 한다. 그러기 위해선 사회 곳곳에 사회가 규정하는 '날씬함'에서 벗어났음에도 멋있고 잘나가는 여성들이 포진해 있어서, 롤 모델이 되어 줘야 한다. 이들이 '네 몸이 네 가치를 판단하는 전부가 아니'라고, '네 몸이 네 앞길을 막을 수 없다'라고 말해 주는 산증인이 되어야 한다. 물론, 아예 여성이라는 성별을 배제하는 지독한 유리 천장부터 깨어 나가면서 시작할 일이다.

이런 점에서 채널 올리브의 예능 프로그램인 〈밥블레스유〉에 수영복을 입고 나온 이영자의 모습에서 많은 사람들이 힘을 얻었으리라 믿는다. 이영자는 한 시대를 지배하던 톱 코미디언이었음에도 살이 쪘다는 이유로 놀림의 대상이 되었고, 심지어 '다이어트 파문'으로 고난을 겪어야 했다. 그가 다시 전성기를 맞고, 광고도 찍고, 옛날처럼 살을 주제로 웃기지 않아도 된다는 사실이 기쁘다. 이영자는 자신의 수영복 촬영에 관해 KBS 〈안녕하세요〉에서 이렇게 말했다.

얼마 전에 제가 수영복 사진 때문에 인터넷에 올랐었는데. 사람들은 저한테 얘기를 해요. '되게 당당하다'고. 근데 그거 아니거든요. 사실. 나도 그렇죠. 내가 어디 가서. 무척 괜찮은 몸매라고 생각하지 않아요. 저도 사회가 갖고 있는 인식과. 나의 자존감과 싸우고 있는 거예요. 그래서 내가 버텨 보려고 벗은 거야. 내 몸이니까.

이영자처럼 자신을 '살찐 여성'이라는 정체성에 가둘 수 없다는 성공한 여성들의 사례가 더 많아져야 한다. 또, 이러한 '싸움'이 승리하기 위해서 남성들은 여성들의 자리를 부당하게 차지하고 있지 않아야 한다.

4. 사람은 자기 힘든 게 가장 크게 느껴지는 법이다. 이 글을 보면 아마 나와 같이 '살찐 남자'들이 '나도 힘들다'라며 고통을 호소할지 모른다.

그러나 통계, 사회 현상, 주변에서의 증언까지 모든 것이, 비슷하게 살쪘을 경우 여성이 훨씬 심각한 고통을 겪는다는 사실을 일깨워 준다. '남성적 시선'은 곧 우리 사회의 시선이기에, 여성의 몸은 남성이 보기에 아름다워야 혹은 거슬리지 않아야 사회적으로 수용될 수 있다. 제멋대로 '여성=몸'으로 상정하고 숭배하고, 또 비난한다. 여성은 이 체제에서 최소한 비난은 받지 않기 위해 안간힘을 쓴다. 살아남아야 하니까.

살찐 사람들이 주변 시선을 의식하지 않고 당당하게 살아갔으면 좋겠다. 그러나 이것은 꿈같은 일이다. 현재로서는 불가능하다. 그렇다면 적어도 살찐 여성들이 나만큼만, 살찐 남성들만큼만 힘들었으면 좋겠다. 그렇게 된다면 고기를 실컷 먹고 벨트를 풀어 자신의 배를 탕탕 두드리기도 하고, "야, 살 좀 찔 수 있지"라고 편하게 말도 하고, 회사에서 내 몸에 아무도 관심이 없는 듯한 자유로운 느낌을 받으며 살 수 있을지도 모른다.

물론 그러면서도 매일 다이어트를 생각하고, 도전하고, 실패하고, 스트레스 받기를 반복할 것이다. 여전히 많은 사람 앞에서 '내가 너무 살쪄 보이면 어떡하지?'를 가장 먼저 고민할지도 모른다. 이성에게 매력 없어 보일까 봐 우울해질 수도 있다. 그래도 딱 그 정도만, 정말 그 정도만 힘들었으면 좋겠다.

+ '뚱뚱해도 잘 사는 남자들'이라는 제목은, 이들이 평균 체형인 남자들보다 잘 사는 게 아니라, 적어도 비슷한 수준으로 살찐 여성들보다는 잘 산다는 의미로 지었다. 오해하지 않으시길 바란다.

'검정치마'
여성혐오 논란의 핵심,
'홍대 인디신 남성성'

검정치마의 새 앨범 〈THIRSTY〉를 들었다. 난해했다. 이걸 왜 이렇게 만들었나 싶었다. 그동안 나온 앨범 중에 콘셉트가 가장 불명확하다. 유기적이지도 않고, 상(像)이 잘 떠오르지도 않는 곡과 앨범이다. 본인 말로는 '뻔뻔하고 그로테스크한 앨범'을 만들고 싶었다고 했으니, 의도한 대로 이뤄진 것일 수도 있겠다.

이번 앨범이 난해한 이유는 가사만의 문제는 아니다. 예전부터 추상적인 가사를 써 왔지만, 곡에서 무엇을 상상하고 어떤 감정을 느껴야 할지 분명치 않았던 적은 이번이 처음이다. 〈풋 미 온 드럭스〉나 〈그늘은 그림자로〉 정도가 음악 문법적으로 그나마 익숙했다.

직관적으로 곡을 파악할 수 없으니 '여혐' 논란에 대해서도 신중하게 접근해야 했다. 맥락이 불분명한 가사 구절 하나하나를 이야기하기보다는, 그가 1집부터 뻔뻔하게 보여준 '홍대 인디신 남성성'에 대해 이야기하고자 한다.

〈광견일기〉의 가사는 왜 실패했나

이번에 특히 문제가 된 〈광견일기〉라는 곡은 1집 수록곡인 〈강아지〉의 연작이다. 여러모로 비슷하다. 개가 짖는 소리로 시작하는 곡들이고, 화자도 똑같이 '개'로 묘사된다. 그리고 이 '개'가 이야기하는 여성은 성적으로 문란하거나, 성매매를 하는 인물로 등장한다. 이 맥락으로 보자면 '강아지'는 '광견'이 됐고, 1집에서 '돈만 쥐어 주면 태워주는 차'로 표현한 여성은 이번 앨범에서 '가볍게' '감정 없이' 성관계를 맺는 대상이 됐다.

우리가 알던 여자애는 돈만 쥐어 주면 태워주는 차가 됐고 / 나는 언제부터인가 개가 되려나 봐 손을 댈 수 없게 자꾸 뜨거워

〈강아지〉의 가사 중

우리 정분났다고는 생각지도 마 / 내가 원하는 건 오 분 길게는 십오 분 / 모든 소릴 삼켰던 너의 입에 반쯤 먹힌 손이 어딜 훑고 왔는지 / 신경 쓰지 않는 니가 신기할 뿐이야 / 사랑 빼고 다 해줄게 더 내밀어봐 / …… / 내 여자는 멀리 있고 넌 그냥 그렇고

〈광견일기〉의 가사 중

애인을 두고 성매매를 하거나 섹스 파트너를 두는 사람의 이야기를 다루는 자체가 문제는 아니다. 심지어 스스로를 '광견'이라 했으니 자조나 풍자의 의도일 수도 있지 않나. 그러나 그런 의도를 드러내는 장치도 없고, 그렇게 생각할 만한 맥락도 없다. 미완의 사랑을 이야기하는 〈상수역〉과 모호한 성찰적 메시지를 담은 〈발리우드〉 사이에 왜 갑자기 〈광견일기〉가 들어가야 하는지 알 수 없었고, 그러니 당연히 〈강아지〉를 먼저 떠올릴 수밖에 없었다.

'돈만 주면 차가 되는' '다른 데서 퇴짜 맞고 와도 넌 오케이' 같은 가사 등으로 '쉬운 여자'를 규정하고 동시에 그를 착취한다고 떠벌리는 것은 사회에서 부도덕한 행위로 여겨진다. 그렇다면 화자를 통해 전하는 메시지나 구현하고자 하는 세계가 분명해야 청자들이 이 곡을 납득할 수 있다. 그러나 〈광견일기〉를 아무리 들어 봐도 사회를 향한 메시지는 찾을 수 없고, 그저 여러 인간 군상 중 하나를 표현했다는 생각밖에 안 든다.

문학 평론가 김명인 교수는 2018년 10월, 이외수 작가의 〈단풍〉에 대해 "어떤 금기를 위반하는 일이 새로운 윤리를 만드는 일이 될 때 문학의 금기 위반은 정당화될 수 있다. 반면에 어떤 금기는 그것을 위반하는 일이 오히려 낡고 타락한 기성의 윤리를 옹호하는 일이 되기도 한다."[4]라고 진단했다. 가사 역시 일종의 문학이라면, 〈광견일기〉의 가사는 실패했으며, 여성

혐오가 담긴 작품으로 규정되어도 할 말 없는 것이 아닐까?

"그런 의도가 아니었다"는 더 이상 변명이 될 수 없다
사실 이전까지 검정치마의 문제작은 2집의 〈음악하는 여자〉
였다. 특히 '나는 음악 하는 여자는 징그러 / 시집이나 보면서
뒹굴어 아가씨'라는 가사가 논란이 됐는데, 이에 대한 검정치
마의 해명은 조금 아리송하다.

'음악 하는 여자'는 누굴 비난하려는 의도가 전혀 아니에요.
2009년에 있었던 일 중에 그런 영감을 주는 게 있었을 뿐이에
요. 진심도 들어 있지만. 무의식적으로 썼다고 생각해 주세요.
특히 후렴구는 기타를 치다가 저절로 나왔죠.[5]

"비난하려는 의도가 아니다" "진심도 있는데 무의식적으로
썼다고 생각해 달라" 뜯어보면 황당하고 무책임한 발언이다.
영감을 주는 소재가 있다 해서 이런 가사를 쓰는 것은 음악가
로서 오만한 태도다. 만약 유명한 여자 싱어송라이터가 '음악
하는 남자'라는 곡을 저런 식으로 썼다고 가정해 보자. 심지어
'해명'이랍시고 저런 말을 했다면 남자들이 그냥 넘어갔을까?
나는 문제의 세 곡이 의식적으로든, 무의식적으로든 '홍대
인디신 남성성'을 담아냈다고 본다. 〈강아지〉와 〈광견일기〉 연

작은 '인디 음악계 성폭력 반대 운동'으로 고발된, 여성 팬을 마치 섹스 파트너처럼 생각하며 성폭력과 데이트 폭력을 일삼는 남성 음악가들을 떠올리게 했다. 〈음악하는 여자〉 역시 밴드 '쏜애플'의 보컬이 술자리에서 '자궁 냄새 나는 음악' 운운해 문제가 됐듯, 고질적인 음악계의 편견과 차별을 고스란히 답습했다고 볼 수밖에 없다.

팬들을 '그루피'인 양 여기고, 여성 뮤지션은 동료로 취급하지 않는 인디 음악계의 남성 중심적 문화는 그동안 '예술'이나 '록 문화'라는 이름으로 포장돼 왔다. 당연히 여성을 성적으로 대상화하는 관점이 곡에서 드러나도 별문제 없었다. 그러나 미투 운동과 페미니즘의 흐름은 그들이 해 오던 것이 예술이 아니라 '여성혐오'라는 사실을 드러냈다. 검정치마가 1집과 2집에서 보여 준 남성성의 일부는 지금 시점에서는 폐기되어야 맞다. 하지만 검정치마는 성찰하지 않았던 것 같다.

〈광견일기〉도 그렇지만 〈빨간 나를〉에서 '넌 내가 좋아하는 천박한 계집아이'라는 가사에도 문제가 제기됐다. '천박한 계집아이'는 신중하게 사용해야 할 표현이다. 이것이 어떤 심상을 만들어 내는가를 생각해 보면, '비하 표현'임에도 꼭 써야할 이유가 있어야 한다. 그런데 이 가사가 그렇게 성실한 고민의 결과물이라는 생각은 들지 않는다.

지금껏 예술 작품 안에서 여성은 별다른 이유 없이 대상화

됐고, 어떤 감각이나 이미지를 드러내기 위한 도구로 쓰인 적이 많았다. 하지만 2015년 페미니즘 리부트 이후 여성들은 예술이라는 미명 아래 반복되는 여성혐오적 관습을 용납하지 않게 됐다. '성녀'와 '창녀'의 이분법이 나타나거나, 남성의 심리 표현을 위해 여성 인물을 도구화하는 남성 중심적 작품이 계속 비판받을 수밖에 없는 이유다.

오늘날 남성 창작자가 갖춰야 할 윤리는 '성찰'이다. 대중의 반응에 귀 기울이고, 주변의 남성성과 관습적으로 사용했던 여성혐오 표현을 돌이켜 봐야 한다. 기존의 세계관을 수정하지 않는다면, 게으르고 무책임하다는 비난을 피하기 어려울 것이다. "그런 의도가 아니었다"라는 말은 더 이상 면죄부가 될 수 없다.

'여자 밥' '남자 밥'이
왜 따로
있어야 하나요?

아직도 '여자 밥'과 '남자 밥'은 따로 있다. 분명 같은 돈을 낸다. 그런데 그릇에 담긴 양이 다르다. 오래전부터 황당하다고 생각한 식당 문화 중 하나가 여자 손님과 남자 손님의 밥양을 다르게 주는 행태였다. 사소한 것 같지만 명백한 성차별이다.

주로 대학가 식당에서 성별에 따라 제공하는 밥의 양을 달리하기 때문에, 아직도 저런 식당이 있는지 체감하지 못했다. 그런데 회사가 상암에서 광화문으로 이전한 뒤 '대놓고 성차별'하는 곳을 두 곳이나 발견했다.

먼저 간 곳은 칼국숫집이었다. 언뜻 보기에도 아주 푸짐해 보이는 세 명분의 그릇을 들고 서버분이 오셨다. 그런데 대뜸 "남자분들 것 먼저 받으시고"란다. 어안이 벙벙했다. 그 이후에 나오는 여자 선배들 그릇은 딱 보기에도 면이 1/3은 적어 보였다. 상암에서는 이런 경우가 없었기에 놀랐다. 상암보다는 광화문이 올드하고, (거나하게 취한 넥타이 부대로 상징되는) 남성 중심적 문화가 남아 있다고 느끼곤 했지만 이런 식당을 볼 줄이야……

최근에는 돈가스를 먹으러 가서 또다시 충격을 받았다. 이번에는 사장님이 주문 들어간 지 몇 분 뒤에 "매운 거 누가 드시느냐"라고 물어봤다. 아니, 이걸 왜 물어보지? 불길했다. 아니나 다를까 후배의 돈가스는 내가 받은 그릇보다 한 덩어리(정확히 말하자면 1/2 덩어리 정도)가 덜 나왔다. 기분이 상했다. 분명 같은 값을 냈는데 왜 다른 그릇을 받아야 하나 싶었다.

칼국수 면과 돈가스 양의 차이는 (리필을 할 수 있는 상황에서의) 밥을 적게 받는 것보다도 심각한 문제다. 분명 같은 돈을 줬는데, 여자와 남자가 받는 음식의 양이 다르다면 이게 성차별이 아니고 뭘까. 이를테면 편의점에서 똑같이 천 원 주고 껌을 한 통 샀는데 남자에게는 열 개가 든 것을, 여자에게는 여덟 개가 든 것을 준다면 난리가 안 나겠는가.

물론 음식점 사장님들을 비난하고 싶진 않다. 장사해 보니 남자들은 부족하다고 말하고, 여자들은 남긴다. 그렇다면 애초에 남자에게는 양을 많이 주고, 여자에게는 적게 주는 게 경제적이라고 판단했을 것이다. '목소리 큰' 남자 손님들의 포만감을 채워 주면서 잔반은 줄일 수 있을 테니 말이다.

그런데 졸지에 똑같은 돈 내고 덜 받는 여자들의 입장은 왜 생각 못 했을까. 아마 그것은 '여자들은 어차피 조금 먹으니까 (남자들보다) 적게 줘도 괜찮아'라는 성차별적 편견이 사회에 뿌리 깊게 자리 잡고 있기 때문이 아닐까. 과거부터 이곳을 이용하는 직장인들이 이에 대해 이상하다고 생각해 왔다면, 당연히 유지되기도 어려운 행태다.

어떤 이들은 별것 아닌 일이라고 말할 수 있다. 하지만 이런 일 역시 성차별적 문화에 기반을 두고 일어난다는 사실을 잊어서는 안 된다. 고쳐야 마땅하다. 게다가 '여자라고 별별 차별을 다 하더니 이제는 밥도 덜 주네'라는 생각까지 들게 하는 일이 정말 사소한 것일까 하는 의문도 든다.

주문할 때 미리 많이 달라고 요청하는 사람에게만 더 줘도 된다. 아니면 '양 많이' '양 보통'을 나눠 오백 원 정도 차등을 주는 방법도 충분히 고려해 볼 수 있다. 꼭 성차별 하지 않아도 방법은 있다. 만약 성별에 따라 양이 달라지는 식당의 단골인 분이 계신다면, 꼭 한번 사장님에게 '다른 방법'을 제안해 봤으면 한다. 2019년에 '여자 밥'을 따로 주는 게 웬 말인가.

황교익은 왜
모성 신화에
집착하나

젖 맛 같은 음식을 먹고 싶다.

황교익은 2009년 1월에 쓴 〈다시 한번, 음식은 사랑이다〉라는 블로그 글의 서두에, 예전 자신의 책에 썼던 '젖 맛 같은 음식을 먹고 싶다'라는 말을 인용한다. "인간이 태어나 처음 먹는 것은, 그것도 2~3년간 줄창 먹어대는 것은 '사랑'"이라면서 말이다.

그가 2008년 1월에 쓴 〈슬로푸드와 한국음식〉이라는 블로그 글에서는 풍요로운 삶을 위해 '슬로푸드'가 필요하다고 강조한다. 그런데 황교익이 생각하는 슬로푸드의 정의 역시 '엄마'와 맞닿아 있다.

집에서 먹어온. 우리 할머니 어머니가 손끝 정성으로 만든. 투박하지만 정감 있는 음식. 이게 한국의 슬로푸드일 것이다.

2018년 10월 18일 방송된 EBS〈질문 있는 특강쇼 - 빅뱅〉황교익 편을 보자. 방청객이 '한국의 맛'으로 추천할 게 있느냐고 묻자 그는 또다시 '엄마'를 언급한다.

인간이 태어나서 젖 떼고 처음 먹는 음식들은 거의 다 엄마가 해주는 음식이다. (엄마의 손맛?) 그렇죠. 아마 엄마가 해준 음식 그건 아마 죽기 전에 먹어야 할 음식 ……

이렇듯 황교익은 모유와 엄마가 해 주는 (사랑과 정성이 듬뿍 담긴) 집밥을 음식의 이데아로 여긴다. 식생활에서 엄마의 역할을 절대시하는 것이다. 황교익이 백종원을 비판하는 이유 또한, '음식 포드주의자' 백종원이 사회적으로 '엄마'의 자리를 차지했다는 생각에서 기인한 것으로 풀이할 수 있다.

'설탕 중독'은 모유 대신 분유 먹어서? 근거는 있나

황교익의 분석에 따르면 백종원은 '모유'가 아닌 '분유'에 길들여져 단맛에 익숙한 80~90년대 생에게 단맛을 무비판적으로 허용하면서 팬덤을 만든 사람이다. 심지어 그는 2015년 7월 《문화일보》 칼럼⁶에선 "백종원을 '백주부'라고 한다"라며 "('백주부'를 '백종원 엄마'라고 풀면) 대중이 백종원을 통해 얻으려는 건 엄마의 사랑"이라고 지적했다. 젊은이들에게 백종원이 '대체 엄마'라는 말도 빼놓지 않았다.

정리하자면 황교익은 '80~90년대 맞벌이가 늘어나면서 엄마의 부재가 발생했고, 이에 따른 결핍에 대해 백종원이 해결사 역할을 하면서 인기를 얻었다'라고 여긴다. 그런데 그의 비판이 단순히 백종원만을 향한다면 별일이 아닐 수도 있다. 문제는 이 같은 황교익의 말과 글이 결과적으로 여성을 억압하는 기제로 작동한다는 점이다.

황교익은 《문화일보》 칼럼에서 '부모'가 사랑을 주지 못했다고 말하지 않는다. "1980~1990년대 생에게 발견되는 결핍은 엄마다. 엄마의 사랑이다"라며 문제의 원인으로 정확히 '엄마'를 지목한다. 이후 비판이 들어오니 블로그에 "맞벌이 부부의 심중을 아프게 하였을 수도 있다는 것을 안다"라면서도 "그러나 이건 사실이다. 우리 안의 결핍을 직시하여야 한다. 그렇게 하여야, 그 결핍을 가지고 장난하는 자본에게 당하지 않게 된다."라고 쓰기도 했다.

또한 황교익은 〈질문 있는 특강쇼〉에서 모유 수유율의 하락을 문제 삼는다. '단' 분유나 공장제 이유식을 먹던 아이들이 성장해 갑자기 (달지 않은) 음식을 먹으면 스트레스를 받는다는 것이다. 더불어 그는 이 자리에서 '쓴맛'과 '신맛'은 원래 본능적으로 못 먹는 맛이라고 지적하며 "엄마가 쾌락을 복사시키면서 먹을 수 있게 된다"라고 말했다.

엄마의 부재가 결국 아이의 '결핍'을 만들며, 이는 잘못된 식습관으로 이어진다는 점을 강조하는 황교익의 발언은 그 의도가 어떻든 모성 신화의 반복에 불과하다. 여성, 특히 젖을 줄 수 있는 엄마만이 적절한 양육자라며, 아이에 대한 책임이 전적으로 엄마에게 있다고 외치는 꼴이다.

한국에서 가장 유명한 음식 평론가의 음식관이 '엄마'를 본질로 두고 있고, 그의 생각에 따르면 전업주부가 줄어드는 사회는 식생활에 엄청난 문제를 야기하게 된다. 그런데 황교익은 딱히 대안을 제시하지도 않는다. 백종원이 '문제 있는 사회'를 이용하는 자본가라고 비판할 뿐이다. 이러니 "여자는 집에서 애나 봐야지"라는 생각을 가진 성차별주의자가 아닌 이상, 그의 의견에 반발할 수밖에 없는 것이다.

수많은 비난에도 황교익이 자신의 의견을 굽히지 않는 이유는 무엇일까? 앞서 말했다시피 '그래도 이것은 사실이다'라고 스스로 믿기 때문이다. 그러나 불행히도 어떤 말은 근거가 없고, 어떤 말은 이론을 무비판적으로 받아들인 것에 불과하다.

우선 그가 '백종원 열풍'의 근거로 제시하는 80~90년대 생의 '설탕 중독'은 근거가 있을까? 2012년 식약처가 발표한 〈국민 당류 섭취량 평가 결과〉를 보자. 만 30~49세는 66.7g, 만 19세~29세는 65.7g, 만 12~18세는 66.2g이었다. 중장년층 섭취량이 가장 많다. 이어 2013년 식약처가 발표한 〈한국

인의 총 당류 섭취 실태 평가〉[8]는 약간 결과가 다르다. 만 12세
~18세는 69.6g, 만 19세~29세는 68.4g, 만 30세~49세는
65.3g이다. 청소년 섭취량이 근소한 차이로 가장 높다. 전자
와 후자의 통계를 살펴보면, 특별히 한 세대가 설탕 중독 현상
을 겪었다고 보기는 어렵다. 하물며 이를 80~90년대 어머니
의 결핍과 분유 섭취의 문제로 치환할 근거가 대체 어디 있는
지 묻고 싶다.

'그래도 엄마가 필요하다'는 황교익의 말은 옳은가

더 큰 문제는 황교익이 근거도 불분명한 설탕 중독의 극복
방법으로 '모유 수유'와 '엄마가 책임지는 육아'가 필요하다고
주장한다는 점이다.

> 아비가 대리어미 노릇을 할 수는 있어도 '아비에게는 젖이 없
> 다'는 생물적 조건으로 인한 한계는 분명 존재한다. 덧붙이자면,
> 그래서 나는 탁아를 중심으로 하는 한국의 보육정책에 반대한
> 다. 국가는 적어도 7세까지 아기와 어미가 충분한 애착 관계를
> 형성할 수 있도록 하는 정책을 시행하여야 한다.
>
> 2016년 4월 황교익 페이스북

그러나 이 역시 '명백한 사실'을 근거로 한 발언이 아니다.

유명한 '할로우의 붉은털원숭이 실험(헝겊으로 덮여 있지만 우유가 나오지 않는 '헝겊 엄마'와 우유가 나오지만 철사로 만들어진 '철사 엄마' 중 새끼 원숭이들이 헝겊 엄마에 더 애착을 보임)'을 예로 들어 "수유가 애착 형성에 결정적인 요인이 아니라는 것을 시사해 준다"[9]라는 의견도 있다.

아동 상담 전문가 이보연도 "아기를 낳은 엄마가 아니라 할머니나 양부모가 키웠을 때에도 안정적인 애착이 형성되는 경우를 심심치 않게 볼 수 있다. 외려 꼬박꼬박 모유 수유를 하는 것만으로는 안정적인 애착을 보장할 수 없다."[10]라고 밝힌다.

황교익은 자신의 이론적 토양이 '존 볼비의 애착 이론'에 있다며 자신의 말을 반여성주의적 시각이라고 공격하는 것은 바르지 않다고 지적했다. 그런데 혹시 알고 있는가? 볼비가 1977년 영국 케임브리지 대학교에서 명예 학위를 받을 때 페미니스트들이 시위를 했다는 사실을.[11] 볼비 개인뿐 아니라 애착 이론의 근거가 되는 진화 생물학은 아주 오래전부터 여성주의와 갈등을 빚어 왔다. 최소한 볼비의 이론이 어떤 비판을 받아 왔는지는 알고 있어야 할 것 아닌가?

진화 생물학을 받아들이면서도 그 내부에서 다른 시각을 제시한 '다윈주의 페미니스트 학자'인 세라 블래퍼 허디는 볼비의 애착 이론이 '일하는 여성'들에게 '딜레마'였다며 "점점 더 많은 수의 여성이 애착 이론을 일종의 저주로 여기고 있었다.[12]……

유전학적 부모 중 오직 한 성별만이 다음 세대로 전수되는 '불행'을 막기 위해 우선순위를 재조정해야 했다.[13]"라고 지적한다.

허디는 학자로서 볼비의 이론을 수용했지만, "모델의 일부 측면을 개선해야 한다"[14]라고도 지적한다. 허디는 '대안적인 아이 보기 체계'가 인류학적으로 흔했으며, 협동적 보살핌의 결과도 좋았다고 말한다. 또한 '대행 어머니'가 '어머니'보다 헌신적이면 그 애착이 더 우월할 수 있다고도 강조한다. 이어 "이 분야에 있는 모든 연구자는 무관심한 보육 시설조차 가정에서의 아동 방치에 비해서는 낫다고 말한다"[15]라며 "자신의 아기를 돌보는 것에 대한 어머니의 대안은 그(볼비)가 깨달았던 것보다 훨씬 다양했다"[16]라고 밝힌다.

무엇보다 그는 "애착은 젖의 문제가 아니다"라며 "영아는 젖가슴보다 젖을 빨리 전달해주는 고무 젖가슴을 쉽게 가려낸다. 아기는 우윳병을 젖가슴보다 더 선호하는 학습을 할 수 있다."[17]라고 말한다.

허디 정도는 아니더라도 황교익이 자신의 말처럼 "국민들이 건강하고 맛있는 음식을 먹게 만들어야 한다는 사명"을 가지고 있다면 존 볼비를 현 한국 사회에 맞게 재해석하는 정도의 노력은 했어야 한다. 그러지도 않고서 자꾸 자신의 음식관을 설파하는 것은 시대착오적이고 여성혐오적 목소리를 하나 더 하는 것밖엔 안 된다.

국민의 건강한 식생활을 위해 그가 진정 해야 할 일

반면 그가 그렇게 비판하는 백종원은 무엇을 했는가? 백종
원은 "난 대중이 뭘 좋아할지 아는 게 전부"[18]라는 말처럼 시대
의 흐름에 맞춰 갔다. 적어도 황교익보다는 '건강한 식생활'에
기여한 것으로 보인다.

누구나 집에 황교익이 생각하는 '요리 잘하는 엄마'가 있지는
않다. 직접 요리한 음식이 편의점 음식이나 레토르트보다 건강
에 좋고, 설탕 역시 덜 들어가는 것은 당연하지 않나. 1인 가구
나 속칭 '밥줘맨'에 가까운 평범한 남성들에게 "직접 해 봐, 쉬
워유"라는 메시지를 주고 분위기를 만들어 준 것은 백종원의
큰 공이다. 백종원 레시피의 경쟁자는 '엄마의 집밥'이 아니다.
편의점 도시락이다.

엄마의 집밥은 황교익의 생각처럼 '궁극의 음식'이 아니다.
사실 가공식품의 생산이 늘어나면서 전업주부가 있는 집의 아
이들도 햄이나 공장제 음식을 먹고 자란다. 요리를 못하거나
어려워하는 부모들에게 백종원 레시피는 구세주 역할을 하기
도 했다.

백종원이 한 명이라도 더 요리를 하게 만드는 동안 황교익은
현실은 고려하지 않고 계속 '엄마의 맛'을 외쳤다. 더불어 일하
는 여성에게 죄책감만 씌웠다. 전혀 의도하지 않았지만 백종
원이 남성의 요리 참여 유도, (일하는 여성을 위한) 간단한 레

시피 등으로 페미니즘에 조응해 나갔다면, 황교익은 정반대의 길을 가고 있었던 것이다. 듣기 싫은 '바른말'을 했다는 이유로 황교익이 비난받는 게 아니라는 이야기다.

2010년, 홍대에 있는 '홍콩반점'에 가서 엄청 맛있는 짬뽕을 먹었고, 마침 그즈음에 미식에 관심이 생겨 황교익의 블로그를 구독해서 보기 시작했다. 9년이 지난 지금, 그들은 그때에 비해 상상할 수 없을 만큼 유명해졌고, 성공했다. 한 명은 외식 사업가이자 엔터테이너로 주목받고 있고, 다른 한 명은 남북 정상회담 만찬을 기획하는 음식 평론가로 이름을 떨쳤다.

그런데 두 명에 대한 평가는 다들 알다시피 굉장히 판이하다. 나는 그것이 '페미니즘'과 '1인 가구'라는 사회 흐름에 맞춰 간 사람과 그렇지 않은 사람에 대한 대중의 평가라고 본다. 황교익이 진정으로 국민의 건강한 식생활과 미식의 대중화를 꿈꾼다면 '설탕수저론' 대신 '올바른 음식 재료 활용법'을 설파하는 게 더 좋을 것 같다. 그는 무엇보다 식재료에 대한 이해도가 높다. 기자 출신으로 전국을 돌아다닌 덕분일 테다. 천일염이나 활어 회 등 식재료에 대한 그의 문제 제기는 사회적으로 유의미했던 것으로 기억한다. 부디 그가 자신의 사명을 다하는 길이 무엇인지 더 고민하길 바란다.

명절이란 무엇인가: 가부장제 심폐 소생술 하는 날

2018년 추석에 나온 《세계일보》의 〈김치녀 싫다면 스시녀 만나세요 "제사·시부모님 모시고 싶어요")[19] 기사를 보고 황당해하거나 분노한 사람은 나뿐만이 아닐 거다. 매우 전형적인 백래시 메시지를 담은 기사였다. 지금은 제목이 바뀌긴 했지만 일단 '김치녀' '스시녀' 운운한 것부터 참담하다.

이 기사에선 한국 사람과 결혼하고 싶은 일본 남성과 여성의 사례를 든다. 그런데 여성 레이코(가명) 씨가 '가부장제와 성차별은 아무런 문제가 되지 않는다'라는 식으로 주장한 부분을 문제의식 없이 서술한다. 레이코 씨는 "군대를 제대하고 직장에 다니는 남성이라면 집이 없어도, 시부모를 모셔도, 명절 음식을 혼자 다 준비해도 좋다"라고 말하는가 하면, "아침을 준비하고 정성 담은 도시락 준비는 일본 여성이라면 전업주부가 아니더라도 누구나 하는 일"이라고 밝힌다.

이어 그는 고부 갈등에 대해서도 "아랫사람인 며느리가 참고 이해하며 완만한 관계를 위해 노력하면 해결될 문제"라고 말하고, 집 마련 문제에 관해선 "한국 여성은 연애 때도 더치페이 하지 않고 결혼 후에도 남성에게 부담을 떠넘긴다"라고 주장한다. 정말 이렇게까지 말했을까 싶은 수준이고, 만약 인터뷰이가 그렇게 말했다 하더라도 기자와 언론사가 걸러야 했던 내용이었다. 이렇듯 '일본 여성은 (한국 여성과 달리) 성차별을 못 느끼고 고분고분하다'라는 식으로 읽히도록 기사를 쓴 것은 비판받아 마땅하다.

여성을 하루아침에 최하층민으로 전락시키는 날

가끔 정말 궁금하다. 명절이란 무엇인가? 명절이 무엇이기에 '한국 여성이 명절을 싫어하니 일본 여성을 만나자'라는 기사까지 나오는가? 내가 생각하기에 명절은 무너져 가는 가부장제를 복구하기 위해 매년 두 번씩 열리는 애달픈 축제다.

평등하고 자유롭게 살고 싶은 현대인을 '가부장제 기반 정상 가족 부흥회'에 억지로 끌고 온다. 제아무리 잘난 여성이라도 이 축제에서는 그냥 '며느리'가 된다. 오랜만에 남자와 어른을 중심으로 서열이 정해지는 것을 보면서 가부장제는 '아직 우리 안 죽었지'라며 숨을 헉헉댄다.

명절이라는 축제는 사회의 상식과는 다르게 작동된다. 이를테면 아버지가 일하느라 명절 차례에 참석 못 하면, 나는 '장자의 장자'라는 이유만으로 다른 어른들을 제치고 가장 먼저 절을 하기도 했다. 장을 보거나 음식을 만드는 등 차례상을 차리는 데 거의 노력을 기울이지 않았음에도 나는 일종의 '제사장'이라는 권위를 부여받는다. 이 모습을 내 여자 사촌 동생들이 어떻게 생각할지 그저 민망할 뿐이다.

이렇듯 남성 혈족 중심으로 모여 남성 혈족의 조상을 기리는 가부장제 축제에서 여성은 그저 뒤치다꺼리하는 사람으로 전락한다. 명절 증후군이 단순히 가사 노동이 힘들어 생기는 것으로만 보기 어려운 이유다. 갑작스럽게 '시민'에서 '노예'가 되어, 긴장 상태에서 시키는 대로 일하다가 비난까지 들어야 하는 상황의 모멸감이 사람을 아프게 만드는 것이다.

내가 결혼이라는 제도 속에서, 여성으로서 사회에서 차별받고 있다는 걸 1년 중에 가장 강렬하게 느끼는 날이 바로 명절이기 때문이었다. …… 시댁에서 나는 시부모님의 배려가 있어야 친정집으로 떠날 수 있고, 설거지를 안 시키는 것을 '감사히' 여겨야 한다. 평소 두 사람만 있을 때는 느낄 필요 없었던 그와 나의 계급 차이를 나는 앞으로도 명절마다 느껴야 할 것이다.[20]

지난 추석에 내가 편집자로 참여한 《오마이뉴스》 '며느라기'

기획에서 박은지 씨는 며느리로서 명절을 보낸 소감을 위와 같이 밝혔다. 그는 "나는 그냥 며느리였다"라며, 명절이라는 행사가 여성을 '(주체로 인정받지 못하는) 최하층민'으로 만든다고 말한다. 표면적으로 유지되어 온 아내와 남편의, 딸과 아들의 동등한 관계가 전 국민이 공유하는 가부장제 축제에 의해 부정되는 것이다.

평소에는 시가와 비교적 사이가 좋거나, 아니면 시어머니로부터 육아 지원을 받는 경우도 있는데 왜 명절에만 문제가 생기느냐고 반문하는 경우도 있다. 그러나 명절은 단순히 부부와 남자 부모 간의 문제가 아니다. 명절 행사는 곳곳에 퍼져 살던 남성 혈족들이 각자 핵가족 형태의 정상 가족을 이끌고 모여드는 식으로 이뤄진다. 개인 간의 계약이나 룰이 개입되지 못하고, 서열화된 관습이 더 강하게 작용한다. 이 관습을 수호하는 사람들은 대체로 질서를 바꿀 생각을 못 한다. 혈연 이외에는 공통점 없는 사람들이 모여 그저 눈치만 보다 보니 '하던 대로' 하게 되고, 시대에도 안 맞는 가부장제 축제는 아직도 계속되고 있다.

관습 뒤에 숨는 '비겁남'이 되실 겁니까

명절이라는 축제장에서 퍼지는 전 냄새를 신호탄으로 남자들은 벌렁 드러누워 자신의 임시적이지만 새로운 서열을 확인한다. 물론 안 그런 남자도 늘어나고 있지만, 관습과 '보고 배운 것'은 참 무서운 법이지 않은가?

요리. 설거지. 청소. 빨래 다 잘해요. 근데 이상하게 이 집 대문만 통과하면 다른 차원으로 넘어온 것처럼 아무것도 안 하고 바닥에 척 들러붙더라고요.

조남주, 〈가출〉, 《소설 보다: 봄-여름 2018》, 83쪽.

조남주의 단편 〈가출〉에서 '오빠'의 행태를 고발하는 올케의 말에 많은 이가 공감할 것이다. 맞벌이에 육아도 하며, 네 일 내 일 따질 새 없이 가사 노동을 하던 남편이 갑자기 명절의 시가에서는 가부장 노릇하며 여성들을 부리면 황당할 수밖에 없다. 동등하다고 생각했던 남편이 특정한 날에는 상전 노릇하며 나의 고통에 철저히 무관심해진다면? 안 싸우기가 힘들다. 법원 행정처 자료에 따르면 2016년 하루 평균 298건의 이혼 신청이 접수된 것에 비해, 설과 추석 전후 열흘간은 하루 평균 656건으로 두 배 이상 이혼 신청이 늘었다고 한다.[21]

10년 전, 아니 20년 전에도 명절 동안 겪는 여성의 고통을 다룬 기사가 많이 나왔다. 그런데 아직도 매년 명절마다 비슷한 기사는 계속 쏟아져 나온다. 언론들이 게을러서? 아니다. 수십 년이 흘러도 속 시원히 해결되지 않아 여전히 독자들로부터의 반향이 크기 때문이다.

불행 중 다행으로 명절의 풍경은 서서히 변화하고 있긴 하다. 페미니즘 리부트가 변화를 가속했다. 웹툰 〈며느라기〉 열풍, 영화 〈B급 며느리〉, 책 《며느리 사표》 등은 달라진 분위기를 상징한다. '도련님' '아가씨'와 같은 성차별적 호칭에 시민들이 꾸준히 문제를 제기하자, 국립국어원도 개선 의지를 피력했다. 페미니스트들은 더 이상 '좋은 게 좋은 것'이라며 잠자코 넘어가지 않는다.

앞으로 페미니스트와 결혼하게 될 20~30대 남성들이 명절을 싱글 때처럼, 혹은 관습에 따라 보내면 어떤 일이 생길지는 불 보듯 뻔하다. 평등한 파트너가 되려면 명절도 평등하게 보낼 수 있도록 만들어야 한다. 물론 어렵다. 바른 소리 하기도 어렵고, 관습을 따르기를 바라는 부모의 기대를 저버리는 일도 쉽지 않다. 한마디로 엄두가 안 나는 일투성이다. 하지만 남자들이 이런저런 핑계를 대며 버티고 있었기에 아직도 가부장제가 명절 때마다 위세를 부린다는 사실을 뼈아프게 받아들이고, 변해야 한다.

가사 노동을 최소화할 수도 있고, 처가에서 명절을 지낼 수도 있고, 명절 여행을 갈 수도 있다. 남성들이 호응하고 연대하면 변화는 더 빠르게 온다. 《세계일보》의 〈김치녀 싫다면 스시녀 만나세요 "제사·시부모님 모시고 싶어요"〉 같은 백래시 메시지에 현혹되지 마시길 바란다. 당신이 지금의 성평등 흐름을 거부한다면, 사랑하는 사람과 건강한 관계를 맺고 살기는 점점 더 어려워질 것이다.

가부장제의 큰 수혜자이며, 30대 싱글 남성인 내가 이런 이야기를 하는 것은 어쩌면 주제넘은 일일지도 모른다. 그러나 내 행동을 내 글에 강제로 얽매이게 하기 위한, 다짐으로서의 글이라고 생각하며 쓴다. 내 세대의 많은 남성들이 부디 가부장제의 연명을 거부한, '비겁하지 않은' 남성으로 남길 바란다.

'미미쿠키'는 되지만
'샤넬'은 안 돼! –
여성 소비를 혐오하는
남성들의 계산법

> 저거 먹이면서 우리 애는 유기농만 먹는다구욧‼ 이랬을 거 생
> 각하니 ㅋㅋㅋㅋ

'미미쿠키 사건(대형 마트에서 파는 쿠키를 재포장해 유기농이라고 속여 판매한 일)'에 대한 논란을 널리 알린 페이스북 A 페이지의 계정주가 미미쿠키 관련 게시물을 올리며 위와 같은 댓글을 달았다. 이어 A 페이지에 달린 댓글의 상당수도 미미쿠키에 속아 구매를 결정한 여성들을 비난하는 내용이었다. 피해자인 여성 구매자를 비난하는 흐름은 네이버 댓글에서도 이어졌고, 몇몇 언론에 의해 기사화되기까지 했다. 그런데 여기서 흥미로웠던 포인트는 디시인사이드와 일베, 네이버에서는 여성 구매자를 욕하는 댓글이 많았던 반면, 그 이외의 남초 커

뮤니티의 분위기는 비교적 잠잠했다는 점이다.

오빠가 허락한 소비 행위

'김여사'나 '맘충' 등 여성 일반화 서사를 적극적으로 퍼트리는 남초 커뮤니티가 잠잠했던 이유는 무엇일까? 유기농 쿠키나 롤케이크 등의 구매가 여성 개인의 욕망을 채우려는 행위가 아니라, 가족에게 '맛있고 좋은 음식'을 먹이려는 행위에 가까웠기 때문이다. 네이버에 댓글을 쓰는 젊은 안티 페미니스트들은 그저 소비하는 여성이 속았다는 이유로 조롱을 퍼부었다. 하지만 기혼 남성들이 보기에 미미쿠키를 사는 행동은 '오빠가 허락한 소비 행위'이므로 구매자를 욕하는 상황에 동의하지 못한 것이다.

'오빠가 허락하지 않은 소비 행위'를 문제 삼는 것은 매우 보편화된 정서다. 오빠가 허락하지 않은 소비 행위의 대표적 키워드는 여성들에게 속칭 '한남 퇴치 부적'이라고 이름 붙인 '샤넬'과 '스타벅스'다. 어떤 남성들은 이 둘을 좋은 말로는 주체적 소비, 나쁜 말로는 이기적 소비로 여긴다. 이들은 여성이 자신의 욕망을 채우기 위해 소비하는 것을 경계한다. 물론 실제 소비의 형태나 목적이 어떤지는 무관하다. 자신이 평소 하지 않거나 앞으로도 이해할 생각이 없는 소비 행위에 비위가 상하는 듯하다.

한 예로 지난 2017년 8월, SNS에 샤넬 백을 올린 한 작가의 글을 보고 "된장스러운 호들갑에 똥 밟았다"라며 비아냥대다 거센 비판을 받은 중년 남성 논객이 있었다. 그를 비판하는 사람들은 그가 올린 사진 속 산악자전거가 대체 얼마냐고 따지기 시작했다. 자전거, 낚시, 오토바이, 게임 아이템 등 온갖 것에 돈을 쓰는 사람들이 왜 샤넬에는 질색할까? 남성들의 스타벅스 혐오는 더 황당하다. 2019년 6월 기준 전국 스타벅스 매장 수는 1,300개에 이른다. 스타벅스 매장이 이렇게 많아졌음에도 여전히 스타벅스를 가는 이유가 허영심 때문이라며, 일종의 사치재로 취급한다.

"오랫동안 여성을 자연 및 본원적 욕망과 연결시켜왔던 경향성은 소비주의를 여성의 충동성 및 비합리성과 동일시하는 견해를 조장했다"[22]라는 지적처럼 여성의 소비는 그 자체로 비합리성을 내포한 것으로 묘사되는 경우가 빈번했다. 최근까지도 '힙한 카페에 가고, 유행하는 생활용품을 사고, 여행을 자주 가는' 일반적인 소비 행위를 SNS에 올리는 것이 허세나 사치인 양 이야기됐다. 이처럼 여성들의 자기만족을 위한 (그러나 남성들은 즐기지 않는) 소비 행위는 철저하게 소비의 합리성과 정당함을 평가받게 된다.

여성의 소비를 재단하는 사고의 기초에는 '여성은 남성의 돈을 쓰는 사람'이라는 인식이 은연중에 깔려 있다. 성인이 될 때까지는 아빠, 대학생 때와 사회 초년생 때는 남자 친구, 결혼해서는 남편에 의존해 경제생활을 한다는 생각 말이다. 일하는 여성이 늘고 있음에도 아직 인식의 변화가 크지 않다.

2016년 양성평등 실태조사에 따르면 '가족의 생계는 주로 남성이 책임져야 한다'라는 문항에 성인 남성의 47.3%, 성인 여성의 37%가 동의했다. 또 '여성은 자신의 직장 생활보다는 어린 자녀를 돌보는 것을 더 우선시해야 한다'라는 문항에도 성인 남성의 54.4%, 성인 여성의 53.2%가 동의했다(청소년의 경우, 남성 35.4%, 여성 19.1%만이 동의해, 연령별 인식 격차가 꽤 크다는 것을 알 수 있다). 여전히 전업주부를 성인 여성의 기본값으로 놓는 통념이 사라지지 않았다. 이러니 남성 중심 사회가 여성의 소비를 '남성의 돈을 통한 소비'로 가정해 통제의 대상으로 삼는 것이다.

흔히 남성들이 '합리적이고 이상적인 소비'라고 일컫는 행동은, 여성 개인의 욕망이 드러나지 않았던 경우가 대부분이다. 이타적이고 공동체(가족)를 위한 소비여야만 정당성이 확보된다. 개인의 소비 능력조차 가부장적 규범 앞에서 무력해지는 상황을, 우리는 '된장녀'라는 단어의 출몰에서 보지 않았는가?

엄마. 며느리. 아내의 입장에서 가족을 위해 소비할 때보다 여성이 제 자신을 위해 소비할 때 유난히 혐오가 따른다. 그렇게 여성의 노동은 축소되고 소비는 과장된다. …… 이 비노동 인간이 남성의 돈으로 즐긴다는 공식은 점점 '요즘은 남자가 불쌍한 여자들 시대'라는 망상을 낳는다. 시장에서는 부추기고 일상에서는 혐오하는 여성의 소비는. 그 실체와 무관하게 화려하고 거대한 포장지로 싸여 있다.

이라영. 《환대받을 권리. 환대할 용기》. 167~168쪽.

이라영 선생의 말처럼 여성의 소비는 시장에서는 부추기고 일상에서는 혐오한다. 남성들은 언제든 여성의 소비를 평가할 준비가 된 것처럼 보인다. '여성이 소비하다가 속았다'라는 이유만으로 비난을 퍼붓는데, 하물며 '오빠가 허락한 소비 행위'가 아니었다면 어땠을까?

만약에 스타벅스 커피에 문제가 생겼다면, 인스타그램에서 유명한 옷이나 액세서리에 치명적인 결함이 발견됐다면, 온통 '맘충' 운운하는 댓글로 인터넷이 도배됐을지도 모른다. 무언가를 사고 무언가를 먹는다는 이유만으로 비난받고, 모멸감을 느낄 수밖에 없는 단어로 불리는 상황, 남성에게는 소설 속 이야기일 뿐이지만, 여성에게는 일상이다.

경찰은
여자의 얼굴을
하지 않았다

  자신의 원룸에 들어가는 여성을 한 남성이 바로 뒤따라온다. 다행히 문은 금세 잠겼고, 남성은 아쉬운 듯 문고리를 연신 흔들어 본다. 문이 닫힌 시간과 남성이 문고리를 잡은 시간의 차이는 불과 2~3초. SNS를 통해 공개된 일명 '신림동 강간 미수 사건' 영상에 나오는 아찔한 장면이다.

  그런데 이 상황에서 경찰은 무엇을 했을까? 사건이 일어났을 당시 범인을 잡으려는 경찰의 노력은 미흡했다. 《한겨레》 보도[23]에 따르면, 경찰은 두 차례 신고를 받았다. 먼저 가해자의 '주거 침입 미수'가 발생한 그 시점에 피해자가 신고했다. 피해자는 "CCTV를 확인하고 싶다"라고 말했지만 출동한 경찰은 "피해자가 직접 건물주에게 연락해 CCTV를 확보한 뒤 경찰에 알려 달라"라고 답하는 데 그쳤다. 피해자와 대화를 나눈 뒤 주변을 둘러본 경찰은 출동 3분 만에 돌아갔다.

두 번째 신고는 피해자가 건물주에게 부탁해 직접 CCTV 영상을 확보한 상태에서 이뤄졌다. 사실상 수사를 피해자에게 위임한 셈이다.

강력 범죄의 전조인 '스토킹'을 방관하는 경찰

'누군가가 벨을 누르거나 문고리를 흔드는 일', 경찰은 물리적인 폭력이 직접적으로 일어나지 않았으므로 그저 피곤한 사건이라고, 별일 아니라고 여긴 듯하다. 하지만 스토킹에 대한 여성들의 공포는 엄청나다. 밤길에 누군가 자신을 따라오거나 위협하는 일은 소수에게만 발생하는 '특별한 사건'이 아니라 대다수 여성이 공유하는 '일상적 경험'이다. 반복되는 스토킹 행위가 자신을 겨냥한 중대 범죄로 이어질 수 있다는 우려에, 여성들은 한시도 마음을 놓을 수 없다. 그럼에도 경찰의 대응은 미적지근하다. 당장 이 책의 편집진 중 한 명에게 전해 들은 실제 경험담만 해도 상당히 충격적이다.

대학가 좁은 골목길에 위치한 자취방으로 들어가기 직전, 한 남성이 마구 좇아왔어요. 급히 도어 록을 열고 들어가려 했지만, 결국 성추행을 당해 경찰에 신고했습니다. 그런데 경찰은 '범인 잡기도 힘들고, 설령 잡는다고 해도 처벌 과정 진행하려면 아가씨도 이런저런 서류 작성하러 계속 경찰서 들락날락해야 할 텐데 여간 귀찮은 일이 아닐 거다'라며 저를 그냥 돌려보내려 하더라고요. 골목 CCTV 확인은커녕 저를 경찰차에 태운 다음. 집 주변 골목을 한 바퀴 슬렁슬렁 돌고 갔습니다.

실제로 KBS가 여성 대상 살인, 살인 미수 사건 381건의 판결문을 분석한 결과, 30%(56명, 이 중 한 명을 제외하곤 전부 남자)의 가해자가 사건 전 스토킹을 저질렀다.[24] 스토킹은 일종의 '살인 전조' 현상이다. 그만큼 위험한 범죄임에도 경찰을 포함해 사회 전반적으로 심각성을 깨닫지 못하고, 처벌도 제대로 이뤄지지 않고 있다. 이번 '신림동 강간 미수' 사건이 영상을 통해 알려지지 않았다면 가해자가 체포되었을지조차 의문인 이유다.

'진주 아파트 방화·살인 사건'을 저지른 안인득도 이전부터 피해자 중 한 명인 위층 사는 고등학생을 괴롭혀 왔다. 하교하는 피해 학생을 따라오다가 학생이 급하게 집으로 들어가 문을 닫자, 벨을 누르거나 나오기를 기다렸던 적도 있다. 신림동의 상황과 너무나 비슷하지 않은가?

스토킹범에 대한 강력한 처벌 법안이 없어 경범죄 처벌법(범칙금 8만 원)으로 다스려야 하는 점도 문제지만, 그전에 경찰이 안인득 같은 스토킹범을 처벌할 의지가 있었는지 물어야 한다. 최소한 안인득에게도 '주거 침입' 혐의 정도는 적용할 수 있었을 것이다(아파트 복도에서 머문 행위 역시 판례상 주거 침입으로 인정된다). 그렇다고 해서 스토킹 피해 여성을 위한 '신변 보호'나 '핫라인'을 제공한 것도 아니다.

이쯤 되면 지난해 10월 경찰이 발표한 '스토킹 대응 TF 설치 방안'은 허울뿐이라는 것을 알 수 있다. 올해 주민들이 안인득을 일곱 번이나 경찰에 신고했음에도 어떠한 조치도 없었던 사실은, 경찰이 안인득에 대해 동네에 '미친 사람' 하나 있다고 생각하고 넘어간 것이라고밖에 볼 수가 없다.

'남성의 시각'으로 범죄를 바라보는 것이 문제

2019년 6월에 방송된 SBS 〈궁금한 이야기 Y〉의 사례는 더 기막히다. 바닥에 '락카칠'을 하고 소리를 지르는 여성 노인이 있어 동네 주민들은 그를 '이상한 사람'으로 생각했다고 한다. 그런데 실상 그는 지속적인 괴롭힘의 피해자였다. 앞집 사는 남성이 몇 년간 그에게 달걀이나 소주병을 던지고, 그의 집에 오물을 묻혔다. 심지어 "네 아버지 XX나 쭉쭉 XXX"와 같은 성적인 희롱을 지속했으며, 시퍼렇게 멍이 들도록 때리기까지 했다. 알고 보니 그의 '락카칠'은 앞집 남성이 계란을 던진 장소나 시간을 기록해 둔 흔적이었다.

피해 여성 노인은 너무 무섭고 고통스러워 폐지를 모은 돈으로 CCTV를 주변에 설치해 놓았고, 밥 먹을 때는 계속 CCTV

화면만 바라보고 있었다. 그는 "너무 많이 힘드니까 우리 집에 괴한이 와서 나쁜 짓을 안 할까, 또 뭐 안 던질까, 그것만 생각해"라며 제작진에 제발 도와 달라고 하소연했다. 또다시 의문이 드는 점은, 대체 이 지경이 되도록 경찰이 무엇을 했냐는 것이다.

평택경찰서는 2년 전부터 가해 남성에 대한 24건의 신고 접수를 받았는데, 이 중 기소 의견으로 검찰에 송치한 건수만 7건에 구속 영장까지 신청한 건도 있다고 한다. 그런데 단 한 번도 혐의가 인정된 적이 없다. 의아했다. 기소 의견 송치를 했음에도 검찰은 한 건도 혐의를 인정하지 않았고, 경찰은 피해가 얼마나 극심한지 인지하고 있으면서도 피해자를 보호하지 않았다. 결국 〈궁금한 이야기 Y〉가 방송되고 나서야 가해 남성이 구속됐다.

이처럼 현행법을 적용할 수 있는 상황에서조차 경찰이 소극적으로 수사한다는 생각을 지울 수가 없다. 남성 중심의 조직인 경찰은 여성이 당하는 범죄에 대한 이해도 부족할뿐더러, 여성들이 겪는 위협을 사소화하기까지 한다. 특히 가정 폭력이나 데이트 폭력 사건에서는 경찰의 '안일한 대처'가 꾸준히 비판받아 왔다.

경찰이 '남성의 시각'으로 범죄를 바라보는 것이 문제의 근본 원인이다. 건장한 비장애인 남성이 다수를 이루는 집단이 약자를 대상으로 이뤄지는 은근하고 사소해 보이는 범죄를 다룰 감수성을 지녔을 리 만무하다. 스토킹과 데이트 폭력을 '개인의 일' 혹은 '남성의 과도한 행동' 수준으로 치부하는 폭력적인 남성 문화에서 '남초 조직'인 경찰이 자유로울 수 있을까?

젠더 폭력의 심각성을 이해하고, 타성을 개선해 나가기 위해서라도 여자 경찰의 증원이 필요하다. 일단 많이 뽑아야 하고, 일선 지구대에도 많이 투입해야 한다. 그렇게 된다면 여성 대상 범죄에 대한 경찰 조직의 민감도를 상당한 수준으로 끌어올릴 수 있을 것이다. 백날 젠더 의식 교육해 봤자 옆에 있는 동료들이 온통 남성뿐이면 변할 수 없다.

스토킹 방지법, 데이트 폭력 방지법이 만들어져 법이 인식을 선도하면, 물론 좋다. 그러나 여성 대상 범죄를 바라보는 경찰의 인식이 현재 수준이라면 법이 큰 효과를 발휘하지 미지수다. 여성이 어떤 현실 속에서 살아가는지도 모르는, 그래서 여성의 증언에 공감하기는커녕 예민하다고 비웃기만 하는 경찰은 결국 '반쪽짜리 민중의 지팡이' 취급을 면할 수 없을 것이다.

그 화장실이
남자들 차지가 된 이유:
성차별적
도시 공간의
남성 중심 설계

　도시의 공간은 남성을 기본 주체로 상정해 만들어져 왔고, 이로 인해 여성들은 자주 불편을 겪거나 위험에 처했다. 가로등이 설치되지 않은 좁은 골목길, 성희롱이나 성추행을 걱정하며 타야 하는 대중교통, 돌봄 노동을 주로 여성이 맡는 현실에서 아이를 데려가기 까다로운 식당들과 '노키즈존', 여성 휴게실이나 탈의실을 제공받지 못하는 남초 일터, 어디나 부족한 수유 시설, 심지어 여성 운전자라고 차별받는 도로까지.

　도시 공간의 '주인'은 남자이며, '남자의 이용'을 기본으로 상정하고 만들어졌음을 확인해 주듯 상당수의 공간은 성차별적이다. 특히 나는 PC방을 갈 때마다 PC방의 공용 화장실이 여성의 이용을 배제하고 만든 게 아닌가 하는 생각을 지울 수 없다.

여성들은 왜 '공용' 화장실을 빼앗겼을까

나는 종종 게임을 하러 두 곳의 PC방을 이용한다. A는 70석 규모의 중형 PC방이고 B는 150석이 넘는 대형 PC방이다. 그런데 두 곳 모두 화장실을 갈 때마다 마음이 불편하다.

A는 PC방 내부에 공용 화장실이 하나 있다. 좁은 공간에 소변기 두 개, 각각 여성용과 남성용이라고 표시된 칸막이에 양변기가 있다. 그런데 나는 이 PC방을 수년 동안 다니며 여성이 이 화장실에 출입하는 모습을 본 적이 없다. B의 화장실은 외부에 공용 화장실이 있는 구조인데, 화장실이 넓고 소변기에 칸막이가 있다는 점을 제외하고는 A의 화장실과 크게 다르지 않다.

B의 화장실 상태가 좀 더 나아 보이지만, 사실상 B의 화장실도 여성이 이용하기 어려운 건 마찬가지다. A나 B나 필연적으로 화장실 문을 열고 들어가면 일단 소변을 보고 있는 사람의 얼굴을 마주쳐야 한다. 게다가 PC방 화장실에선 문을 잠그고 일을 보는 사람이 거의 없다. 이용하는 사람이 많아서일 수도 있고, 아니면 주 이용객인 남성들의 경각심이 떨어져서일 수도 있다. 나도 몇 번 문을 잠갔으나, 밖에서 기다리는 이가 문을 두들기는 통에 신경이 많이 쓰였다. 여성이 혼자 이용하기엔 여러모로 불편한 구조다. 그러다 보니 여성들이 PC방 화장실 이용을 아예 포기한 것이다(여성 직원이나 이용객은 아마

다른 화장실을 이용할 듯하다).

PC방은 이미 공간 자체가 굉장히 남성 중심적이다. 남성들이 온갖 여성 비하적 욕을 해 대며 게임을 하는 장소를 여성들이 편하게 드나들 수 있을까? 그런데 여기에다가 (근대 이후의 공간에서는 걱정할 필요가 없어야 할) 화장실 사용 문제까지 PC방에 오는 여성들을 불편하게 하고 있다. 여성이 A와 B 같은 PC방의 공용 화장실을 쾌적하게 이용하려면, 일단 안에 남성이 없다는 전제하에 문을 잠가야 한다. 그런데 이를 위해 남성이 있는지 없는지 가늠하는 과정부터 영 불쾌한 일이 아닐 수 없다. 여자라는 이유로 용변을 참거나 아니면 신경을 엄청나게 곤두세우며 화장실을 가야 하는 것이다.

비장애인 남성에게 편한 공간, 누군가를 배제하고 있진 않습니까

PC방뿐만이 아니다. 층과 층 중간에 공용 화장실을 설치한 건물에서는 공통으로 생기는 문제다. 딱 한 명만 들어갈 수 있는 구조이거나 자물쇠와 열쇠가 있다면 괜찮지만, A와 B PC방처럼 애매하게 오픈형인 경우는 무조건 칸막이 안으로 들어가 비교적 오랜 시간 머물러야 하는 여성에게 큰 부담을 준다. 여성의 사용을 전혀 고려하지 않은 설계인 셈이다. 그러니 PC방 화장실같이 남자 이용객이 많은 곳의 공용 화장실은 사실상 남성용이 되어 갈 수밖에 없다.

건축가 황두진 씨는 2000년에 잡지 《디자인문화비평》 3호에 쓴 〈건축 공간에서의 성차별〉이라는 글에서 공용 화장실의 문제점을 이야기한다.

많은 경우에 소위 유니섹스 화장실이 보편화되어 있기 때문에 남녀는 정말 곤란한 상황에서 대결을 벌이게 된다. 행여 소리가 날까 봐 화장실을 못 가거나. 아니면 용변과 동시에 물을 내리거나. 심지어 밖에 누가 있을지 몰라 나가지도 못하는 경험을 누구나 했을 것이다. 남자에게나 여자에게나 이것은 마찬가지의 고역이다. 설계자가 남자라서 여자의 문제를 잘 해결 못 하는 측면도 물론 있지만. 근본적으로 우리나라의 설계 현실이 그런 문제까지 신경 쓸 정도로 세련된 수준에 가 있지 못하다는 이야기도 된다.[25]

황 씨가 이 글을 쓸 당시에는 여성들의 화장실 이용이 더 불편했겠지만, 지금도 크게 달라진 게 없어 보인다. '무신경하고 관습에 따른' 공간 구획과 설계는 필연적으로 남성 중심적인 형태를 띠게 된다. 대체로 남성이 설계하거나 공사를 담당하는 상황에서, 본인이 쓰지 못하는 공간을 세심하게 고려하며 만들지는 않기 때문이다. 그래서 남성은 종종 불쾌한 정도지만, 여성은 아예 이용조차 어려운 화장실이 탄생한다. 일정 수준의 분리를 보장한 구획을 하지 않으면 더 피해를 보는 쪽은 여성이다.

얼마 전 신촌의 한 주점에서 공용 화장실을 이용했다. 이곳은 흔히 '노렌'이라 부르는 긴 천으로 소변기 쪽을 가려 놓아 적어도 민망한 상황은 피할 수 있도록 만들었다. 물론 불편함이 근본적으로 해결된 건 아니지만, 어떻게든 분리하려는 노력이 보였다. 공간이 정 부족하면 최소한 이 정도 의지는 갖고 있어야 한다.

기본적으로 공간 정책에도 여성들의 목소리를 반영(성 주류화)해야 한다. 그러나 무엇보다 선행되어야 할 것은 시민들이 공간을 사유하는 방식의 변화다. 특히 비장애인 남성들은 자신이 아무렇지 않게 마음 놓고 쓰는 공간에서 누가 배제되고, 누가 불편해하는지 살펴야 하지 않을까.

나혜석의
조카 손녀,
나문희가 연기한
'여성의 얼굴'

어릴 적 외할머니 집에 가면 저녁 여덟 시 반에는 KBS1 일일 드라마를 봐야만 했다. 간혹 〈보고 또 보고〉나 〈인어아가씨〉 같은 공전의 임성한표 히트작이 채널을 바꾸게 하기도 했지만, 어지간하면 채널은 KBS1에서 돌아가지 않았다.

한때는 매일 비슷한 사람들이 나오고, 비슷한 전개로 진행되는 저 드라마들을 왜 계속 보나 싶었다. 그런데 곰곰이 생각해 보니 본인과 같은 '할머니'가 극을 이끌어 가거나, 적어도 중심축을 이루는 인물인 경우는 일일 드라마 빼고는 없었다(하지만 최근에는 젊은 주인공 이외 인물들의 비중이 줄고 있다). 할머니 입장에서는 자신과 닮은 캐릭터가 나오는 드라마에 감정을 이입해 울고 웃는 게 하루를 마무리하는 작은 낙이었을지도 모른다.

그런데 이 일일 드라마의 할머니를 상징하는 얼굴이 누구냐 물어보면, 역시 나문희가 가장 먼저 떠오른다. 김혜자, 강부자, 김영옥보다는 확실히 '보통 할머니' 같기도 하다. 이는 무려 20년 이상 나문희가 할머니 배역을 맡았기 때문이기도 하다. 사실상의 출세작이자 그에게 연기 대상을 가져다준 1995년 작 〈바람은 불어도〉에서도 그는 팔순을 앞둔 할머니 역할을 맡았는데, 그때 그의 실제 나이는 55세에 불과했다.

나문희는 참으로 다양한 캐릭터를 연기했다. 그는 대체로 '늙은 어머니'나 '할머니'였으므로 언제나 가부장제와 남성 지배 사회에서 여성이 살아갔던 방식을 보여 줬다. 어떤 경우에는 '순응'이었고, 어떤 경우에는 '탈주'였다. 가정 폭력 피해로 인한 '장애'를 겪거나, 가부장제를 '재생산'하는 여성을 연기하기도 했다.

나문희는 매번 달랐다

-순응

MBC의 4부작 드라마였던 〈세상에서 가장 아름다운 이별〉에선 전형적이지만 비극적인 어머니상을 연기한다. 자신의 인생은 내버려 둔 채 오로지 가족을 위해서만 살았던, 치매 걸린 시어머니를 모셔야 했던 여성이 자궁암 말기에 이른 사실을 뒤늦게 알게 되는 이야기다. 자신이 죽으면 시어머니를 모실 사람이 없다는 생각에 시어머니의 목을 조르다가 이내 포기하는 장면이 나오기도 한다.

노희경이 쓴 대본이 수능 모의고사 지문에도 출제돼 아이들이 언어 영역을 풀다가 울기도 했다는 그 작품이다. 과거 요양병원이 없고 요양원도 턱없이 부족할 때, 시부모가 아프면 며느리들은 병 수발을 들면서 동시에 가사와 모든 돌봄 노동까지 담당해야 했다. 극 중에선 '삶'이 없어진 여성이 죽음을 앞두고서야 역설적으로 자신의 삶을 찾는다. 시한부라는 극한의 상황을 만들지 않고서는 그 시대 여성의 '희생'에 제값을 매기는 게 힘들었을지도 모르겠다.

MBC 시트콤 〈거침없이 하이킥〉에서도 비교적 순응적인 캐릭터로 나왔다. 애초에 설정 자체가 이순재네 식모로 살다가 결혼하게 된 케이스다. 나이가 칠십 가까이 되어서도 대가족의 집안일을 도맡아 하고, 심지어 손자를 돌보며 '독박 육아'까지 한다. 잘난 며느리 앞에서는 갑질은커녕 오히려 기가 죽는다. 전형적인 것을 비틀어 버릴 때 터져 나오는 시트콤식 웃음을 위해 만들어진 캐릭터 같다.

-탈주

자신의 인생을 유유자적 즐기는 캐릭터로. 여성으로서 사랑받고 싶고. 부모로서 대접받고 싶은 욕망. 말년의 인생을 즐기고 싶은 욕망을 그대로 드러내는 인물이다.

이준, 〈노인이라고 '원초적 본능'이 없나〉, 《오마이뉴스》, 2006년 12월 22일.

문영남의 '막장 드라마' 세계를 연 〈소문난 칠공주〉에서 나문희의 비중은 작다. 하지만 춤바람 난 그가 입에 달고 사는 노래 〈있을 때 잘해(일명 '돌리고 돌리고')〉는 대히트를 치며 대중에게 크게 회자됐다. 이 드라마에서 나문희가 연기한 '남달구'는 일찍이 남편을 잃고 재가를 반복하다 결국 갈 곳이 없어 딸네 집에 얹혀사는 기구한 운명이다.

그러나 나문희는 현실에 굴하지 않는다. 카바레에서 춤추며 신나게 놀고, 사위에게 돈 달라고 당당히 요구하는 '막가파'로 나온다. 얼핏 보면 막장 캐릭터라고 볼 수 있지만, 기존의 어머니상을 무너트리며 '자유'를 찾았다는 점에서 카타르시스를 주는 배역이다.

〈디어 마이 프렌즈〉의 '문정아'는 〈세상에서 가장 아름다운 이별〉에서의 나문희와 비슷하게 보이지만, 끝내 반전을 만드는 캐릭터다. 남편으로 나오는 신구는 '하늘 같은 남편' '어디 여자가' 운운하는 가부장이다. '문정아'는 마침내 이혼을 결심하며 "그저 맥주 한 병이라도 편하게 마실 수 있는 삶"을 누리고 싶다고 말한다. 끝내 이혼은 하지 않지만, 남편과 함께 살던 집을 나와 새집을 마련하는 행동에서 알 수 있듯, 가부장제에서의 완전한 탈출을 꿈꾸는 인물로 등장한다.

─재생산

나문희는 유독 KBS 드라마나 문영남 작가의 드라마에서 가부장제를 수호하는 '성격 나쁜 할머니' 역할을 자주 맡는다. 그의 출세작이었던 〈바람은 불어도〉에서는 가부장 아들을 키워 내면서 권력을 행사하게 된 괴팍하고 속물적인, 며느리 구박을 일삼는 시어머니로 등장한다. 물론 당당하고 유머러스한 태도가 인기 포인트였지만, 그것과는 별개로 대가족 내에서 가부장제를 재생산해 내는 행태를 보여 준다.

〈바람 불어 좋은날〉〈왕가네 식구들〉〈장밋빛 인생〉에서도 전부 강한 시어머니 또는 할머니를 연기한다. 며느리를 괴롭히는 것은 물론, 자식이나 손녀 손자를 자신의 소유물처럼 여기는 습성을 보인다. 문영남 작가는 나문희를 거대한 대가족 드라마의 든든한 고정축으로 여기는 것 같다. '시어머니' '시할머니'의 전형성에 한두 가지 특징을 부여하는 정도로 역할을 준다(그런 점에서 〈소문난 칠공주〉는 정말 의외다).

─ 장애

반면 노희경 작가가 나문희를 쓰는 방식은 〈디어 마이 프렌즈〉에서도 그렇고 전형적이진 않다. 그래서 나문희가 노 작가에게 "고민할게, 연구할게"[26]라고 말한 것도 빈말은 아니지 싶다. 특히 1997년 작 〈내가 사는 이유〉에서의 '숙자'는 파격에 가깝다. 나문희는 일종의 유아 퇴행 장애를 겪는, 동네에서 '정신 나간 할머니'로 불리는 역할을 맡았다. 극 중에서 욕쟁이 언니로 나오는 김영옥 씨와의 연기가 너무 인상적이어서 노희경 자신도 당시 이 두 배우의 연기에 큰 애정을 갖고 있다고 밝힌 적이 있다. 이때의 연기에 대해 《채널예스》의 땡땡 님은 〈우리들의 엄마, 나문희〉라는 글에서 아래와 같이 말한다.

나이 먹은 배우가 퇴행 장애로 어린애가 된 사람의 연기를 하는 건 쉬운 일이 아닙니다. 조금만 선을 넘어버리면 가짜라는 게 티가 나고. 그렇다고 모자라면 시청자를 설득할 수 없어요. 그런데 나문희는 어린애 연기를 소름 끼치게 해낸 것도 모자라서. 그 캐릭터가 제정신을 찾은 이후까지 연기해 냅니다. 그의 신들린 연기가 아니었다면 제가 지금까지 〈내가 사는 이유〉를 기억하고 있을 리가 없어요.[27]

나문희가 극 중에서 실성하게 된 이유는 남편의 폭력으로 인해 아이를 유산한 충격 때문이었다. 그는 '고민'하고 '연구'하면서 가부장제의 폭력을 겪은 인물을 온몸으로 표현했다.

KBS 드라마 〈굿바이 솔로〉에서의 나문희는 말하지 않는다.

목에 작은 칠판을 걸고 다니면서 의사소통하는 식당 주인 '미영 할머니'로 나온다. 정말 말하지 못하거나 듣지 못하는 것은 아니고, 그냥 스스로 말하지 않기로 한 인물이다. 이유가 있다. 폭력 남편에게서 도망쳐 있던 도중, 남편이 홧김에 집에 불을 내 스스로 죽고 만다. 게다가 입양 딸 미자(윤유선 분)에게 '세 번째 새엄마'였던 나문희는 미자와의 연마저 끊어 버린다. 이후 그는 속죄의 마음으로 말을 하지 않기로 한다. 그 대신 자신 주변의 모든 젊은이의 말을 듣고 위로해 주는, 또 다른 어머니이자 할머니가 된다.

나문희의 연기는 '페미니즘 텍스트'다

나문희가 맡은 캐릭터는 자신의 꿈이나 사랑을 달성하기 위해 달려가는, '특별한 인물'로서의 개별성을 부여받지 못한다. '어머니'이고 '할머니'인 그에게 부여할 수 있는 개성이 한정적이기 때문이다. 어머니와 할머니의 역할에서 우리가 상상해 낼 수 있는 모습은 '가족'이나 '지역 공동체' 안에서의 그것이다. 개인으로서의 '나'는 온데간데없이 철저하게 구조에 종속되어 있고, 소수의 집단 안에서만 의미를 가지는 인물이기에 그들의 욕망 역시 부차적이고 우스꽝스러운 것으로 치부된다. '열린 인물'이 아니다 보니 입체성과 역동성이 부족할 법하다. 실제로 많은 드라마에서 '나이 든 여성'을 병풍처럼 활용하곤 한다.

나문희 역시 대부분 구조에 갇혀 있는 혹은 갇힌 경험이 있는 '늙은 어머니(또는 할머니)' 역을 연기해야 했다. 그러나 그는 다양한 연기를 통해 가부장제 사회의 구조를 드러내는 역할을 해낸다. 물론 착취당하는, 피지배자로서의 여성을 직접적으로 내보인 적도 있지만, 그렇지 않더라도 그가 쌓아 온 '여성의 상'은 그 자체로 시청자에게 어떤 깨달음을 전해 주었을 것이다.

〈굿바이 솔로〉 이전에 그가 한때 '고약한 시어머니 전문 배우'였던 것도 기억 안 났다. 〈소문난 칠공주〉를 보고 알았다. 세상에. 미영 할머니가 '고약한 시어머니 전문 배우'와 같은 사람이라는 게 상상이 가나?

조은미, 〈나문희, 당신의 팬이 되겠어요!〉, 《오마이뉴스》, 2006년 4월 21일.

개별의 드라마로 볼 때는 아무것도 아닐 수 있다. 그러나 미영 할머니, 남달구, 고약한 시어머니 모두를 본 사람은 나문희의 연기력을 칭찬하는 동시에, 나문희가 맡은 배역이 모두 '개인이 말살된 삶'을 살아왔다는 점을 은연중에 인식하게 된다. 나문희가 맡은 역할은 어떤 식으로 변주하든, '결혼이나 출산을 통해 남성 지배 사회의 객체로 편입되어 30년 이상을 살아온 사람'이다. 다만 나문희는 그 구조에서 버텨 내거나 응전하는 혹은 포기하는 다양한 모습을 끊임없이 보여주면서, '어떤 배역을 맡은 나문희'가 아니라 나문희라는 배우 자체를 하나의 '스피커'로 만들어 갔다.

그래서 가끔 나문희를 보면 나의 할머니 세대 여성들이 무슨 생각을 하고 사셨을지 궁금해지기도 한다. 즉, 그의 연기가 집 안일과 육아, 농사일을 반복하며 수십 년을 살아온 그들의 삶 을 어떻게 바라보고 인식해야 하는지 고민하는 계기를 제공했 다는 이야기다.

나문희는 영화 〈아이 캔 스피크〉를 통해 제2의 전성기를 맞 았다. '일본군 위안부' 피해자 나옥분 역을 맡아 한 시대의 고 통을 담아내면서 많은 이들에게 감동을 줬고, 주요 영화제 여 우 주연상을 휩쓸었다. 당연한 결과다. 남성들이 만들어 놓은 광범위하면서도 세세한 폭력의 구조를 고발하기에 나문희만큼 설득력 있는 인물이 또 있을까? 언제나 '가부장제의 압박과 폭 력'이라는 소재를 곁에 두고 연기해 왔으니 말이다.

그는 우리 곁에 있었고, 아마 앞으로도 그럴 것이다. 한국 사 회에서 여성으로 살며 한 자리에서 몇십 년을 버텨 냈다는 게 어떤 의미인지, 그의 연기를 보며 끊임없이 되새긴다. 어쩌면 그의 연기는 자신의 고모할머니였던 나혜석보다 더 좋은 페미 니즘 텍스트가 될 수 있을지도 모른다.

박원순의 위력,
안희정의 위력

  KBS2의 예능 〈사장님 귀는 당나귀 귀〉의 박원순 시장 출연 분은 크게 논란이 됐다. 특히 여러 에피소드 중에서 비서관이 박 시장과 함께 새벽 마라톤을 뛰는 사실에 많은 사람이 놀랐다. 무엇보다 이 비서관은 발목이 안 좋아서 뛸 때마다 통증을 느끼고 있고, 무릎 수술도 두 번이나 한 상태였다. 그러나 비서관은 박 시장에게 투정 한마디 하지 않고 묵묵히 뛰었다.

  심지어 비서관의 아내가 "무릎 수술 두 번 했는데 마라톤 뛴다니 주변에서 걱정한다"라고 하니, 오히려 비서관은 "마라톤 좋아하는데 왜 그런 불편한 이야기를 시장님께 하는 거야"라고 멋쩍게 대구하기도 했다.

  비서관이 방송을 통해 새벽 마라톤의 어려움을 토로하자, 박 시장은 "좋을 줄 알고 (마라톤) 같이 했다. 싫다는 이야기를 안 했다." "(무릎 수술한 것을) 나한테 얘기를 해야지"라는 식으로 답변했다. 그러나 다들 알고 있을 것이다. 왜 비서관이 차마 말을 못 했는지 말이다.

성폭력 사건에서만 위력이 간과되는 이유

이 프로그램은 '위력이란 무엇인가?'에 대한 적절한 대답일지도 모르겠다. 박 시장과 비서관의 행동은 '위력이 존재하나 위력이 일상적으로 행사되거나 남용되지는 않았다'라는 안희정 1심의 판결 내용이 얼마나 얼토당토않은지 증명한다. 위력은 존재 자체로 강제력을 지니며 다른 사람의 행동을 통제한다.

위력이 물리적 폭력이나 압력의 형식으로 드러나지 않는다고 해서, 위력이 갑자기 사라질 리 만무하다. 박 시장이 강제로 달리기를 시킨 적은 없다. 그러나 비서관은 다리가 아픔에도 거부하지 못했다. 거부할 생각조차 안 했다. 위력이 행사되거나 남용되었을 때에만 '위력에 의한' 것으로 간주한다면 비서관의 경우 역시 '자발적 행동'으로 봐야 하나? 누구도 그렇게 생각하지 않을 것이다. 이 방송을 본 대부분의 사람은 박 시장이 '갑질'을 한다고 비난했다. 비서관에게 "왜 아프다고 말 못했느냐"라고 따지는 사람은 없었다.

그런데 유독 성폭력 사건에선 '저항하지 않았으니 동의한 것'이라는 시각이 널리 퍼져 있다. 특히 '안희정 성폭력 사건'에선 1심 재판부를 비롯해 많은 사람이 피해자를 향해서만 "왜 거부하지 않았느냐"라고 따졌다. 이유는 무엇일까?

'안희정 성폭력 사건'을 다룬 책《미투의 정치학》[28]에서 한채 윤은 여성에게 '정조 이데올로기'가 강력하게 작용했기 때문이라고 말한다(이미 강간죄의 보호 법익은 1995년에 '정조'에서 '성적 자기 결정권'으로 변했다). 한채윤은 가해자가 동의를 구하려고 했는지가 아니라, 피해자가 '얼마나 저항했는지'를 중요시하는 법적 관행이 항거 불가능성을 지닌 '위력'을 간과한다고 지적한다.

> 가부장제가 만든 강력한 정조 이데올로기는 여성이라면 누구나 원하지 않는 성관계는 최선을 다해 거부할 것이라고 전제한다. 마치 기계가 스위치만 누르면 작동하듯 여성은 정조를 지키려고 본능을 작동할 것이라고 상상한다. 그런 까닭에 법은 거부의 행동은 즉각적이고 동의는 침묵으로도 표현된다고 이해하며 항거 불가능성을 지나치게 협소하게 다룬다.
>
> 한채윤, 《미투의 정치학》, 136쪽.

박 시장은 반성했는데, 당신들은 언제쯤?

교수와 제자, 회사 임원과 사원, 감독과 신인 배우 등등 남자들은 위력이 형성되는 관계에서의 만남을 로맨스로 착각해 왔다. 정확히 말하자면 착각하려고 들었다. 그래야 자신의 행동을 포장할 수 있으니까. 이들은 위력에 의해 만들어지는 '거부할 수 없음'을 이용해 만남과 성적인 접촉을 강요했다. 더러는 불평등한 연인 관계를 형성해 착취했다. 만약 성폭력이라는 문제가 제기되면 남자들은 '말은 안 해도 너도 암묵적으로 동의한 게 아니냐' '너도 즐기지 않았느냐'라고 반박했고, 그게 실제로 재판에서 먹혀들었다.

〈사장님 귀는 당나귀 귀〉가 방영된 뒤 박원순 시장은 "굉장히 많은 반성을 했다"라고 밝혔다. 물론 박 시장은 반성, 또 반성해야 마땅하다. 그런데 위력을 이용해 여성들에게 성적 관계를 강요하던 이들, 주변에서 로맨스니, 합의된 관계니 떠들며 가해자를 두둔한 이들은 언제쯤 반성할까?

가부장의 시대는
끝났고,
'땐뽀걸즈'는
떠날 것이다

2002년 울산

조주은 씨(현 여성가족부 장관 정책보좌관)가 쓴 《현대 가족 이야기》는 가부장제와 자본의 공조로 이뤄지는 가족 형태를 진단하고, 그 안에서 여성의 역할이 어떻게 규정되고 제한되는지 보여 준 역작이다.

실제 울산 현대자동차 노동자의 아내로 살았던 저자는, 여성학을 서울에서 공부하고 다시 울산으로 내려와서 현대차 남성 생산직 노동자와 결혼한 전업주부 열여덟 명을 만났다. 2001년부터 2002년 사이, 약 6개월에 걸친 인터뷰와 현장 연구를 통해 그는 정규직 노동자 가족의 가부장제에 기반한 '가정중심성'과 이를 뒷받침하는 대자본의 전략을 설명한다.

당시 현대차 노동자의 아내들에게 결혼은 자신을 괴롭히거나 혹은 부양 의무를 져야 하는 원가족에서의 탈출임과 동시에, 불안한 비정규직 노동 시장을 벗어나는 가장 좋은 길이었다. 즉, 결혼은 이들에게 일종의 기회였다.

하지만 현대차 생산직 노동자와의 결혼은 동시에 사회 활동의 기회를 빼앗기는 일이기도 했다. 당시 주야 교대라는 극도로 피곤한 노동 현장에 있는 현대차 노동자들이 아내의 온전한 내조를 원하던 것이 첫 번째, 현대차 노동자들이 4인 가족의 생계를 책임질 수 있는 상대적 고임금을 받으면서 아내가 굳이 돈을 벌 필요가 없던 게 두 번째 이유였다.

이에 더해 아내가 경제 활동을 시작하면 다른 남성과 어울리게 될지 모른다는 불안감을 남성 노동자들이 갖고 있었다고 저자는 지적한다.[29] 야간 근무를 하면서 아내에 대한 '섹슈얼리티 통제' 욕구(자신이 밤에 일하는 동안 아내가 다른 남성과 시간을 보낼 수도 있다는 불안감에 기인한)가 강화됐다는 것이다.

또한 '일하는 여성'이 성적으로 의미화되고, 회식 때마다 '삐삐 아짐매(노래방 도우미)'를 부를 만큼 여성을 성애의 대상으로 바라보는 남성 집단 문화 역시 '아내 통제'의 심리적 기제로 작용한다는 분석도 내놓았다.[30] '내 아내는 집에서 집안일이나 하고 애나 돌봤으면 좋겠다'라는 성별 분업 이데올로기가 아주 노골적으로 작동하는 환경이었던 것이다.

이런 상황에서 여성들은 남편의 근무 일정에 따라 움직이는 철저한 '보조자'가 되었다. 아침밥 차려 주는 것이 하루 중 가장 중요한 일이 되었고, 야간 근무를 하고 돌아온 남편의 숙면을 위해 아이를 데리고 바깥을 전전하기 일쑤였다. '아내가 손수 문을 열어 줘야 집에 들어오는 남편'의 사례[31]까지 있을 만큼 빈틈없이 남편에게 맞추는 자세가 '아내 됨'의 덕목으로 부각되는 분위기였다.

사측인 현대자동차 역시 남성 노동자 관리 전략으로 노동자의 아내들을 '현모양처'로 묶어 두기 위해 갖은 노력을 다한다. 공장 견학을 통해 '가장'의 고생을 눈으로 보게 하고, 회사라는 더 큰 '부계 권력'을 인지하게 한다. 동시에 아내들을 대상으로 실시하는 '행복한 가정 만들기 교육'을 통해 주부의 몸가짐을 가르친다.[32] 저자가 언급한 '현대자동차 직원 부인 교육과정 평가보고'에서는 해당 교육의 목적을 이렇게 밝히고 있다.

'가정에서 불만 없이 남편을 내조하고 자녀의 교육에 충실하게 함'으로써 남성들의 노동력을 효과적이고 안정적으로 재생산시켜 현대자동차의 생산력과 직결되는 회사 이윤을 향상시켜 '2010년 글로벌 톱5 도약'이라는 기업목표를 달성하기 위한 것이다.[33]

노사는 적어도 '남성 중심의 남성 지배 체제' 유지에는 뜻을 함께했다. 현대차는 98년 정리 해고 당시 144명의 여성 급식 노동자를 일방적으로 해고했다(원래의 정리 해고 명단에 오른 여성 급식 노동자 276명 중 132명은 위로금을 받고 퇴사했다). 그런데 이후 여성 급식 노동자들이 벌인 강력하고 긴 복직 투쟁에서, 황당하게도 남성 중심의 노조는 별다른 지원도 없이 무시로 일관한다. 영화 〈밥. 꽃. 양〉이 기록한 당시 여성 급식 노동자 정리 해고와 투쟁의 역사는, 노사를 불문한 현대차의 남성들이 여성 구성원을 어떻게 생각했는지 잘 보여 준다.

2010년대 거제

《현대 가족 이야기》의 맥을 잇는 책은 2019년 1월에 출간된 양승훈 경남대 교수의 《중공업 가족의 유토피아》다. 울산에서 거제로 배경이 이동했지만 '남성 생계 부양자 모델'에 대해 문제를 제기한다는 점에서 비슷하다.

현대차와 마찬가지로 거제의 생산직 가족들도 한때는 '대우(조선해양) 가족' '삼성(중공업) 가족'으로 정의되면서, 남편 혹은 아버지의 직장에 따라 스스로의 정체성을 규정해 왔다. 남편의 회사를 중심으로 한 여성 전업주부 커뮤니티가 유지되고, 이들은 가사와 양육에서 더 나아가 회사의 갖가지 정보를 공유하고 전달하면서 내조에 힘썼다고 한다. 이는 《현대 가족 이야기》에 나오는 가족들과 비슷한 면모다.

다만 《중공업 가족의 유토피아》는 2002년 울산과 2010년대 거제의 다른 점을 분명하게 보여 준다. '남성 생계 부양자 모델'을 기반으로 한 '중공업 가족 프로젝트'의 확연한 균열 조짐이 바로 그것이다.

먼저 거제는 전업주부를 선택하지 않은 여성은 살기 힘든 곳이다. 안정된 정규직 일자리가 거의 없기 때문이다. 더 이상 장래 희망을 '현모양처'라고 말하지 않는 시대에 거제에 있던 여성들은 떠날 수밖에 없고, 타지의 여성들이 일자리가 부족한 거제로 들어올 가능성은 더더욱 없다. 거제에서의 가족 구성이 점점 어려워지는 것이다.

중공업 가족 프로젝트를 위협하는 또 한 가지 문제는 직영/외주 문제다. 99년부터 사내 하청이 급격히 증가했고, 1:1 비율의 사내 하청화가 관행이 됐다(90년대엔 직영 8 : 외주 2). 더불어 해양 플랜트 분야가 조선 회사의 주요 사업이 되면서부터는 80%에 가까운 생산 공정을 사내 하청 노동자들이 맡았다고 한다.[34] 대부분 숙련공인 하청 노동자들은 30만~50만 원가량의 높은 일당을 받곤 했다. 그러나 문제는 조선 산업이 어려워질 경우 바로 이 하청 노동자들이 가장 먼저 타격을 입기에, '남성 생계 부양자'가 표준 모델인 거제의 연애·결혼 시장에서 이들이 매우 저평가받을 수밖에 없었다는 점이다.

부모의 후원이 없는 상황이라면 하청 노동자들의 결혼과 연애는 불가능에 가깝다. 그나마 호황기에는 열심히만 하면 직영으로 전환되거나 괜찮은 하청 회사의 '에이스'로 임금을 높일 기회라도 있었지만. 경기 침체 이후 하청 노동자들은 그 누구보다 가장 먼저 저평가되었다.

양승훈, 《중공업 가족의 유토피아》, 106쪽.

여기에, 수도권 대학 출신 엔지니어나 사무직 종사자가 '대우 가족' '삼성 가족'을 거부하기 시작했다. 젊은이들의 개인주의적 생활 양식과 거제는 전혀 어울리지 않는 도시이기 때문이다. 게다가 조선 산업이 위기를 맞자 이들이 가장 먼저 이탈했다. 양 교수는 "중공업 가족은 하청 노동자들을 배제했고, 여성들과 딸들의 공간을 결혼 생활 영역에 한정 지었다. 무엇보다도 중공업 가족은 그들과 전혀 다른 세계관을 가진 젊은 세대들에게 그 약점을 남김없이 드러냈다."[35]라고 말하며 중공업 가족 프로젝트의 실패를 고한다.

2019년 〈땐뽀걸즈〉

거제를 비롯한 중공업 도시가 꿈꾸던 '가족 프로젝트'의 실패는 다큐멘터리 〈KBS 스페셜-땐뽀걸즈〉(아래 〈땐뽀걸즈〉)가 일부 증명한다. 〈땐뽀걸즈〉는 거제여자상업고등학교에서 댄스 스포츠를 하는 학생들의 이야기를 그려 낸 다큐멘터리다. 이들 한 명 한 명의 삶 속에서 거제의 현실이 잘 묻어난다.

지현의 아버지는 삼성중공업 하청 업체에 다니다가 퇴직해 버스를 운전한다. 시영의 아버지는 대우조선 1차 희망퇴직의 대상자가 되어, 창업을 위해 요리 기술을 배우러 서울로 올라간다. 은정은 다섯 동생을 돌보면서 아버지의 횟집 일도 돕지만, 횟집이 예전만큼 잘되지 않는다고 토로한다. 현빈은 부모의 도움을 받지 않고 고깃집에서 아르바이트하며 스스로 생계를 유지한다.

종신 고용 직장에서 든든하게 생계를 책임지는 가부장의 신화는 무너져 버렸다. 〈땐뽀걸즈〉에 나오는 학생들은 직감했을 것이다. 더 이상 거제에서 남편이 온전히 생계를 책임지고, 아내가 집안일만 하는 '4인 정상 가족'으로 살기 쉽지 않다는 사실을.

《중공업 가족의 유토피아》에서 양 교수의 지인들은 댄스 스포츠가 이 여성들에게 '마지막으로 남은 추억'이 되지 않겠느냐고 입을 모았다고 한다. 이들이 조선소에 경리나 사무 보조로 취업하게 될 것이고, 그 이후에는 커리어 면에서 특별한 기회를 얻지 못할 수 있다는 이야기다. 양 교수의 설명에 의하면 상고를 나온 여성들은 용역 회사를 통해 조선소 커리어를 시작하고, 파견직으로 일하다 인정받으면 직영 계약직 또는 무기 계약직으로 일한다. 그러다가 결혼과 출산으로 일을 그만두게 되는 것이다.

거제의 비정규직 여성들은 구조 조정 대상 1순위이기도 하다. 이들은 2016년 구조 조정 당시 '숫자'를 맞추기 위한 희생양이 됐다. 앞서 이야기한 98년 현대차 정리 해고와 비슷한 경우다. '생계 부양자가 아닌 너희 여성들이 나가야지'라는 사고방식이 작동했을 터다.

그런데 지금과 같은 상황이 계속된다면 결국 '땜뽀걸즈'는 거제를 떠나게 되지 않을까? 여성이 갈 수 있는 일자리가 없어 기회도 얻지 못한 채 커리어를 마무리하는 상황을 오늘날의 젊은 여성들은 받아들일 수 없기 때문이다. 게다가 남성의 경제적 능력을 믿고, 전업주부를 할 수도 없다. 정규직이 줄어들었을 뿐더러, 정규직도 불안한 시대이기 때문이다. 거제에서 살 이유가 없는 것이다.

2019년 3월, 《경향신문》과 인터뷰[36]한 〈땜뽀걸즈〉의 주인공 지현은 경리 일을 하고 있었다. 하지만 남다른 목표가 있었다. "20학번이나 21학번을 꿈꾼다"라며 부산에 있는 대학에 진학하겠다는 포부를 밝힌 것이다. 이제 여성들은 남성의 '보조자'로 머물 생각이 없어 보인다.

20~24세 기준 여성 100명당 울산의 남성 수는 125.7명 (2019년 4월 기준)[37]이고, 거제의 남성 수는 127명(2018년 12월 기준)[38]이다. 15~19세 인구와 비교해 보면 울산에서는 여

성 유입이 남성 유입보다 현저히 적어서, 거제에서는 여성들이 많이 빠져나가서 성비가 벌어졌다. 앞으로 이 두 도시에서 가족이 만들어지기는 더 어려워질 것이다. 여성들은 양질의 일자리를 원하는데, 두 도시의 고용 상황은 불안정하기 때문이다.

양 교수는 거제의 미래를 위해 '남성 생계 부양자 모델'을 극복하는 젠더 관점이 필요하다고 강조한다. 설계 엔지니어는 여성의 채용 비율을 늘릴 수 있는 분야임에도 남성 비율이 과도하게 높다는 말도 덧붙인다. 그래서 제조업 엔지니어 자리를 일단 창출하고, 숙련도 높은 사무 보조 노동자들의 노하우를 활용할 수 있는 방안도 검토해야 한다고 역설한다. 더불어 "기존의 중공업 가족보다 훨씬 더 개방적이고 민주적인 형태의 공동체를 모색하는" "딸들이 돌아오고 싶은 도시가 되어야 한다"라는 게 그의 생각이다.

여기서 더 나아가 나는 중공업 도시들의 생존을 위해 '남성 생계 부양자 모델'뿐 아니라 '남자 일'이라는 개념도 폐기해야 한다고 본다. 여성이 언젠가는 결혼해서 아이를 키울 혹은 반찬값 버는 '보조 노동자'가 아니라 남성과 동등한 노동자가 되려면 도시의 주요 산업에 여성들이 많이 종사해야 한다.

《현대 가족 이야기》에서 전업주부 인터뷰이였던 이진자 씨는 과거 현대차 하청 업체 생산직으로 5년 동안 일했다. 이야기를 들어 보면, 중공업 생산직이 왜 남성의 전유물이 되었는지 의문이다.

막 기계 만지면서. 기계도 내 손으로 고쳐 가며 막 …… 기계 만지고 프레스 찍고 이랬거든요. 마. 땀을 흘려가며 일하거든. 우리는 뭐 방울방울 이게 아니야. 마. 그냥 흘러. 쫙쫙 흘러.

《현대 가족 이야기》, 119쪽.

그는 심지어 학창 시절 내내 원인 불명의 신경성 질환을 앓고 살았던 사람이다. 학교보다 병원에서의 시간이 길었던 그가 현대차 하청 생산직 노동자로 일할 수 있었다는 사실은 의미심장하다. 엄청난 물리적 힘을 요하는 극소수의 일을 제외하고는, '남자 일' '여자 일'의 구분이 필요하기는 한 것일까? 엔지니어는 물론, 용접공과 같은 기술직군에도 여성이 못 갈 이유가 없다.

또한 남성에게 과노동이나 회식을 종용하며, 육아나 가사를 여성의 전담으로 두는 문화도 바꿔야 한다. 워라밸이 보장되거나 가사와 양육의 분담이 정착되지 않는 이상, 여성이 일도 하고 가족도 돌보는 이중 노동의 고통은 해소될 수 없다.

돈을 벌어 오는 남성 생계 부양자의 일과에 여성이 전업주부로서 철저히 맞춰 주는 시대는 지났다. 이제 그 시절의 모델로 기업을, 나아가 사회를 운영하는 것은 불가능하다. 새로운 시대가 도래했다. '현대 가족 이야기'는 옛말이 됐고, '중공업 가족 프로젝트'는 실패했다.

여성들은 현모양처로 살지 않고, 자신의 커리어를 묵묵히 쌓아 나가며 경력 단절이 되지 않기 위해 노력할 것이다. 홀로 가사와 양육을 책임지며 눈물짓지도 않을 것이다. 남성들 역시 가부장으로서의 막대한 책임을 홀로 지기를 거부하고, 회사를 매개로 한 '남성끼리의 집단의식'을 피할 것이다.

사실 중공업만이 아니다. 야근이나 극심한 강도의 노동을 요구하는 기업 문화는, 사실상 노동자가 남성 혹은 싱글 여성이어야 하며 양육이나 여타 가사에는 신경 쓰지 않을 것을 전제로 한다. 이와 같은 기업 분위기는 기혼 여성을 철저히 배제했으며, 동시에 가부장제를 공고화하는 주원인이었다. 도시의 산업, 노동자의 근무 환경, 기업 문화는 가부장제와 긴밀하게 연결되어 있다. 근본적인 성평등 사회로 가기 위해선 결국 '노동'의 미래를 계속 고민해야 한다.

+ 2002년 울산, 2010년대 거제에 대한 서술은 대부분 《현대 가족 이야기》와 《중공업 가족의 유토피아》에 나온 내용을 요약한 것입니다.

산이 씨에게
이 책을
추천합니다

당신이 쓴 〈페미니스트〉라는 곡은 잘 들었습니다. '나는 페미니스트다'라는 선언에서 당당함보다는 억울함이 느껴졌습니다. 여혐이라는 비난을 한두 번 들으신 게 아닐 테니까요. "나는 그런 사람이 아니다"라고 말하고 싶었을 겁니다. 저는 유독 당신을 비롯한 수많은 남성의 억울함을 대변하는 이 가사에 눈길이 가더군요.

나도 할 말 많아. 남자도 유교 사상. 가부장제 엄연한 피해자야. 근데 왜. 이걸 내가 만들었어? 내가 그랬어?

산이. 〈페미니스트〉 가사 중

래퍼 제리케이 씨 말대로 당신 가사에서 유일하게 맞는 부분입니다. 당신이 가부장제를 만들지는 않았습니다. 또 남성 역시 가부장제로 인해 고통을 겪었고, 희생당해 왔습니다. 그런데 말입니다. 가부장제는 '남성이 지배하는 가족 혹은 사회 체제'를 의미하는데 그 체제에서 지배자인 남성이 피지배자인 여성보다 더 큰 고통을 겪진 않았을 겁니다. 또 당신이 만들진 않았더라도 당신이 그 체제를 공고히 하며 '재생산'하는 데 기여했을 수는 있죠.

아니라고요? 물론 스스로 어떤 행동이 가부장제를 옹호하는 것인지, 여성혐오를 하는 것인지 모를 수 있습니다. 지금껏 그런 행동과 말이 사회에서 아주 자연스럽게 용인됐으니까요. 아마 당신의 음악 인생은 '메갈리아' 등장 이전까지만 해도 평온했을 겁니다. 당신은 잘나가는 래퍼였고, 어떤 가사를 써도 사람들이 환호해 줬잖아요. 그런데 불평등을 외치는 여성들의 목소리가 커지면서, 당신의 지위도 위협받았습니다.

Blame System, Not Women

여성들의 분노가 당신을 불편하게 한다고 해서, 그 분노가 '망상'은 아닙니다. 당신이 쓴 가사 'Blame System, Not Men(남성 말고 체제를 비난하라)'을 뒤집자면 'Blame System, Not Women'이죠. 억울하다고 여성을 공격하기 전에, 시스템이 어떻게 구성되었는지 고민하길 바라는 것은 욕심일까요?

그래서 저는 당신이 문화 비평가 최태섭 씨가 쓴 《한국, 남자》[39]라는 책을 읽어 주셨으면 합니다. 혹시 읽게 되신다면 먼저 253~263쪽을 읽어 주세요. 당신이 감히 "fake fact"라고 지적한 성별 임금 격차가 이미 수많은 통계에 의해 '온전한 팩트'로 입증됐다는 사실을 알 수 있을 겁니다.

《한국, 남자》는 남성성을 탐구하고, 왜 한국 남자들이 '억울해졌는지' 다룹니다. 가부장제 이야기를 하셨으니 말인데, 이 책에 따르면 역사적으로 대부분의 한국 남성은 '남성 생계 부양자 모델'이라는 가부장제의 헤게모니를 성공적으로 구현해 낸 적이 없습니다. 국가가 요구하는 전쟁에 의해, 군대에 의해, 그리고 경제 위기에 의해 '온전한 가부장'이 되지 못한 것입니다.

그럼에도 국가는 가족주의를 통해 일꾼으로서의 남성 가장 모델을 호명했고, 이 과정에서 여성은 (호주제를 통해) 가부장제 가족에 종속되는 존재로 전락합니다. 가족 내 여성 구성원은 '중산층 가족 성공 서사'의 실현을 위해 가사는 물론 공장 노동까지 도맡으며 남성 구성원에게 자원을 '몰빵'해야 했죠. 물론 30년이 넘는 독재 정권 아래에서 국가와 권력자를 향해야 할 불만이 약자인 여성에게 향하도록 계획되기도 했습니다.

그런데 시대가 변하면서 남성이 여성을 제 마음대로 통제하지 못하는 상황이 됩니다. 온전치 않은 남성성을 여성의 희생으로 덮어, 겉으로나마 멀쩡한 척 유지하는 것조차 불가능해진 겁니다. 당신도 가사에서 언급한 '역차별론'은 1999년 헌재의 군 가산점 위헌 결정에서 뿌리를 찾을 수 있습니다. 한국 남성에게 군대는 "집단적인 외상 후 스트레스 장애"[40]를 입힙니다. 하지만 그 고통에 대한 비난이 왜 여성을 향해야 합니까? 다시 한번 말씀드리자면 'Blame System, Not Women'입니다. 저자는 군 복무 개선, 인권 병영에 반대하는 주축은 예비역이라고 지적하며, 군대를 개선해야 '남자 문제'를 해결할 수 있다고 말합니다.

또한 2000년대부터 활성화된 온라인 공간은 '좌절된 남성성'을 표출하는 공간이 됐습니다. 호주제 폐지를 비롯해 여성의 사회 진출이 늘어난 이후, '좌절된 남성성'이 '소비하는 여성'과 '주체적인 여성'을 향한 비난으로 표출된 것입니다. '된장녀' '김치녀' 서사가 만들어졌고, 여성을 죽음으로 몰아가는 디지털 성범죄 영상이 공유되기도 했습니다.

퇴행할 것인가, 변화할 것인가

여성을 비난하고 도구화하던 남성들은 2015년 메갈리아의 등장에 멈칫하게 됩니다. 이 사건은 더 이상 남성이 안온하게 남성 권위의 회복을 기원하며 '피해자 되기'에 몰두할 수 없다는 사실을 의미했다고 《한국, 남자》는 지적합니다.

여성 혐오는 청년 남성들의 놀이 문화의 일부분인 것이다. 메갈리아가 나타나 그것에 상처받아왔던 인간으로서의 여성이 있다는 것을 말하기 전까지 그 여성 혐오의 온실은 평화로웠다. 그리고 지금의 상황은 그 균열을 부정하기 위해 더 조직적이고 가열찬 여성 혐오가 벌어지고 있는 것이다.

최태섭, 《한국, 남자》, 252쪽.

당신의 '억울함'에 대해 이 책은 객관적으로 조명할 것입니다. 아마 읽어 보면 여성들의 분노도 조금은 이해될 겁니다. 물론 '메갈 책'이라며 읽다가 던져 버릴 수도, 보고 나서도 여전히 억울할 수도 있습니다. 그러나 자신의 감정을 스스로 이해하기 위해 시도하는 변화만큼 의미 있는 일은 또 없으리라 믿습니다.

부디 읽어 주세요. 그리고 책 말미에 나오는 "어디로 갈 것인가, 형제여?"라는 말에 답해 주시기 바랍니다. 역사 속에서 당신이 '퇴행'의 페이지에 기록되지 않았으면 좋겠습니다.

+《맨박스》《오빠가 허락한 페미니즘》《저는 남자고, 페미니스트입니다》《그 남자는 왜 이상해졌을까?》《남자의 탄생》등등 비교적 어렵지 않게 한국 사회의 남성성을, 나아가 당신 스스로를 고찰해 볼 수 있는 책이 많이 있습니다. 한 권 정도는 기꺼이 더 읽어 주시리라 믿습니다.

++ 논란이 있고 난 뒤 해명 글을 올리셨더군요. 곡의 화자는 '나'가 아니며, 겉은 페미니스트지만 알고 보면 앞뒤 안 맞는 남성을 비판하려는 의도로 곡을 썼다고요. 물론 그렇다고 해도 제 추천은 유효할 것 같습니다. 당신은 해명 글과 제리케이 씨를 향한 디스곡 〈6.9〉에서도 기어코 "메갈은 페미니스트가 아니다"라고 주장하시더군요. 또 〈6.9〉에서 "메갈은 뭐만 해도 남자가 여자를 공격하고 있다며 거짓 선동"한다고 쓴 가사 내용은 본인의 생각이 맞는 듯하네요.

그런데 대체 메갈이 누구인가요? 정상/메갈로 분류해 놓으면서 당신은 '올바른 페미니즘'의 지지자이며, 분노하고 자신을 공격하는 여성은 '일베'나 다름없다고 말하는 태도, 너무 큰 오만 아닐까요? 메갈리아의 탄생을 이해하지 못하면 오늘날 한국 페미니즘의 조류는 물론, 그 안에서야 비로소 제 목소리를 가질 수 있었던 여성들의 입장도 이해할 수 없을 것입니다. 물론 당신이 비난받는 이유도 깨달을 수 없겠죠.

부탁드리건대 억울함은 내려놓으시고, 이번 기회에 변화하시길 바랍니다.

도태와 변화, 그 사이에 놓인 남자들

한국 남성은
페미니스트가
될 수 있을까

2017년 여름, 한 여성이 내 블로그에 찾아와 댓글로 자신의 고민을 이야기했다. 페미니즘과 여성 인권에 관심을 가지게 된 지 얼마 안 됐는데, 이로 인해 자신의 남자 친구와 자주 부딪혀 난감하다는 내용이었다. 남자 친구를 잘 설득해 보고 싶은데 그게 쉽지 않다고 했다.

그는 '페미니즘에 대한 남자 친구의 반발 혹은 성차별을 당연시하는 반응'을 열 가지 사례로 정리해서, 어떻게 대응하면 좋겠냐고 물어 왔다.

최대한 성의껏 답변해 주었다. 내가 페미니즘을 학문으로 공부한 것도 아니고, 여전히 나도 '한국 남자'를 벗어나지 못하는 상황에서 누군가에게 조언해 줄 입장이 아니라는 사실을 알고 있었다. 그럼에도 내가 약간의 도움이라도 줄 수 있기를 바라며 성실히 답변했다. 당연한 말로 운을 뗐다.

　　남성이 페미니즘을 받아들이는 것은. 사실 무언가를 배우기
보다는 '공감'하는 데서 시작하는 것 같습니다. 남성이 명백한
사회적 강자이며 알게 모르게 사회적으로 우월한 지위를 누린
다는 사실을 인정하고. 여성들이 한국 사회에서 겪는 어려움을
이해하며 여성의 입장에 서 보려고 노력하는 게 우선입니다. 그
리고 나 자신이 묵인과 방조 혹은 여성혐오적 언행으로 '여성혐
오 사회'를 만드는 데 일조하지 않았는지 늘 성찰하는 태도가
필요하다고 봅니다.

　　나는 그에게 답변하면서 남성이 페미니즘을 견지한다는 것,
페미니스트로 살아간다는 것이 어떤 의미일지 고민했다. 젠더
권력에서 이득을 보고 있는 남성이 말로만 '나는 페미니스트다'
하는 게 아니라, 페미니즘을 담지하고 성평등을 위해 실천하며
싸우는 사람이 되는 과정이 쉽고 간단한 일은 아닐 것이다.
　　남성들에게는 성별에 의해 차별당한 기억이 대체로 존재하
지 않는다. 주류 질서에 잘 순응해 살아간다. 여성들처럼 차별
로 인해 체득하는 불안감이나 고통이 없으니 그만큼 운동의 원
동력이 되는 '절박함'이 없다. 그러므로 남성이 페미니즘을 이
야기하는 것은 시혜적이거나 선언에 불과할 때가 많다. 페미

니스트를 표방하는 남성들을 보며 '반성해야 할 사람들이 매일 남 욕만 하고 앉아 있네'라고 생각한 적도 있었다.

남성들이 페미니스트가 되기 위해선 크게 세 단계의 과정을 거쳐야 한다고 생각한다. 하지만 나 역시 첫 단계부터 큰 어려움을 느낀다.

1. 반성, 반성, 반성

페미니즘을 수용할 때 가장 먼저 할 일은 '반성, 반성, 반성'이다. 물론 나도 과거에 페미니즘에 대해 이야기하거나 남성 사회 주류에 반하는 관점을 주장할 때는 우쭐했었다. 고등학교 때 호주제 폐지를 나 혼자 지지하면서 교사와 말싸움할 때도 그랬고, 여성학 토론 수업 때 다른 조를 논리로 이겼다고 느꼈을 때도 그랬다. 나의 진보성과 나의 '옳은 말'에 심취해 있었다.

페미니즘 혹은 성평등을 이야기하던 어렸을 때의 나는 내가 아주 무고하다고 믿어 왔다. 내 삶을 돌이켜 보거나 여성의 삶에 대해서 상상해 보지 못했다. 내게 페미니즘은 지당하고 상식적인 이야기였고, 옳기 때문에 지향해야 할, 그런 가치일 뿐이었다.

2015년부터 온라인상에서 페미니즘 운동이 활발하게 벌어지면서, 다양한 사건에 대한 논쟁을 경험하게 됐다. 나와 생각이 일치하든 일치하지 않든 여러 여성의 목소리를 접하게 됐다. 그러면서 나 자신이 '부당한 권력과 이익을 누렸으며' '학창 시절부터 여성들을 향한 폭력에 간접적으로라도 동참하거나 묵인했고' '그럼에도 죄책감을 느끼지 못한 채' 살아온 것을 실감했다.

반성만 한다고 해서 끝은 아니지만, 적어도 주제 파악은 할 수 있었다. 지금의 내 사회적 위치나 성격 혹은 삶의 질을 좌우하는 데 젠더 권력의 우위가 일부 작용했다는 것을 자각했다. 그러나 정작 나는 그러한 젠더 권력을 선뜻 내려놓지 못하는 '비겁자'라는 사실을 스스로가 알다 보니, 그 부채감이 페미니즘을 끊임없이 배워 나가야 한다는 '마음속 규율'처럼 작용했다.

나는 여전히 안온하고 걱정 없는 '한국 남자'의 삶을 벗어나지 못했다. 매일 반성하고 고민하고 조금씩 내 모습을 바꿔 나가는 수밖에 도리가 없다.

2. 페미니즘 운동에 대한 연대

반성과 자기 성찰은 기본이고, 그 다음에는 여성들의 페미니즘 운동에 어떻게 연대할 수 있을지를 고민해야 한다.

남성이 페미니즘 운동의 맨 앞에 서서 주도하는 것은 주제넘을뿐더러, 사실상 불가능한 일이다. 그래서 남성 스스로 무언가를 먼저 주장하고 외치는 것보다 여성들의 운동에 연대하는 것, 즉 지지를 표명하고 반대자들에 대해선 강력하게 규탄하는 행동에 함께하는 것이 우선이라고 생각한다.

이 과정에서 나는 남성들이 몇 가지 역할을 할 수 있다고 생각한다. '내부 고발자'로서의 역할, 남성 공동체에 경각심을 주는 역할, 남성이기 때문에 가질 수 있는 권력을 이용해 역설적으로 설득과 변화를 주도하는 역할을 수행할 수 있다.

어쩌면 남성들이 할 수 있는 가장 큰 역할은 집안의 남자들, 남자 친구들, 직장 동료 등등 남성 집단 사이의 '주류적 여혐 정서'에 균열을 내는 일이다. 밖에서 아무리 성차별과 여성혐오에 문제를 제기해도, 꿈쩍 않고 "요즘 여자들" 타령을 하며 자신을 정당화하는 남성 집단은 셀 수 없이 많다.

공격하든, 설득하든, 읍소하든, 어떤 방식으로든 남성 집단을 귀찮게 해야 한다. "모르면 배우세요"가 아니라 당신들이 왜 배워야 하는지, 그리고 어떻게 하면 배울 수 있는지 설명하고 설득해야 한다.

3. 남성 페미니스트로서의 '정체성 확립'

'정체성 확립', 그러니까 남성 페미니스트로서의 정체성을 확립하는 단계인데, 나는 여기까진 오지 못했다. 스스로 페미니스트가 되었는지 의심하는 것도 이 때문이다. 나는 페미니즘을 지지하고 공부하면서 많이 '깨졌다'. 온라인상에서 '여혐'까지는 아니더라도 '역시 남자라서 어쩔 수 없다'와 같은 이야기를 많이 들었다. 물론 그렇게 '깨진' 일들을 뒤돌아보면 '당시 내 생각이 얕았다' 싶어 후회하기도 한다.

강하고 과격한 언어가 널리 퍼지는 온라인의 특성상 조금 힘들 때도 있었는데, 그때마다 친구들, 직장 선후배들과 페미니즘 이슈나 여성의 삶에 관해 이야기하면서 생각을 정리하고, 내가 이해하지 못했던 많은 감정들이나 삶의 궤적들에 대해 조금은 공감할 수 있게 됐다.

하지만 동시에 내 한계를 가장 체감하게 한 것도 주변 여성들이 해 주는 이야기였다. 나는 여성으로 살아오지 않았고, 게다가 남성으로서도 소수자라는 이유로 차별받은 적이 드물다. '차별당하는 사람들'만이 겪었던 경험과 그 속에서 느꼈을 감정이 내겐 없다. 그렇다면 나는 어떤 식으로 페미니즘을 말할 수 있을까? 지금으로선 뚜렷한 답은 없다. 내게도 존재하는 소수자성을 인지하며, 계속 의문을 품는 수밖에.

'시혜적'이거나 '자기만족적'인 페미니즘을 추구하고 싶진 않다. 적어도 나는 페미니즘 운동이 지금 시점에서 가장 시급하고 절실한 진보 운동이라고 보았고, 이것의 성공 여부가 삶의 질과 사회의 수준을 결정한다고 생각했다. 그래서 어떤 식으로든 페미니즘 운동에 기여하고 싶다.

그러기 위해선 내가 '페미니스트 정체성'을 가져야 한다. 다만 아주 선명한 정체성을 가지긴 어렵다. 선명한 게 오히려 이상하다. 그렇다면 선명하지 못하고, 무언가 어정쩡한 상태에서 더 잘할 수 있는 일은 없을까? 나는 어떤 형태의 페미니스트가 될까? 아니면 될 수 없을까?

여전히 '한국 남자'이지만, 아니 계속 그저 그런 '한국 남자'일지도 모르겠지만, 그래도 조금 더 부딪혀 보려 한다.

'나 정도면 괜찮아'라는
남자들의
오만함

서민 교수가 쓴 《여혐, 여자가 뭘 어쨌다고》를 읽었다. 구석 구석 다양한 이슈에 대한 '찌질한 남자'들의 반응을 그들이 단 댓글과 함께 비판한 부분은 좋았다. 그런데 디테일에서 속칭 '빠른' 부분이 많았다.

'당신은 연예인이나 재력가가 아니기 때문에 꽃뱀 걱정은 하지 않아도 된다'라는 이야기부터 성희롱하지 말고 키스하고 싶으면 속히 집에 가서 아내에게 물어보시라는 식의 나이브한 서술[2]까지 지적할 데가 한두 곳이 아니었다. 특히 〈남자가 창의성을 발휘할 때〉[3]라는 제목의 글은 문제적이었다. 여덟 건의 성추행에 대한 남자들의 변명을 '창의력 별 다섯 개 만점에 몇 개'라며 평가했다. 그럴 의도는 아니었겠지만 심각한 문제를 희화화한 것처럼 느껴졌다.

서민 교수는 EBS 〈까칠남녀〉나 칼럼을 통해 여성혐오자들에게 일침을 가했고, 이로 인해 많은 비난과 공격의 대상이 되기도 했다. 그의 노력을 의미 있게 생각하기에, 이 책의 내용이 너무 아쉽다. 2017년에 출판한 책인데 이렇게 쓸 수밖에 없었을까?

"모호하고 낡은 표현, 걸리는 부분이 있다" "빤은 예시들도 많다"라는 인터넷 서점 알라딘 서평을 보면 나와 같이 느낀 이들이 꽤 있는 것 같다. 이제 '남자가 남자를 공격한다'라는 것만으로 의미를 가지던 때는 지났다. 제아무리 진보적이고 성평등 의식을 지녔다 해도, 지금 흐름에 맞춰 나가는 자세를 보이지 못한다면 필연적으로 실수할 수밖에 없다.

남자들은 '찔려야' 정상이다

반면 《저는 남자고, 페미니스트입니다》는 남성이 페미니즘을 고민하고 실천하는 모습이 담겨 있어 인상적이었다. 강릉에서 남자 고등학생을 가르치는 최승범 선생님이 쓴 책인데, 특히 일터인 학교에서 그가 페미니스트로서 실천하는 모습은 배우고 참고할 만했다.

그에게선 남성이 페미니즘을 이야기하는 행위에 대한 고민이 느껴졌다. 남성이 말하는 페미니즘은 남성을 설득하는 데는 효과가 있지만, 역설적으로 여성의 목소리나 위치를 빼앗는 결과를 초래할 수도 있다. 하지만 최승범 선생님은 자신의 역할과 한계를 명확히 인식하고 꾸준히 경계해야 한다는 점을 누구보다 잘 알고 있었다. 그래서인지 어떤 부분은 조금은 수세적(?)인 서술이라고 느꼈는지도 모른다.

오늘날의 페미니즘 흐름과 호흡하는 이 책은, 페미니즘을 지지하는 남성이 어떤 태도를 가져야 하는지 고민하게 한다. 미투 운동 국면에서 분노를 터트리며 가해자를 강하게 비판하는 남성들이 떠올랐는데, 이제 남성의 비판은 그 자체로는 페미니즘 이슈에서 큰 의미가 없다는 생각이 들었다. 처음에는 놀라거나 분노하더라도 이후에는 '찔려야' 정상이고, 남성이 '찔릴' 때의 죄책감이 변화를 만들 수 있는 게 아닐까?

깨어 있는 남성이 아니라 여전히 잠재적 가해자다

나도 여느 진보 성향의 남성들처럼 살아왔다. 학창 시절부터 페미니즘에 관심이 있었고 대학 다닐 때 페미니즘 강의도 열심히 들었으며 관련 책도 종종 읽었다. 주류 남성들과 자주 어울리지도 않았고 가부장제를 비판적으로 바라봤다. 페미니즘을 지지했고 마초들을 비판하는 글도 자주 썼다. 언제나 '나 정도면 괜찮다'라고 믿었다.

그런데 미투 운동을 보며 내가 살아오면서 저지른 죄를 돌이키게 됐다. 목소리를 낸 여성들이 내게 일깨워준 것은 (사적인 관계에서의) 나의 많은 행동이 젠더 우위를 기반으로 한 폭력으로 규정될 수 있다는 점이었다. 그렇게 지난날의 일을 하나하나 떠올려 보니 나 자신도 화들짝 놀랄 만큼 부끄러운 기억이 많았다. 불법을 저지른 적은 없지만 결코 나는 '괜찮은 인간'이 아니었다. 지금의 내가 가해 행위라고 말할 만한 행동을, 과거의 나는 거리낌 없이 했었다.

나는 몇몇 글을 통해 '여혐러'와는 다른 '깨어 있는 남성'의 지위를 얻으며, 동시에 나의 가해자성을 지웠을지 모른다. 그런데 실상은 나 자신부터가 떳떳하지 못했다. 내가 공격하는 남성 군상과 엄청나게 다르지도 않았다. 그래서 "페미니즘 이야기하는 남성을 괜히 '올려치기' 하지 말자"라거나, 누군가 여초 커뮤니티에 퍼간 내 글에 대해 '글쓴이가 남자라서 안 읽었다'라는 반응을 보이는 것도 서운하지만 수긍할 수밖에 없었다. 남자로서의 부당 이득을 취하며 가해자로서 살지 않음은 물론, 나를 드러내기 위해 페미니즘을 도구화하지 않겠다는 다짐을 다시 한번 하게 되는 요즘이다.

사실 나를 포함한 남성들은 성폭력이나 성차별, 그 밖의 여러 젠더 문제에 관해 너무 쉽게 말하는 경향이 있다. 소위 진보 성향의 남성들이 여성 억압적 구조나 성폭력 문화에 대해 여성들보다 더 열렬히 비판하는 경우를 꽤 자주 본다. 왜냐하면 그런 것은 '사회 정의적' 관점에서 나쁘고, 이들은 그런 것을 비판하는 데 아주 익숙하니까.

그런데 이들의 문제는 자기가 그 구조의 수혜자이며, 동시에 폭력을 가할 수도 있는 잠재적 가해자라는 점을 까맣게 잊고 있다는 사실이다. 가해 구조나 가해자를 아주 강하게 비판하며 '그들'과 '자신'을 분리하는 태도는 그저 자기만족일 뿐이다. '여혐러'를 비판하고 조롱하는 일만으로 페미니즘에 대한 연대나 지지를 표했다고 생각하면 오산이다.

내가, 우리가, 남자들이 무엇을 잘못하고 있는지 성찰하는 과정이 없다면, 나아가 자신도 여성혐오 사회를 만드는 데 일조한 공범자라는 인식이 없다면, 변화하기 어렵다.

침묵하지 않겠다던 남자들, 지금 뭐 하고 계십니까?

여성들은 끊임없이 업그레이드해 나가는데, 왜 남성들은 여전히 꼿꼿하게 그 자리에서 '에헴' 하며 훈장질로 일관하는지 알 수가 없다. 지금의 페미니즘은 남성들이 단순히 '성평등 의식'을 지니고 있다 해서 저절로 체화할 수 있는 것이 아니다. 배우고 고민하고 부단히 관심을 가져야 한다.

'나 정도면 괜찮다.' 나도 그렇게 생각했으나 아니었고, 아마 당신도 아닐 것이다. 자신이 깨어 있다고 자부한다면 현재 진행형으로 여성들과 함께 고민하고 싸우며 그 속에서 성찰과 변화의 목소리를 내야 마땅하다.

2017년 12월 SBS 〈그것이 알고 싶다〉에서는 한샘 성폭력 사건을 다루며 "성폭력 피해는 당신의 잘못이 아니다" "우리가 도울게요" "침묵하지 않겠습니다" 등의 구호를 남성 연예인 다수가 외치는 캠페인 영상을 내보냈다. 그런데 이에 대한 반응은 당시도 싸늘했고, 지금도 종종 "이 캠페인 나온 사람들 뭐 하고 있느냐"는 조롱이 나온다. 왜 그럴까?

먼저 성폭력 근절 캠페인에 남자만 나온 점이 일차적 문제였지만, 무엇보다 이들이 자신이 묵인하고 방관했던 성폭력 문화에 대한 반성이 아니라 단순한 캠페인성 구호로 일관했다는 점이 근본 문제였다. 〈그것이 알고 싶다〉에서 좋은 뜻으로 캠페인 영상을 만들었음에도 부정적인 반응이 나온 것은 시대가 분명 달라졌음을 의미하는 것이 아닐까?

남성들이 '입바른 말'이나 하면 되는 시대는 지나갔다. 미투운동의 화살은 가해자의 단죄만이 아니라, 썩은 남성 사회 전반을 겨눈다. 그렇다면 그 사회의 질서에 동조하거나 적극적으로 가담해 온 남성들이 이제 해야 할 일은 처절한 '반성'과 다시는 그렇게 살지 않을 것이라는 일종의 '회복적 다짐'뿐이다. 성찰하지 않는 '오만한 남자'들은 점점 폼 잡기 힘들어질 것이다.

당신은
잘난 여성을
만날 준비가
됐습니까?

　젊은 여성들 사이에서 '소득과 학벌이 나보다 조금 잘난 남자를 만나라'는 말이 정설처럼 받아들여지는 듯하다. 여성들이 속물이거나 가부장제를 비판 없이 수용해서가 아니다. 상당수 남성이 자신이 만나는 여성보다 무능하다고 느낄 때, 열등감에서 비롯한 피해의식을 표출하기 때문이다. 여자가 어떠한 압박을 주지 않는데도, 남자 스스로 가부장제의 끈에 묶여 온갖 힘든 척 불쌍한 척 다 하며 자기혐오를 드러내니 옆에서 견딜 수가 있겠는가? 물론 애초에 '잘난 여성'을 만나는 것조차 부담스러워한다.
　우에노 치즈코의 《여성 혐오를 혐오한다》에서도 경제 평론가 카츠마 카즈요의 책을 인용하며 여성들이 왜 '조금 잘난 남성'을 선호하는지 보여 준다.

그녀는 '좋은 남자 파트너'의 조건으로 '연소득 1천만 엔 이상'을 들고 있는데 …… 그녀의 설명에 따르면 그녀가 돈 많은 남자를 좋아하는 것이 아니라 '연소득 600만 엔의 여성에 대하여 그 정도의 소득이 없으면 남자의 자존심이 살지 못한다'는 경험법칙에서 나온 것이라 한다. 남성과 여성의 균형은 끝까지 남성 우위를 지킴으로써. 다시 말해 '여자가 남자를 떠받드는' 것에 의해 간신히 유지되는 연약한 것임을 그녀는 경험으로 터득한 것 같다. 이렇게나 무르고 불안한 것이 남성의 아이덴티티다.

우에노 치즈코, 《여성 혐오를 혐오한다》, 79쪽.

물론 막상 결혼하지 않은 평범한 남성에게 자신보다 능력 있는 여성과의 결혼을 이야기하면 대부분 "와이프가 나보다 돈 잘 벌면 좋지 않냐?"라고 대꾸할 것이다. 그러나 잘난 여성과의 결혼은 가부장제를 '당연하다'고 인식해 온 지난날과 다르게 살게 됨을 의미하며, 남성 집단 사이에서도 은근 무시당하게 된다는 점을 이들은 간과하고 있다.

평등한 관계를 맺을 줄 모르는 동굴 속 황제들

실제 여자의 소득이 훨씬 높은 집의 이야기를 어머니와 대화하며 들을 수 있었다. 주변에 아내가 사업을 해 남편보다 훨씬 돈을 많이 번 경우가 있다고 한다. 어머니는 이 집의 상황을

"아내가 돈을 많이 버니까 남편 입장에서 처음에는 좋았지만, 나중에 가 보니 돈 버느라 집에 신경도 별로 안 쓰는 것 같다고 남편이 이런저런 불만을 표출하더라"라고 설명했다. 계속 이야기를 들어 보니 어머니 또래에선 "여자가 돈을 훨씬 많이 벌어도 꼭 좋은 건 아냐"라는 인식이 퍼져 있었다. 아내의 고소득으로 남편의 알량한 자존심이 무너져 남편이 끊임없이 피해 의식을 표출하게 되면, 화목한 가정은 당연히 불가능하니까.

JTBC 〈효리네 민박〉이 인기를 끌며 가수 이상순 씨가 멋진 남성상으로 부각된 적이 있다. '자상하다' '유머러스하다' '살림을 잘한다' 등이 호감 요소라는데, 처음에는 좀 의아했다. 누군가와 같이 살기 위해선 저런 요소는 기본 아닌가. 그런데 곰곰이 생각해 보니 여성들의 칭찬이 이해됐다. 이상순은 이효리라는 슈퍼스타를 내조하면서 전혀 기죽지 않고 평등한 관계를 맺을 줄 안다. 이런 남자가 우리 사회에 '좋은 남성상'으로 제시된 적이 있는가. 사실 유쾌하고 유머러스한 성격은 자신감을 기반으로 한다. 못나면 후려치고, 잘나면 열등감을 느끼는 게 아니라 여성과의 관계를 동등하게 맺으려는 남성이 그만큼 많이 없다.

여전히 대부분의 남성과 남성 집단에서는 자신의 애인이나 아내보다 능력 없는 것을 부끄러워한다. 작고한 정치학자 전인권은 이런 남성을 '동굴 속 황제'[4]라 지칭하며 비판한다. 전인권은 자신의 어린 시절을 고백하며 "어머니의 사랑이 자신에게 '도덕적으로 선하며 훌륭한 사람이라는 우상' '특별한 사람일지도 모른다는 우상', 최종적으로 '이 세상은 내가 의도한 대로 움직여야 하는 우상'을 줬다"라며, 이는 '동굴 속 황제의 우상'이라고 할 만하다고 말한다. 엄마의 지극한 사랑과 가부장제의 아들 본위 문화 속에서 자란 사람이라면 모두 '동굴 속 황제'다. 나도 마찬가지다.

전인권은 동굴 속 황제의 허영심에는 두 가지 특징이 있다고 설명한다. 그중 동굴 속 황제가 '진선미의 화신임을 주장하며 이를 끊임없이 타인에게 주지시키려 한다'라는 부분은 주목할 만하다. 이 내용에 따르면 잘난 여성 앞에서 남성은 동굴 속 황제는커녕 동굴에 들어가지도 못한다. 전인권은 "동굴 속 황제는 신분이 높은 사람 앞에서는 진선미를 다툴 생각조차 못 하며, 전근대적인 '신분적 인간'"[5]이라고 지적한다. 당연히 신분적 인간은 자신보다 잘난 여성에게 황제처럼 군림할 수 없고, 이에 박탈감을 느낄 수밖에 없다. 그래서 동굴 속 황제는 마음속으로 또 다른 어머니, 즉 "아이구, 우리 아들 그랬쪄요" 하는 여성을 원한다. 체감하기엔 여성보다 남성이 잘 삐지는데, '삐지는 것'의 근본 심리는 "왜 나의 기분을 네가 알아서 챙기지 못하냐"다. 동굴 속 황제인 한국 남성은 여전히 자신을 황제로 모셔 줄, 나의 허영심을 채워 줄 사람을 원한다.

이와 같은 남성의 심리를 적나라하게 밝히는, '말도 안 되는 저출산 대책'을 제시한 보고서가 발표돼 한때 큰 비난을 받은 적이 있다. 아래는 2017년 2월 한국보건사회연구원 제13차 인구 포럼에서 발표된 원종욱 한국보건사회연구원 선임연구위원(현재는 사퇴)의 보고서 내용이다.

> 고학력 고소득 여성이 소득과 학력 수준이 낮은 남성과도 결혼을 할 수 있게 만들 수 있다면 유배우율(배우자가 있는 비율)을 상승시키는 결과를 가져올 것이다. …… 채용 과정에서 채용 요건을 명확하게 하고 불필요한 스펙(휴학. 연수. 학위. 자격증. 언어능력)을 명시하고 오히려 채용에 불리한 요건으로 작용하게 한다면 일부 가능할 수도 있을 것이다. …… (이러한 변화가) 단순한 홍보 차원을 넘어서 거의 백색 음모 수준으로 철저하게 기획되고 추진될 필요가 있다고 본다.[6]

잘난 여성을 차별하는 방식으로 저출산 문제를 해결하겠다는 생각, 저열하지만 정확한 진단이다. 잘난 여성은 가부장제 사회의 '정상 가족 체제'를 위협한다. 과거처럼 남성의 자존심을 감히 흔들지 않는 여성이 많지 않다면 남성은 보다 수월하게 '제2의 어머니'를 찾을 것이기 때문이다. 이게 중년 남성들이 상상하는 유토피아일지도 모르겠다.

그런데 시대의 흐름이 그리 호락호락하지 않다. 정말 '백색 음모' 수준으로 철저하게 추진하려면 피해의식 없이 잘난 여성과 결혼할 수 있는 건강한 남성성을 부각하는 시도를 하는 게 옳지 않을까? 영화 〈히든 피겨스〉는 잘난 여성과 결혼하는 남성의 당당하면서도 겸손한 태도를 보여 준다. '이런 걸 좀 따라 해 보자'며 널리 퍼트릴 필요가 있다. 〈히든 피겨스〉에서 주인공 캐서린의 남편 짐은 처음 캐서린을 만났을 때 큰 실수를 저지른다.

짐 나사에 전산원으로 계신다고요. 어떤 일 하세요?

캐서린 우주선 이 착륙에 필요한 이런저런 계산들을 하고 있어요.

짐 막중한 일이군요. ('여자가 그런 일까지 한단 말이야?'라는 표정)

캐서린 그렇죠.

짐 거기선 여자들에게 그런 일을……

캐서린 (정색)

짐 그런 뜻으로 말씀드린 게 아닙니다.

캐서린 그럼 무슨 뜻인데요?

짐 (당황하며) 그 어려운 일을 하신다니 놀라서……

캐서린은 그의 말을 조목조목 반박했고 짐은 상황을 모면하려 했으나 이미 분위기는 틀어진 뒤였다. 그러나 짐은 기죽지 않고 파티 때 꽃을 들고 다시 한번 찾아온다. 사과하러 왔다고 말하고, 정중하게 춤을 권한다. 그리고 사과한다.

짐 미안해요. 캐서린.
캐서린 뭐가요?
짐 당신을 과소평가해서. 당신 같은 여성들도 과소평가했고.

첫 키스 장면도 인상 깊다. 캐서린 커플은 캐서린의 집에서 설거지를 함께 한 뒤 키스한다. 내가 이 영화에서 가장 괜찮은 남성이라고 생각한 인물은 자신의 권력으로 성차별을 해소한 나사 국장이 아니라, 나사의 수학 천재와 부부로서 평등한 관계를 맺은 짐 대령이었다.

남성에게도 페미니즘이 답이다

한국 남성은 지금 갈림길에 서 있다. 잘난 여성은 더 늘어난다. 그리고 그들은 웬만한 남성과 결혼할 바에야 비혼을 택한다. 더는 황제로 군림하지 못하는 상황에서 '그래도 남자라면 이래야 한다'라며 동굴 속에 갇혀 끊임없는 자기혐오에 빠질 것인가? 아니면 동굴에서 뛰쳐나와 박탈감이라는 짐을 덜고 여성과 평등한 관계를 맺는 자유로운 주체로 설 것인가? 후자가 당연히 옳은 길이며, 그래서 남성에게도 페미니즘이 필요하다. 페미니즘이 '남성에게 요구되는 압박에서의 탈출구'를 만들기 때문이다.

나는 페미니즘 강의를 듣고 책을 읽고 근 5년간의 페미니즘 열풍을 보며, 내가 어떤 사람인지 더 자세히 알게 됐다. 내게 어떤 결핍과 콤플렉스가 있고, 그것이 어디에서 기인했는지 깨달았다. 그때부터 과거 나의 이상한 행동이나 어떤 집단에서의 부적응을 차츰 규명할 수 있었고, 내 부족함을 인정하고 반성할 수 있었다. 나아가 내게 어울리는 삶의 형태와 관계 맺음의 방식이 무엇인지 잘 보이기 시작했다.

지독한 가부장제 시스템을 유지하고, 이를 통해 특권을 누리려 하는 남성이 점차 한심하게 치부되는 분위기다. 남성으로서 살아왔던 나의 삶을 돌아보고, 나의 남성성을 만든 이 체제를 조망하는 것, 즉 남성으로서 페미니즘을 알아 가려는 노력은 분명 남성 자신을 구제하는 좋은 방법이 될 것이다.

유흥탐정이
성 구매 남성들에게
미치는 영향

    특정 번호의 유흥업소 출입 기록을 알려 준다는 '유흥탐정'이라는 사이트가 한동안 큰 화제가 됐다. 이 사이트는 손님으로 위장한 경찰이나 진상 손님을 걸러 내기 위해 유흥업소에서 사용하던 애플리케이션의 데이터베이스를 이용해 만든 것으로 추측된다.

    비록 사이트는 폐쇄되고 경찰 조사 대상에 올랐지만, 유흥탐정이 성매매 시장에 일시적이나마 위협적인 존재였던 것은 확실하다. 유흥탐정이 논란되면서 갑자기 단속이 심해졌고 유흥업소 실장들이 유흥탐정 운영자를 때려잡으려고 대동단결했다는 카더라 통신도 남초 커뮤니티에 등장하고 있다. 굳이 내부 이야기를 듣지 않더라도 성 구매를 위해 유흥업소를 예약할 남자들이 위축될 수밖에 없다는 사실은 자명하다. 적어도 배짱 좋게 전화나 카톡으로 예약할 생각은 못 할 것 아닌가?

뜻하지 않게 유흥탐정 논란은 성 구매가 불법이며 떳떳하지 못한 일이라는 사실을 일깨워 주는 계기가 되었다. 성 구매는 한국 남성에게 굉장히 일상화된 일이다. 말하기는 껄끄럽지만 '다들 하는데 뭐……'라며 적당히 정당화할 수 있는 딱 그 정도. 그러나 이젠 성 구매를 했다는 사실만으로도 평온한 삶을 위협받을 수 있다는 현실을 깨달은 것이다.

유흥탐정처럼 이이제이식으로 경각심을 줘도 시원치 않을 만큼 성 구매는 너무나 많이 이뤄진다. 성 구매가 줄어들지 않는 이상, 한국 남성의 젠더 의식 개선도 요원하다. 여성의 성을 접대의 수단으로 이용하고, 술 마시면 고민 없이 어깨동무하고 성 구매하는 문화가 견고한 가운데 '건강한 남성'을 길러 내기는 어렵다.

이토록 주류적인 성매매

50.7%, 한국 남성의 두 명 중 한 명은 성 구매를 한 적이 있다. 최근 1년 사이 성 구매를 한 남성은 25.7%였다.[7] 12조 9,000억 원 규모의 성매매 시장(2015년 기준)[8]이 괜히 유지되는 게 아니다. 심지어 강남의 한 유흥업소 업주는 "강남을 누가 먹여 살리는지 잘 따져보면, 어느 누구도 우리를 건드릴 수 없다는 것을 알 수 있다"고 말하기까지 했다.[9] 성 구매는 명백한 남성 문화다. 그것도 매우 주류적인.

성 구매가 얼마나 주류적이고 기득권적인 행태인지는 성 구매자들이 기소유예를 받는 조건으로 가는 존스쿨 교육의 이수생 5,278명을 대상으로 한 2010년 여성 가족부의 설문 조사[10]를 통해 알 수 있다. 성 구매로 적발된 이들 중 절반이 30대다. 직업별로 보면 사무직과 전문직이 과반수다. 학력은 대졸 이상이 절반, 결혼 관계는 미혼이 절반이지만, 기혼도 43%다. 즉, 30대 이상 대졸자 화이트칼라가 성 구매자의 다수를 이룬다. 이들이 한국 사회의 주류 헤게모니를 내면화했음은 물론이고, 이들 중 상당수가 훗날 기득권자로서 한국 사회의 질서를 만들어 나갈 집단이다. 이들이 사회의 리더가 됐을 때, 성 구매를 적극적으로 근절하려 할까? (지금도 마찬가지지만) 당연히 아닐 것이다.

그렇다면 50%는 나쁜 사람이고, 나머지 50%는 멀쩡한 사람일까? 그렇진 않다. 사실상 성 구매를 안 했던 남성도 우연히 하지 않은 것에 불과하다. 남자는 성 구매를 해도 괜찮은, 아니 오히려 성 구매가 조장되는 환경에 쉽게 노출되기 때문이다. 젠더 의식도 없고 여성을 제대로 만나 보지도 못한 20대 초반부터 말이다. 여성을 대상화하고, 여성을 매개로 연대를 맺는 남성 문화는 성 구매를 '권장'하는 식으로 젊은 공범들을 만들어 나간다.

남자들은 군대 가기 전이나 휴가 중에, 함께 술 마신 친구들끼리 혹은 혼자 가서 성 구매를 시작하는 경우가 많다. 아마 서울 아닌 지방에서 군 생활을 했거나, 또래 집단과 자주 어울리며 술을 먹었다면 나도 거리낌 없이 성 구매를 하게 됐을지도 모른다. 성 구매는 남성 집단에서 터부시되는 일이기는커녕, 자랑거리에 가까웠으니까.

성 구매 정당화하던 시대, 남성들 손으로 끝내야

지금까지도 기억나는 군대 시절의 한 장면이 있다. 전역을 앞두고 있을 무렵, 관물대에 기대 TV를 보는데 후임들이 모여 있는 쪽에서 왁자지껄한 소리가 들렸다. 곧 쌍욕과 웃음이 터져 나왔다. 후임 한 명이 성 구매를 해서 성병에 걸려 왔다고 하자, 그의 친한 선임들이 "상태가 어떤지 한번 보자"라며 달려들어 일대 소란이 벌어진 것이다. 나는 뒤늦게 그에게 다가가 '너 뭐 하는 인간이냐' 하는 식으로 비웃고 말았다. 그에게 무슨 말이든 편히 할 수 있는 지위에 있었음에도, 성 구매를 했다는 사실 자체를 비난하지는 못했던 것이다. 지금 생각해 보면 그 장면은 한국 사회가, 한국 남자들이 성 구매에 얼마나 무감한지 증명하는 상황이었다.

군대에서 선임들은 애인을 두고도 성 구매를 했다는 이야기를 훈장처럼 떠벌렸고, 안마방 경험을 공유하며 여성의 몸매를 묘사했다. 후임들은 성 구매를 해서 성병까지 걸린 경험을 '에

피소드화'하며 용인했다. 이게 내가 배우고 접한 남성 집단의 모습이었다.

남성들이 망각하거나 의도적으로 외면하는 사실은 성매매 시장이 여러 부분에서 여성을 착취하는 형태를 띠고 있고, 이 구조가 쉽게 변화하지 않는다는 점이다. 성 구매와 분리되지 않는 남성 문화는 필연적으로 여성혐오를 안고 갈 수밖에 없다. 그럼에도 성 구매는 남성으로 상징되는 국가의 비호 속에 커 왔고, 접대니 우정이니 하며 남성 연대를 공고히 하는 수단으로 끊임없이 정당화되어 왔다. 남성의 욕구에 의해 만들어진 구조에서 수많은 여성이 희생당했다.

여성들의 목소리가 커지고 페미니즘이 화두에 오르면서 적어도 남성들이 예전처럼 대놓고 성 구매 경험을 떠드는 행태는 줄어든 듯하다. 페미니즘이 성 구매를 큰 축으로 삼은 남성 문화를 압박한다면, 남성들도 가만있을 것이 아니라 내부에서 조응해 줘야 한다. '대한민국 성매매 보고서'를 부제로 단 책 《은밀한 호황》은 전·현직 성 판매 여성들의 목소리를 인용하며 "여성은 남성의 변화를 요구한다"라고 전한다.

꿈 구매자들이 처음에는 두려움의 대상이었는데 지금 거길 나와서 생각해보면 그 사람들이 나쁜 사람들이라기보다는 그 사람들에게도 변화를 줘야 한다는 생각이 들어요.

마루 구매자에 대한 다른 전략이 필요해요. 지금은 성 구매자들을 다 범죄자로 몰아가는 식이죠. 그렇게 되면 성매매하지 않는 남성들은 '나는 아니다'라고 반항하고. (성 구매)하는 사람들은 그 사람들대로 '안 한다'고 거짓말하고. 이제는 사람들을 살살 녹여 가면서 성매매를 반대하는 사람들로 만들어야 해요.

김기태·하어영. 《은밀한 호황》. 156~157쪽.

시대가 변했다. 남성들이 예전보다 변화를 시도하기 좋은 환경은 마련되어 있다. 여성을 희생양 삼았던 구조의 공범이 되기 싫은 사람들이 나서서 대안을 마련하고, 더 많은 남성을 오늘날의 '남성 연대'에서 탈출시켜야 한다. 나아가 성 구매를 정당화하는 시대를 남성들 스스로 끝내야 한다.

하나도
웃기지
않습니다

유튜브 채널 〈김용민TV〉에서 2019년 5월 13일 처음 선보인 프로그램 '버닝선대인'은 많은 이로부터 버닝썬 사건을 웃음거리로 삼는 타이틀이라는 항의를 받았다. 결국 이틀 만에 제작자인 김용민 씨가 죄송하다며 '주간선대인'으로 이름을 바꾸면서 사건이 마무리되는 듯했다. 그런데 프로그램명만 바꿨을 뿐, 영상 도입부에는 아직도 'Burning Sun daein(버닝선대인)'이라는 이미지가 남아 있다. '#버닝선_대인'이라는 태그도 며칠이 지나서야 삭제됐다. 경제 뉴스를 '팩트체크'하는 프로그램인데, 어째서 저런 이름을 붙였는지 이해할 수 없는 노릇이다.

보아하니 프로그램의 진행자인 경제 평론가 선대인 씨는 사전에 프로그램명을 몰랐던 듯하다. 한 사용자가 페이스북을 통해 제목에 관한 우려를 표하니 선 씨는 "제작사가 붙인 타이틀

인데, 그렇게 나갈 줄 몰랐다"라며 "타이틀 때문에 저도 아직 시작한 사실을 소개를 못 하고 있다. 바꾸자고 했다."라고 답했다. 실제로 영상에서는 프로그램명이 언급되지 않았다.

얼마나 버닝썬 사건을 가볍게 여기기에

결국 김용민TV 측이 '버닝선대인'이라는 제목을 참신하다고 여긴 셈인데, 이것만 보더라도 김용민 씨와 그 주변인들이 버닝썬 사건을 대단치 않게 여긴다고 짐작할 수 있다. 그들은 약물 강간이나 성 구매 등으로 여성을 착취하며 유착 관계를 형성하는 남성 카르텔이 이 사건의 핵심이라는 점을 모른다. 무슨 일이 있었든지 간에 그저 '연예인들의 흔한 가십' 정도로만 취급하고 있는 것이다.

반면 많은 여성에게 '버닝썬'은 그 자체로 분노를 자아내는 키워드다. 버닝썬에서 일어났던 수많은 성폭력뿐 아니라, '승리 단톡방' 멤버들이 벌인 성폭행 의혹과 불법 촬영까지 모든 범죄가 '버닝썬'이라는 키워드로 묶인다. '승리 단톡방' 사건을 처음 알렸던 SBSfunE의 강경윤 기자는 스브스뉴스와의 인터뷰에서 이렇게 말한다.

단톡방 멤버들이 한 여성을 지목하면서 '그 여성이 성적으로 문란하다' 이렇게 비난하고 성희롱을 하면서 '위안부급이다'라는 표현을 쓰거든요. 저는 거기서 너무 충격을 받고 막 3일 동안 잠을 못 잤어요. 너무 분노가 치밀어서.[11]

김용민 씨와 주변인들이 '김학의 성폭행 의혹'이나 '장자연 씨 성 착취 사건'에 대해선 감히 패러디를 할 수 있었을까. 애초에 생각도 못 했을 것이다. 진보 진영 반대쪽에 있는 사람들이 가해자로 언급되는 사건이라 그런지는 모르겠으나, 그들은 저 두 사건에 누구보다 공분을 표한다. 그런데 왜 두 사건과 본질적으로 비슷한 버닝썬 사건으로는 '웃음'을 줄 수 있다고 생각했을까. 대체 얼마나 버닝썬 사건을 가볍게 여기기에, 여성들의 분노를 우습게 보기에.

젠더 감수성 실종된 신조어와 패러디

지난 3월 인기 유튜버 '대도서관'도 농장 시뮬레이션 게임 방송을 하던 도중 시청자가 자신 모르게 빚을 지자, "세무 조사를 해야겠다"라며 농장 이름을 '버닝팜'으로 지어 논란이 됐다. 매우 부적절한 행태였지만, 당시 버닝썬이 세무 조사를 당할 때였으므로 최소한의 연관성은 찾을 수 있었다. 그런데 '버닝선 대인'은 대체 무슨 맥락인가. 앞서도 말했지만, 경제 관련 기사 팩트체크랑 버닝썬 사건의 연결은 아무 맥락도 없다. 그저 장난이다. '위트'있는 제목이라고 생각한 것이다.

'미투-빚투' 역시 마찬가지다. 언론사들은 '빚투'라는 패러디
식 신조어를 만들면서, 여성의 성폭력 피해 고발과 연대의 뜻
을 담은 '미투'라는 말의 의미를 퇴색시켰다. '미투'의 의미가
무엇인지, 여성들이 어떤 마음가짐으로 '미투'를 이야기했는지
생각하면, 감히 제목에 '빚투'를 쓰진 못했을 것이다.

누군가에게는 상처와 분노가 되는 키워드를 왜 누군가는 웃
음 소재로 여기는 것일까. 《82년생 김지영》을 패러디한 돼지
바 광고 '83년생 돼지바'에서 사람들을 결정적으로 화나게 한
요소는, "사람들이 나보고 맘충이래"라는 문장을 "사람들이 나
보고 관종이래"라고 바꿔 적은 것이다. 만든 사람이나 승인해
준 사람이나 '맘충'이 어떤 맥락을 가진 단어인지 파악하지 못
했다. 그저 재미있고, 신선하다고 생각한 것은 아닐까.

혐오 단어 혹은 피해자가 존재하는 사건 명칭을 패러디감이
나 웃음거리로 여기는 사람들은 약자와 소수자의 삶에 관심이
없다. 공감할 줄도 모른다. 자신이 그런 수준의 사람임을 들키
기 싫어 남에게 계속 "네가 예민하다"라고 말할 뿐이다. 그렇
다면 차라리 나는 예민한 사람으로 살고 싶다. 그래야 타인이
고통을 호소하고 분노하는데 저 혼자 웃는 사람은 안 될 것 아
닌가.

이대로 두면
남자아이들은 또
여성혐오자로
자란다

#우리에겐_페미니스트_선생님이_필요합니다

한국에서 남들처럼 평범하게 자란 남자아이들은 '여혐'이 된다. 과장이 아니다. 내가 자랄 때도 그렇고, 지금도 그렇다. 인터넷의 여혐 자료와 또래 집단의 남성 문화가 합쳐지면, 그렇게 여혐이 된다.

ADSL이 전국에 깔리며 인터넷이 보급될 무렵, 안티 페미니스트들도 슬슬 수면 위로 떠오르기 시작했다. 90년대의 페미니즘 운동, 군 가산점 폐지에 따른 '반동'이었다. 특히 안티 페미니스트들이 강하게 때린 곳은 여성부였다. 죠리퐁이 성기 모양으로 생겨서 여성부가 판매를 금지했다는 루머는, 안티 페미니스트들이 얼마나 저열한 선동을 했는지 알 수 있는 대목이다.

네이버 지식인, 디시인사이드, 웃긴대학 등을 통해 '여성부

는 쓰레기다' '페미니즘은 비이성적이고 과격하다' '이대 여자
들은 나쁘다'라는 안티 페미니즘 인식이 퍼져 나갔다. 어릴 때
는 성차별이 상대적으로 적거나, 가시화되지 않는다. 남자아
이들은 '여성 우월주의가 말이 되느냐. 억울하다.'라며 안티 페
미니스트들의 이야기를 빠르게 수용했다. 당시 퍼져 나간 말들
은 결과적으로 페미니즘 운동의 장애물로 작용했다. 내가 중·고
등학교에 다닐 때, 그러니까 2002~2004년 무렵 이런 분위기
가 꽤 널리 퍼져 있었다.

'호주제 폐지' 비아냥대던 선생님과 반 아이들

고2 때였다. 수학 선생이 '호주제 폐지'에 대해 "여편네들이
호주제 폐지하려고 하는데, 이제 양성 쓰기 하면 성(姓)이 무
한대로 증식할 거 아니냐"라며 비아냥거리기에 한번 들이받았
던 기억이 있다. 그때 나를 대하던 반 아이들의 반응이 기억난
다. 처음에는 박수를 쳤지만, 나중에는 반박은 못 한 채 질 나
쁜 조롱만 내뱉었다.

"그런 말(호주제 폐지 주장) 하는 여자들은 전부 못생겼더
라" "네가 여성 운동가냐" "노사모 애들은 욕 졸라 잘하더라"
"노무현 쓰레기야" "원래 그쪽(전라도) 놈들이 말이 많다" "홍
일점이냐" 등등의 말이 내게 쏟아졌다. 특히 "너희 어머니 여
성부 다니시냐?"라는 말이 가장 기억에 남는다.

13년이 지난 지금, 달라진 게 없다. 중학교에서 아이들을 가르치는 친구 말로는 사회 과목 시간에 정부 부처에 대해 알려주면 남자아이들이 "여성가족부 폐지해야 한다" "남성부는 왜 없느냐, 차별이다"라고 외친다고 한다. 한두 명이 아니라, 반마다 그런 아이들이 있단다. 아이들이 어려서부터 혐오 콘텐츠에 전면으로 노출되는 상황임을 증명한다. 여성부가 만들어진 지 거의 20년 가까이 되어 가는데도, '여성부 혐오'는 도무지 끝날 생각을 하지 않는 것이다.

각종 기행으로 유명한 유튜버 '김윤태'는 '갓건배'라는 여성 게임 유튜버가 '남혐'을 했다며 "찾아가서 죽인다"라고 살해 예고를 했다. 김윤태는 갓건배가 사는 곳으로 추정된 주소를 공개하고, 직접 차를 타고 이동하는 실황을 방송하며 그 주소에 갓건배가 살지 않아도 "여성이라면 목 졸라 죽이겠다"라고 말했다. 하지만 그가 받은 처벌은 경범죄 처벌법상 '불안감 조성' 행위로 받은 범칙금 5만 원뿐이었다.

그런데 더 큰 문제는 이 유튜브를 보는 초등학교·중학교 남학생들도 김윤태를 따라 "갓건배를 죽여야 한다"라는 댓글과 영상을 올린다는 점이다. 그들은 그게 혐오인지도 모른다. 친구들이 혹은 인터넷의 누군가가 그렇게 행동하니, 재미있는 놀이인 줄 아는 모양이다.

이렇듯 페미니즘 혐오는 단순히 인터넷상의 유희로 끝나지 않는다. 아이들은 페미니즘을 조롱하거나 여성을 대상화하는 콘텐츠에 무방비로 노출되고, 이런 콘텐츠는 실제 성범죄나 폭력에 대해 아이들을 무감각하게 만들 우려가 있다. 아직도 남자아이들 중에는 여자아이들의 팔 안쪽 살이 말랑말랑하다며 함부로 만지는가 하면, 여자아이 혹은 여자 선생님의 치마 속을 찍는 경우도 있다고 한다.

성평등 교육, 절실하고 절박한 과제

10년 넘게 변한 게 없다. 아니 오히려 악화되고 있다. 초·중·고를 거치며 남성 중심주의가, 페미니즘을 향한 혐오가, 성범죄에 대한 정당화가 고착되고 나면 너무 늦는다. 그래서 이전부터 '페미니즘·성평등 교육의 정규 수업 편성'이 가부장제와 여혐 문제를 근본적으로 해결하는 방법이라고 생각했다.

그런데 막상 선생님들이 성평등 교육을 실천하려 하자 반발이 만만치가 않다. 송파구의 한 학교에 재직하며 성평등 교육을 실천해 왔던 최현희 교사는 '왜 여자아이들은 운동장을 갖지 못하지?'라고 의문을 제기하는 〈닷페이스〉 인터뷰를 통해 이름을 알렸다. 그런데 이후 그가 퀴어 축제 영상을 수업에서 보여 줬다는 이유로 일부 학부모들이 반발했고, 온라인 공간에서도 '남혐' '여성 우월주의' '메갈'이라는 굴레를 씌우며 그를 공격했다. 심지어 《조선일보》가 이 선생님을 근거 없이 비난하는 왜곡 보도를 하기도 했다(2019년 6월, 《조선일보》는 정정 보도문[12]을 내보냈다).

이럴 때일수록 페미니스트 선생님을 지키고, 페미니즘·성평등 교육의 필요성을 계속 알려야 한다. 성교육 수업처럼 '성평등 수업' 시간을 확보하고, 교과서에서 성평등 단원을 대폭 확대하는 변화가 필요하다. 앞서 말했다시피, 이는 아이들을 '여성혐오자'로 길러내느냐 아니냐의 문제다. 초·중·고에서 페미니스트 선생님이 페미니즘 교육을 안전하게 진행할 수 있다면, 분명 세상은 바뀐다. 초·중·고―대학―군대로 이어지는 이 지독한 '여성혐오 생산 메커니즘'을 완전히 부숴 버릴 수 있다.

페미니즘·성평등 교육은 '남성과 여성은 평등하다'라는 당위적인 교육을 넘어선다. 한국 사회가 심어 주는 성별 고정 관념의 허위를 깨닫게 하고, 구조적 성차별을 지적하며, 성적 대상화가 왜 잘못된 것인지 알려 주고, 여혐 콘텐츠를 비판적으로 보는 시각을 길러 줄 것이다. 무엇보다 아이들이 고정된 남성성과 여성성의 틀에서 벗어나 자유롭게 자신의 자아를 찾게 해 줄 수 있다. 이런 교육을 수행할 페미니스트 선생님이 절실한 상황이기에, 우리는 이들에게 힘을 실어 줘야 한다.

내가 학교에 다닐 때 페미니스트 선생님에게 페미니즘·성평등 교육을 받았다면, 사회에서 요구하는 '강한 남성성'을 가지지 않았던 나도 학교를 마음 편하게 다닐 수 있지 않았을까?

남성 집단의 주류에 속하지 못하는 열등감에 휩싸이지 않고, 더 즐겁고 자유롭게 학창 시절을 보냈을 것이다. 무엇보다 호주제 폐지를 주장했다는 이유로 친구들에게 온갖 조롱을 당하지 않았을 것이다.

지금이라도 늦지 않았다. 나와 비슷한 기분을 느끼고 있는 그 남자아이들을 위해서라도,

#우리에겐_페미니스트_선생님이_필요합니다

불법 촬영물 보는
남성들이
세워 준
양진호 왕국

양진호가 자신이 만든 왕국에서 폭군으로 군림할 수 있던 이유는 '돈의 힘'을 믿었기 때문이다. 탐사 보도 전문 매체 《셜록》 박상규 기자의 말에 따르면 양진호는 "나는 2,000억 자산가야. 너희들은 내가 뭘 해도 나를 이길 수 없어."[13]라고 말하며 갑질을 일삼았다고 한다.

그런데 그의 자산은 어떻게 축적된 것일까? 언론은 양진호의 회사들이 디지털 성범죄 영상을 포함한 불법 영상 배포를 통해 막대한 이익을 거뒀다고 지적한다. 위디스크 관계자는 "돈이 되는 콘텐츠는 저작권이 없는 비제휴 동영상이고, 그중 90% 이상은 음란물이 차지한다"[14]라고 전했다. 파일노리 초대 대표는 "음란물은 저작권이 없으므로 수익의 80%를 바로 웹하드가 가져갈 수 있다"라고 밝혔다. 심지어 불법 영상을 대량으로 올리는 '헤비 업로더'는 대포폰을 이용해 따로 관리했다는 게 그의 설명이다. [15] 위디스크 직원 역시 "성범죄 동영상 등 불법 영상을 올리는 헤비 업로더는 회사와 상생 관계"[16]라고 증언했다.

결국, 양진호에게 가장 중요한 소비자는 디지털 성범죄 영상을 포함한 성인 영상을 다운받는 남성들이었다. 이들이 얼마만큼 다운받느냐에 따라 수익이 결정되기 때문에, 공급을 책임져 주는 헤비 업로더를 관리한 것이다. 참고로 위디스크에 올라오는 음란물은 2014년 기준 평일 하루 평균 5,100여 건, 8,500GB에 이르기도 했다.[17]

'양진호 왕국'의 벽돌을 쌓아 준 남성들

앞서 말했다시피 양진호는 디지털 성범죄 영상을 배포해 여성의 인권을 침해하고, 죽음에 이르게 만들면서 돈을 벌었다. 그리고 남성들은 불법 영상을 아주 자연스럽게 '국산 야동'이라 부르며 즐겼고, '신작'을 찾아다니며 양진호 왕국 건설에 힘을 보탰다. 전직 직원이 잡플래닛에 "불법 리벤지 포르노를 거의 무료로 받을 수 있는 게 회사의 장점"이라고 써놓은 것을 보라.

남초 커뮤니티에 올라온 위디스크 관련 글들은 위디스크가 디지털 성범죄 영상의 주요 공급처였다는 사실을 잘 설명해 준다.

위디스크에서 국산 자료 받으면 걸립니까? 국산 커플 셀카 같은 거요. 업로더만 처벌인가요? 아니면 다운로더도 같이 처벌?

엠엘비파크. 2015년 9월 10일.

국산 야동 위디스크로 단순 다운만 받는 건 상관없나요? 토렌트로 받으면 받는 동시에 유포자 되어서 문제 될 수 있다던데 위디스크는 괜찮나요?

SLR클럽. 2014년 8월 19일.

위디스크 옛날엔 국산 몰카 영상 엄청 올라왔었죠. 그 유명한 ○○○영상 그리고 그 ○○○○○○○영상부터 해서 그냥 한국 몰카. 리벤지 동영상이 판을 치던 곳이었죠.

엠엘비파크. 2018년 10월 31일.

그러므로 이번 사건이 양진호 개인의 일탈로 축소되어서는 안 된다. 디지털 성범죄 영상을 소비하며 양진호 왕국의 벽돌을 쌓아 준 남성들에게도 책임을 물어야 한다. 소비자가 무슨 죄냐고? 그건 당연히 일반적인 소비 행위가 아니다. 범죄에 동조하며, 여성을 도구화하는 것을 즐긴 일이다. 양진호의 힘은 남성들이 웹하드 회사의 불법 행위에 아무 문제의식을 느끼지 못한 채, 오히려 동조하고 기뻐하면서 돈을 썼기에 유지될 수 있었다. 일반 기업은 '상품'을 팔았지만, 위디스크와 파일노리는 '여성의 인권'을 고작 몇백 원에 팔았다. 이를 소비한 이들도 과연 책임에서 자유로울 수 있을까?

분노가 아닌, 반성이 필요하다

"나는 위디스크 안 썼어요" "'국산' 안 봤어요"라고 해서 넘어갈 이야기가 아니다. 속칭 '야동'을 다운받아 본 남성이라면 디지털 성범죄 영상을 안 볼 수 없는 구조에 살았다. 너무도 많았고, 너무나 접근하기 쉬웠다. 부끄럽지만 나를 포함한 남성 다수는 '몰카 문화'를 용인하고 조장했으며, 그 속에서 위디스크도 커 갔다.

디지털 성범죄 영상을 희화화하고 공유하는 것은 남성들의 온라인 주류 문화였다. 디시인사이드나 일베뿐 아니라 엠엘비파크나 SLR클럽 같은 경우에도 새로운 '유출 영상'이 올라오면 피해자 여성의 얼굴과 몸매를 품평하고 서로 추천했다. 야동을 보다가 자신의 전 여자 친구를 봤다는 가사를 쓰는 가수도, 떳떳하게 자신이 유출 영상을 보는 이유를 밝히는 작가도 있었다. 엠엘비파크에는 자신의 아내와 유출 영상을 함께 봤다는 댓글도 달렸다. 대다수의 남성은 자신이 어떤 잘못을 했는지 인식조차 못 했다.

'분노하지 말고, 반성하라.' 남성들이 양진호 사건에서 지녀야 할 태도다. 다른 이슈라면 모르겠지만 적어도 디지털 성범죄 영상 문제와 관련해 남성들은 그저 속죄해야 한다. 남성들은 20년 가까이 아무 죄의식 없이 디지털 성범죄 영상을 공유하는 구조를 유지해 왔다. 이제라도 문제를 깨달았다면 과거를 반성함은 물론, 페미니즘을 지지하고 연대하며 함께 '갱생'했으면 한다.

갈림길에 선
남자들,
이대로
도태되실 건가요?

'빨았다'라는 속어가 있다. 원래는 외모를 비하하는 말로 쓰이다가, 메갈리아가 이 말을 언행이나 콘텐츠에 대해 평가하는 말로 바꿔 사용하면서 쓰임이 달라졌다. 성차별 발언을 하는 유명인, 성적 대상화가 들어간 예술 작품에는 으레 '빨았다'라는 평이 달린다.

확실히 지난 몇 년간 세상은 달라졌다. '빨았다'라는 말의 변화는 이젠 외모가 아닌 젠더 감수성이 한 인간을 평가하는 기준이 된다는 것을 보여 준다. 또한 '빨았다'라는 말의 확산은 여성을 '드세다' '싸 보인다' '기 세다'라며 평가하기만 했던 남성들이, 이젠 반대로 자신이 평가 대상이 될 수 있다는 사실을 깨닫게 했다.

여성들도 더는 부당함을 참고 있지만은 않았다. '미투' 운동이 일어났고, 《82년생 김지영》은 하나의 현상이 됐다. 성적 대상화 콘텐츠는 인터넷상에서 몰매를 맞았다. 아무리 백래시가 강하다고 하지만, 성폭력과 성차별에 대한 사회적 인식은 진전을 거듭했다. 남자들은 급격한 변화에 허둥지둥했다. 눈치를 보다가 안티 페미니즘 세력에 가담하는 경우도 종종 발생했다.

변화하고 성찰하는 남자들

반면 시대에 맞춰 여성들의 목소리를 경청하고 변화하는 남성들도 존재한다. 적어도 이들은 자신을 '업데이트'하기 위해 노력한다. 아이돌 가수의 성 상품화 문제에 마음 아파하며 "(엔터테인먼트) 업계에 있는 사람들, 저희 같은 선배들이 스스로 자각을 하고 고쳐나가야 한다"라고 말했던 배우 겸 가수 김동완이 대표적인 경우다. 하지만 그는 불과 6년 전 자신의 블로그 '오레오 박스'에 아래와 같이 말한 적이 있다.

3개월 동안 하루도 안 빼놓고 눈사람마냥 패딩 껴입은 여자 스탭들과 진지한 여배우들 그리고 꼬마들만 봤는데…… 그런데…… 눈앞에 170짜리 여자들이 배꼽티를 입고 촐랑촐랑 춤을 추는데!! 어떻게 안 신나냐!?

지금 나왔으면 꽤 비판받았을 글이다. 하지만 다행히 김동완은 2013년의 생각에 머무르지 않았다. 이전부터 기부 활동과 사회 참여에 적극적이던 그는 오늘날의 페미니즘 흐름에 발맞추는 발언을 이어가고 있다.

물론 혹자는 페미니즘을 이야기하는 남성들의 과거 발언이나 행동을 문제 삼으며 진정성을 의심한다. 페미니즘 관련 영상을 만드는 데블스TV 크리에이터 김영빈에게도 유독 그런 비난이 잦다. "네 과거 발언을 봐라. 이중 잣대 아니냐."라는 말이 그를 향해 쏟아진다. 그런데 김영빈은 스스로 "저도 여성혐오 했다"라고 밝힌다.

그가 감히 그렇게 말할 수 있는 이유는, 지금은 과거를 성찰하고 인권을 고민하고 혐오 없는 유머를 만들기 위해 궁리하기 때문이다. 이처럼 성평등을 지지하고 공감한다면 이전과 달라진 행동을 하는 것은 당연하다. 오히려 그때와 지금의 언행이 비슷하다면, 그게 더 큰 문제다.

그 해명은 틀렸습니다

그런데 예나 지금이나 변하지 않은 사람들도 있다. 세월호 희생자를 화자로 등장시킨 소설 《언더 더 씨》 논란은 어떤 남성들은 분명 시대를 따라가지 못하고 있다는 것을 보여 준다.

내 젖가슴처럼 단단하고 탱탱한 과육에 앞니를 박아 넣으면 입속으로 흘러들던 새큼하고 달콤한 즙액[18]

희생자인 화자가 자두를 연상하는 이 부분은 그냥 넘어갈 수 있는 표현이 아니다. 이미 수많은 비평가가 지적했지만, 희생자를 표현한다고 말하기엔 굉장히 성적인 표현의 나열이다. 작가는 화자가 살았을 때 '생기 넘치는 몸'을 가지고 있었다는 점을 표현하고 싶었을 것이다. 그런데 그 생기의 상징이 '(단단하고 탱탱한) 가슴'이다. 지극히 남성 중심적인 시각이다. 심지어 서두부터 저런 문장이 나오면서, 한 명의 인격체가 아닌 '젊은 여성의 몸' 그 자체가 사라진 것을 안타까워한다는 인상마저 받게 된다.

물론 작가는 세월호 참사를 추도하는 의미로 소설을 썼을 것이다. 그 진심은 믿어 의심치 않는다. 다만 그 주제 의식을 표현하는 방식을 지금 사람들은 받아들일 수 없다. 정작 여성들이 전혀 공감할 수 없는, 여성을 성적 대상으로 그리는 '남성 중심적 여성 묘사'를 오늘날의 독자들은 거부한다.

사실 저 표현보다 더 실망스러웠던 것은 비판이 일었을 당시 작가와 출판사의 대응이었다. 여전히 과거의 문학 세계에 도취해 있거나 혹은 '나 정도면' 하고 안도하며 살았다면, 저 표현이 왜 문제가 되는지 모를 수도 있다.

그러나 작가가 누군가 자신의 글을 보고 불쾌할 수 있다고 생각했다면, 자신의 글을 한 번쯤 의심해 보는 최소한의 성찰 능력이 있었다면, '극렬 페미니스트 카페 회원들이 나를 개저씨로 만든다'라는 식으로 해명하진 않았을 것이다. '극렬 페미니즘'이 문제가 아니라, 남성 작가들이 수십 년 동안 여성을 제멋대로 대상화해 글을 써 온 문제가 이제야 터져 나왔을 뿐이다.

출판사의 해명은 더 황당하다. "대중 파시즘"의 우려가 있다는 말에 더해 "문해력의 차이에 따라 수용의 수준이 달라질 수는 있지만"이라고 밝힌 1차 해명문은 시대착오적이었다. 민감해진 독자의 감수성은 생각 못 하고, '네가 감히'라고 외치는 느낌이었다. 《언더 더 씨》의 작가와 출판사는 적절한 해명과 반성을 담은 내용을 올려 시대에 맞게 업데이트할 기회를 잃었다.

선택의 갈림길: 업데이트하거나, 도태되거나

물론 모두가 페미니즘에 관심을 두고 살아가는 것은 아니다. 과거의 기준에 따라 살아가다 실수할 수도 있다. 하지만 적어도 누군가가 나를 지적했을 때, 어떤 태도를 취하느냐가 '업데이트남'이 되느냐, '도태남'이 되느냐를 가른다고 생각한다.

이를테면 배우 김윤석은 2016년 12월에 열린 한 영화 행사에서 이벤트 공약으로 "여배우들의 무릎을 덮은 담요를 내려주겠다"라는 성희롱적 발언을 했다. 하지만 이후 몇 번에 걸친 공개 사과, 페미니즘 책 인증 등으로 오히려 대중의 호감을 샀다. 또 고인이 된 가수 종현은 "모든 예술가들에게 가장 큰 영감을 주고 사랑받는 존재가 여성이다"라는 라디오 멘트가 '(여성혐오와 연결되는) 여성 숭배'라는 비난을 들어야 했다. 언뜻 보면 부당하다고 느낄 수도 있던 지적에, 종현은 자신을 비판하는 트위터 유저와 직접 대화를 나누며 소통으로 논란을 풀었다. 지금 생각해도 놀라지 않을 수 없다.

앞으로 수많은 남성이 갈림길 위에 서게 될 것이다. 시대가 변화함에 따라 자신을 성장시킬 수 있는 쪽으로, 세상이 진보하는 데 힘을 보태는 쪽으로 걸어가기를 바란다. 아마 그 반대엔 두루마기를 입고 갓을 쓴 채 호주제 폐지를 반대하던 '유림' 같은 이들이 있을 테니까.

세계 여성의 날,
노회찬과
김근태에게
남성의 길을 묻다

1. 세상을 떠난 노회찬의 운구 차량이 국회로 들어올 때, 열아홉 명의 여성 국회 청소 노동자들은 일렬로 서서 고개를 숙인 채 노회찬을 배웅했다. 한 노동자는 오열했고, 다른 이들도 비통한 표정으로 눈물을 연신 닦아 냈다.

그날 청소 노동자의 배웅은 노회찬이 어떤 삶을 살다 갔는지 증명하는 장면처럼 느껴졌다. 청소 노동자들에게 노회찬은 그저 한 명의 의원이 아니었다. 그는 청소 노동자를 국회의 '동료'로 생각하는 몇 안 되는 정치인이었다. 초선 때부터 청소 노동자의 '직접 고용'을 위해 힘썼고, "휴게실이 없어지면 정의당 사무실을 쓰라"라고도 말했다. 3월 8일 여성의 날이면 여성 청소 노동자들에게 장미꽃을 돌렸다.

진보 진영에서 여성 운동과 노동 운동은 따로 있는 것처럼 이야기됐고, 실제로 여성 운동은 노동·학생 운동이 주가 된 민주화 운동에서 주변화된 것으로 여겨졌다. 하지만 노동 운동가 출신의 노회찬은 노동 해방을 가로막는 중대한 방해 요소가 젠더 문제임을 아는 사람이었다. 또한, 일찍이 독재 정권이나 대자본과 공조하는 '남성 체제'의 폭력성을 깨우치기도 했다. 그런 그가 이중, 삼중고를 겪는 여성 비정규직 노동자 곁에 머문 것은 당연한 일인지도 모른다.

'호주제 폐지 법안' '차별금지법' 대표 발의는 그가 누구의 편에 서서 정치했는지 잘 보여 준다. 최근엔 피해자의 무고 혐의 역고소를 수사하지 않는 '성폭력 특례법 개정안' 발의에 이름을 올리기도 했다. 문재인 대통령을 취임 이후 처음 만난 자리에서는 《82년생 김지영》을 선물하면서 화제를 모았다. 그는 남성도 '페미니스트 정치'를 할 수 있다는 것을 알려 준 선구자였다.

> 사회에 눈을 뜨면서 내게는 너무나 상식인데 우리 사회에선 안 되는 것들이 있는데 그중 하나가 바로 남녀 문제란 걸 알았다. 우리나라에는 (남자와 여자라는) 두 종류의 국민이 있는 셈이다. 사회 정치적으로 강자인 남성이 봉건 문화. 유교 문화. 가부장적 질서 등 힘과 폭력에 의해 차별과 억압 구조를 만들어 간다.[19]
>
> 노회찬, 《여성신문》과의 인터뷰 중

2. 노회찬만큼이나 여성의 날에 떠오르는 남성 정치인이 한 명 더 있다. 노회찬과 함께 마석 모란공원에 잠들어 있는 민주주의자, 김근태다. '성평등은 민주주의의 완성'이라는 말처럼, 민주주의자였던 김근태는 성평등을 중요시하는 사람이었다.

사실 그가 노회찬처럼 전면에 나서 페미니스트 정치를 펼치는 정치인은 아니었다. 그러나 생활 속에서 페미니즘을 실천하는 사람이었다. 인재근 의원과 결혼할 때 '평등 부부로 살자'라고 다짐했고, 가사 노동을 확실하게 분담했다. 김근태의 딸인 김병민이 김근태와 인재근의 편지를 엮어낸 책 《젠장 좀 서러워합시다》[20]에서 그의 생각을 엿볼 수 있다.

책 속에서 김근태는 양성 쓰기가 시작되기 전부터 자식들을 '인병민, 인병준'이라 부르고, 가사 노동을 철저하게 분담하지 못했음을 반성하기도 한다. 딸이 사회에 나가 부당한 일을 겪을까 봐 미리 걱정하는 모습도 보인다. 그중 1991년 5월 홍성 교도소에서 자식들에게 보낸 편지는 유독 돋보인다.

아빠가 남녀차별 문제. 여성 평등의 문제에 대해 생각하고 공부한 이유는 사람이 사는 이 세상을 어떻게 하면 보다 밝고 사랑스럽고. 눈물과 한숨 그리고 원한이 없는 곳으로 만들 수 있을까 하는 마음에서였다. …… 병민이가 여자로 태어났다고 해서 혹시라도 마음의 상처를 입지 않을까. 눈물을 흘리는 경우가 있지 않을까 싶어 아빠는 잔뜩 긴장하였다. 여자는 이래야 한다고 하는 이 사회의 말 없는 암시 때문에 활발하고 적극적인 병민이가 머뭇거리고 소극적인 아이가 되지 않을까 불안해하였다.

…… 이처럼 아무런 근거도 없는 비뚤어진 생각이나 거짓에 따른 남녀 차별. 남성우월감은 남자 스스로를 타락시키고 구렁텅이로 빠지게 만드는 것이다.

김근태의 편지. 《젠장 좀 서러워합시다》 중

김근태의 딸 김병민을 인터뷰한 적이 있다. 그는 집에서 오빠보다 더 대우받으며 자랐다고 했다. 집에서 단 한 번도 '여자애가'라는 말을 들은 적이 없었단다. 그러다 보니 성차별은 그에게 터무니없는 일이었다. 오빠에게는 뜨거운 밥을, 자신에게는 찬밥을 주는 외할머니 댁의 교묘한 차별에 문제를 제기한 적도 있다고 했다.

진보와 민주주의를 이야기하면서도 룸살롱 출입을 자랑스럽게 떠벌리거나, 성폭력을 두둔하는 이들을 보면 김근태가 그리워진다. 그는 아내와 동지적 관계를 맺었고, 가부장이 되는 것을 스스로 거부했던 사람이다. 다만 김근태는 자신의 성평등 사고를 정치의 영역으로 끌고 가지는 못했다. 어쩌면 그는 페미니스트 정치가 아내인 인재근이나 여성 운동가의 영역이라고 생각했을지도 모른다. 못내 아쉽다.

3. 노회찬과 김근태에게는 공통점이 있다. 인천에서 노동 운동을 하며 아내를 만났고, 아내와 동지로서 함께 사회 운동을 해나갔다는 점이다.

김지선은 "이 사람(노회찬)과 결혼하면 나도 활동(노동 운동)을 계속할 수 있겠구나"[21]라고 생각해 결혼했다고 한다. 실제로 김지선은 결혼 후에도 쭉 노동 운동과 여성 운동에 헌신할 수 있었다. 인재근 또한 평등 부부로 살았고, 옥중에 있는 김근태의 '바깥사람'으로서 활발히 민주화 운동을 했다. 결국 그의 이력은 국회의원으로 자리 잡는 밑바탕이 됐다.

두 남자는 자신과 똑같이 아내에게도 하고 싶은 일이, 꿈이 있다는 사실을 아주 당연하게 여겼다. 누군가가 자신의 보조자가 되기를, 반려자의 희생을 통해 내조받기를 원하지 않았다. 그 시절 흔히 볼 수 없는 건강한 남성성을 가졌던 것이다.

111주년 여성의 날을 맞아 두 정치인을 거론한 이유는, 지금 한국 남자에게 가장 부족한 덕목이 '여성과 평등한 관계 맺기'이기 때문이다. 사실 한국 남성들은 여성을 동등한 한 사람으로 존중하는 법을 배운 적이 없다. 가부장제와 군사 문화를 기반 삼아 기본적인 인간관계 맺기의 원형을 수직적으로 이해한다. 그러니 남성들은 여성을 대할 때 자신도 모르게 지배하고 억압하려 든다. 이런 문화를 참다못해 터져 나온 목소리가 '미투'다. 그러나 일 년도 안 돼 '가짜 미투'니 '역차별론'이니 나오는 상황을 볼 때 남성들의 변화는 아직 한참 멀게만 느껴진다.

물론 모든 남성이 두 거인처럼 살 수는 없다. 그래도 세상이 나아지길 바란다면, 여성의 날을 남의 이야기인 양 무관심하게 지나가진 않았으면 한다. 노회찬은 2018년 여성의 날에 '부끄러운 마음을 감출 수 없다'라는 내용의 편지를 썼다. 하물며 평범한 남자들은 얼마나 부끄러워해야 할 일이 많겠는가.

남성들이
함께
부끄러워했으면
좋겠습니다

1. 2015년부터 일어난 거대한 페미니즘 물결을 어떻게 받아들여야 하는지 한참을 고민하던 때가 있었다. 예전부터 젠더 감수성 떨어지는 '진보 남성'들을 비판해 오긴 했지만, 그간 여성들의 고통과 분노에 피상적으로만 접근한 것도 사실이었다. 나의 페미니즘도 '업데이트'가 필요했다.

일상 속에서도 페미니즘이 쟁점이 되기 시작하면서, 나의 실천 방안을 고민하기 시작했다. 그런데 예전처럼 내가 점잖게 당위만을 이야기하는 것은 오히려 주제넘은 일이라는 생각이 들었다. 안티 페미니스트나 성범죄자에 대한 분노도 마찬가지였다. 물론 같이 공분하는 것도 연대일 수 있다. 그러나 남성의 강한 분노 표출은 결과적으로 '나와 저들은 다르다'라는 이야기를 반복하는 것이 아닌가 싶기도 했다.

분노하기 이전에, 이 구조를 만드는 데 나와 같은 남성들이 얼마나 기여했는지 되돌아봐야 한다는 결론을 내렸다.

　2. 그래서 나의 페미니즘 글쓰기의 주된 주제는 '반성'이다. 처음부터 그렇진 않았는데, 글을 쓰다 보니 자연스레 그렇게 됐다. 글 속에서 내가 비판하고 공격했던 남성들의 생각과 행동은, 나 자신과 분리할 수 있는 게 아니었다. 그들의 모습에서 과거의, 어쩌면 현재의 나를 발견할 수 있었다.

　나도 모르는 사이 나는 가해자의 위치에 서 있던 적이 많았다. 여혐 사회가 여성을 바라보는 시선도 내면화했고, 남성으로서의 편리를 당연하게 여기며 살았다. 여전히 남성에게는 숨 쉬듯 당연하지만, 여성은 얻기 힘든 부당 이득을 누리고 있기도 하다. 이런 사람이 정의의 사도를 자처하며 "여혐하지 마시오"라고 준엄하게 누군가를 꾸짖는다? 아무리 생각해도 우스웠다.

　매번 이런 생각을 갖고 글을 쓴다. '나도 부끄러우니, 당신도 조금은 부끄러웠으면 좋겠다.' 결국 '남자'가 문제고, 남자들이 변화해야 한다는 것은 자명하지 않은가? 어느 나쁜 남자만의 문제가 아니라고, 우리가 공유하고 방조한 남성 문화가 더 큰 문제라고 이야기하기 위해 노력한다. 반성이 면죄부가 될 순 없지만, 적어도 내가 속한 남성 사회에 끊임없이 경각심을 줄 수 있을 테니 말이다.

3. 소위 '남페미' 논란이 있음을 잘 안다. 발화 권력을 가진 남성은 페미니즘을 지지한다는 뉘앙스만 풍겨도 온갖 찬양을 받는데, 그 반대는 오히려 배척당하는 이야기. 당연히 짚고 넘어가야 한다. "남자는 닥치고 있으라"라는 말이 나오는 상황도 이해가 된다. 실제로 진보적인 남성들이 묘하게 '맨스플레인'스러운 글을 쓰는 경우도 많으니까.

하지만 여성들이 이만큼 판을 만들어 줬는데, 남성들이 가만히 있는 것도 문제라고 본다. 도리어 가만히 있는 것이야말로 현 체제를 지키기 위한 묵인 내지는 동조다. 되도록 많은 남자들이 페미니즘 흐름에 조응해야 한다. 그래야 남성 집단 내부에 균열이 나서, 쿰쿰한 남성 연대의 냄새가 빠지고 신선한 바람이 들어갈 수 있다. 여성들이 계속 성평등 여론을 만들며 제도를 바꿔 나가고 있으니, 나도 발맞춰 남성 집단이 왜 문제인지 '남성들에게' 계속 이야기할 생각이다.

모든 젊은 남성이 백래시에 동참하는 것은 아니다. 페미니즘을 지지하지만 티를 못 내기도 하고, 성평등이 옳다고 생각하면서도 실천 방법을 모르는 사람도 있다. 이처럼 함께 변화할 가능성이 있는 이들을 향해 글을 쓴다. 제발 우리 예전처럼 살진 말자고.

4. 오랜만에 친구들을 만나면 놀란다. 의외로 내가 페미니즘 관련 글을 페이스북 등 SNS에 써 왔다는 사실을 많은 친구가 알고 있어서다. '좋아요'나 '공유'를 안 눌러 주는 친구들은 내가 뭘 하는지조차 모르는 줄 알았는데, 글을 잘 보고 있다는 그들의 격려를 듣고 사뭇 기뻤다. 또 한 친구는 갑자기 '페북 훔쳐보는 애독자'라며 안부를 묻기도 했는데, 참 힘이 많이 됐다.

　　'공유'하고 '좋아요'를 누르는 사람들도 꽤 많지만, 숨어 있는 독자들이 더 많다는 사실을 깨닫게 되면서 내 글의 '쓰임'에 대해 생각하게 됐다. 의외로 많은 남자들을 '찔리게' 할 수 있다는 생각이 들었다. 사실 언젠가부터 '한남'이라는 말을 쓰지 않고 과도한 조롱 투의 글을 지양하는 이유도, 한 명의 남성이라도 더 읽기를 바라기 때문이다.

　　독자 중 단 한 명만이라도 설득할 수 있다면, 아니 조금 부끄럽게만 할 수 있어도 그 글은 성공한 것이라 믿는다.

　　5. 흔히 남성이 페미니즘을 공부하고 수용하며 해방감을 느낀다고 하지만, 오히려 나는 페미니즘이 끊임없이 나로 하여금 폭력과 혐오에 대해 경계하게 하는 점이 좋았다. 항상 '보편'과 '정상'의 위치에서 사회를 바라보던 내가, 정체성을 고민하며 다양한 시각을 수용할 수 있게 됐다.

　　2015년 이후의 나는 분명 서서히 달라지고 있다.

그리고
이 글을 보는 남성인 당신도
그러길 바란다.

감사의 말

《친절하게 웃어주면 결혼까지 생각하는 남자들》은 내가 그동안 페이스북과 블로그에 올린 글을 정리해 낸 책이다. 꾸준히 남성 문화의 문제점과 페미니즘에 관한 글을 쓸 수 있었던 것은 온라인상에서 크나큰 격려를 보내 주신 분들 덕분이다. 부족한 글을 공유하고, 의견을 남겨 주신 모든 분들에게 감사하다.

출판을 결정하고, 책을 완성하기까지의 모든 과정에 내인생의책 편집진의 노력이 있었다. 처음부터 출판물로 내기 위해 쓴 글이 아니다 보니 손이 많이 갔을 텐데, 묵묵히 함께 일해 주었다. 미안함과 고마움이 교차한다.

페미니즘에 대해 자유롭게 이야기할 수 있는 청년 독립 언론 《고함20》과 《오마이뉴스》에서 기자로 일할 수 있었던 것도 큰 행운이었다고 생각한다. 동료들, 그리고 취재와 편집 과정에서 만나 도움을 준 페미니스트들에게도 감사하다.

더불어 이 책에 수록된 글은 대부분 페미니스트들의 저서나,

기자 선후배들의 여성 인권 관련 기사에 빚을 지고 있다. 어려운 환경 속에서도 꿋꿋하게 쓰고 있는 그들에게 누를 끼치는 책이 아니었으면 한다.

애인은 가장 친밀한 지지자인 동시에 정확한 조언자였다. 글을 구상하거나 제목을 고민할 때 애인의 도움을 받았다. 한없이 고맙다. 그가 없었다면 이 책이 나오기 어려웠을 것이다. 여전히 집에서는 그저 '한국 남자'인 아들을 때로는 참고, 때로는 다그치면서 키워 주신 어머니와 아버지께도 감사하다.

마지막으로, 지금껏 나를 성장시키고 부족한 점을 깨닫게 해 준 모든 여성들에게 감사의 마음을 담아 이 책을 바치고 싶다. 부끄러워할 줄 알고, 성찰을 게을리하지 않는 남성으로 살아가겠다.

주

01 평등한 관계가 그렇게 어려우세요?

1 박정훈, 〈"신입에게 만남 요구하는 40~50대 유부남들... '로맨스'로 생각"〉, 《오마이뉴스》, 2018. 4. 12.

2 이준길, 〈김제동의 '고백연애론', 효과가 쏠쏠하네〉, 《오마이뉴스》, 2012. 11. 28.

3 김태훈, 〈왜 알바에게 고백해서 혼내주려 하나요 ㅠㅠ〉, 《주간경향》, 2019. 5. 11.

4 한국콘텐츠진흥원, "명장 박녹주의 예술과 비운의 사랑", 재인용: 박녹주, 〈나의 이력서〉, 《한국일보》, 1974. 1. 5. ~2. 28.

5 장진리, 〈[Oh!쎈 이슈] 윤정수, 일상사진 게재→도촬 논란→사과 "아무 생각 없었다"〉, 《OSEN》, 2018. 8. 16.

6 우먼타임스 이재은, 〈연인과의 이별, 남성은 '네탓' 여성은 '내탓'〉, 《오마이뉴스》, 2007. 4. 25.

7 권김현영·엄기호·정희진, 《한국 남성을 분석한다》, 교양인, 2017. p. 94.

8 앞의 글.

9 노무현, 《여보, 나 좀 도와줘》, 새터, 1994. p. 125.

10 같은 책, pp. 125~126.

11 정희진, 《아주 친밀한 폭력》, 교양인, 2016. p. 106.

12 같은 책, p. 100.

13 한국여성의전화 편, 《그 일은 전혀 사소하지 않습니다》, 오월의봄, 2017. p. 9.

14 홍영오, 〈성인의 데이트폭력 가해요인〉, 형사정책연구 제28권 제2호, 2017. p. 336.

15 이화영, 〈데이트/관계/폭력 포럼 자료집〉, 한국여성의전화, 2015. p. 7.

16 유지영, 〈이 정도면 범죄... 드라마 속 최악의 데이트 폭력 네 장면〉, 《오마이뉴스》, 2016. 9. 22.

17 권숙희, 〈데이트폭력 집중신고기간 109명 검거…여성가해자 5명〉, 《연합뉴스》, 2017. 9. 2.

18 손희정 외, 《을들의 당나귀 귀》, 후마니타스, 2019.

19 통계청, 〈가계생산 위성계정 개발 결과〉, 2018.

20 카트리네 마르살, 《잠깐 애덤 스미스 씨, 저녁은 누가 차려줬어요?》, 김희정 역, 부키, 2017.

21 임선우, 〈"다른 남자에게 호감" 여자친구 폭행해 숨지게 한 20대, 항소심서 집행유예〉, 《뉴시스》, 2019. 7. 4.

22 김채린, 〈"지난해 국내 살인사건 5건 중 1건은 남편이 아내 살해"〉, KBS, 2018. 11. 28.

23 박정훈, 〈여자친구 죽였는데 '집행유예'... 사법부에 분노한 여성들〉, 《오마이뉴스》, 2018. 1. 30.

24 허민숙, 〈살인과 젠더〉, 페미니즘 연구 제14권 2호, 2014, pp. 294~295.

25 이효석, 〈"남성들 왜 페미니즘 거부하나?…스스로 약자라고 생각해서"〉, 《연합뉴스》, 2018. 4. 5.

26 황진미, 〈'나의 아저씨', 기득권 아재들의 피해자 코스프레〉, 《한겨레》, 2018. 3. 24.

27 김효실, 〈"아들은 안쓰럽고 딸은 이기적?" SKT 광고 '성차별' 비판 봇물〉, 《한겨레》, 2018. 9. 4.

02 단언컨대, 남성혐오는 없다

1 송유근, 〈문턱 낮아진 여경… 남경보다 경쟁률 낮아졌다〉, 《문화일보》, 2019. 8. 5.

2 김문관·전성필, 〈지난해 30대 공공기관 신입직원 5명 중 1명만 여성…양성평등목표제 무색〉, 《조선비즈》, 2017. 5. 7.

3 김현동, 〈[이슈논쟁] 20대 청년의 분노는 철없는 질투가 아니다〉, 《한겨레》, 2019. 1. 21.

4 한윤형, 〈20대 남성은 유시민의 '농담'에 화가 난 것이다〉, 《뉴스톱》, 2019. 1. 7.

5 이지은, 〈20대 여성 10명 중 5명, 남성 10명 중 1명 "나는 페미니스트"〉, KBS, 2019. 1. 15.

6 이태윤, 〈"20대 남성도 약자···성차별 덕 본건 페미니즘 찾는 4050"〉, 《중앙일보》, 2019. 1. 30.

7 안명진, 〈하태경이 일물 주장한 "여성우대법안" 알고보니 양성평등법안〉, KBS, 2019. 1. 26.

8 정천기, 〈○○○, '비디오 유출자에 법적대응'〉, 《한겨레(연합뉴스 전재 기사)》, 2000. 11. 29.

9 박동해, 〈[e톡톡] 소설가 장주원 논란…"몰카에 사랑이 있다고?"〉, 《뉴스1》, 2015. 12. 29.

10 중식이, 〈야동을 보다가〉, 2014.

11 최주연, 〈더이상 여성들은 '소비재'가 아니다〉, 《르 몽드 디플로마티크 한국판》, 2018. 2. 28.

12 신우진, 〈'베트남 아내 폭행' 남성 구속 전 한 말 "다른 다문화가정 남자들도 마찬가지일 것"〉, 《세계일보》, 2019. 7. 9.

13 성서호, 〈국내 결혼이주여성 42% 가정폭력 경험…20%는 흉기위협 당해〉, 《연합뉴스》, 2019. 6. 20.

14 한국이주여성인권센터 편역, 《아무도 몰랐던 이야기》, 오월의봄, 2018.

15 2019년 5월, 대림동 한 길거리에서 남녀 경찰관이 주취자를 제압하던 도중 여성 경찰관의 대응이 미숙했다며 비난 여론이 일었던 사건. 여성 경찰관이 폭력적으로 달려드는 취객의 물리력에 밀렸을 뿐 아니라 옆에서 지켜보던 시민에게 수갑을 대신 채워 줄 것을 요구했다는 허위 정보가 온라인에서 확산됐다. 실제로는 여성 경찰관이 무릎으로 주취자의 상체를 완전히 제압하고 있었으며, 함께 수갑을 채운 사람은 일반 시민이 아니라 무전을 받고 가세한 교통경찰이었다는 경찰의 확인에도 혐오 확산은 이어졌다. '여경은 필요 없다' '여경의 체력 검사 기준을 강화해야 한다'라는 등 성급한 일반화의 오류를 범하는 주장이 속출하기도 했다.

16 김현동, 〈대림동 출동경찰 "내 명예 건다, 여경이 취객 완전히 제압"(김현정의 뉴스쇼 인터뷰 전문)〉, 《노컷뉴스》, 2019. 5. 20.

17 이민희, 《두 개의 목소리》, 산디, 2018.

18 https://music.naver.com/todayMusic/index.nhn?startDate=20110407

19 서정민갑, 〈[서정민갑의 수요뮤직] '한국 대중음악 명반 100'에 대한 몇 가지 생각〉, 《민중의소리》, 2018. 10. 3.

20 권보드래 외, 《문학을 부수는 문학들》, 민음사, 2018.

21 앞의 책, p.98.

22 복효근, 〈목련꽃 브라자〉, 《목련꽃 브라자》, 천년의시작, 2005.

23 박남철, 〈첫사랑〉, 《지상의 인간》, 문학과지성사, 1997.

24 류근, 〈과거를 ( )하는 능력〉, 《상처적 체질》, 문학과지성사, 2010.

25 이윤주, 〈"내 문학작품 속 여혐 수정" 새 풍경〉, 《한국일보》, 2017. 2. 23.

26 이선필, 〈이창동 "억눌린 마음, 나홀로 섹스… 젊음 이해하려 했다"〉, 《오마이뉴스》, 2018. 5. 19.

27 지그문트 바우만, 《쓰레기가 되는 삶들》, 새물결, 2008.

28 이선필, 〈이창동 "억눌린 마음, 나홀로 섹스… 젊음 이해하려 했다"〉, 《오마이뉴스》, 2018. 5. 19.

29 이소희 외, 《나도 말할 수 있는 사람이다》, 여성문화이론연구소, 2018.

30 비공개 상태인 안희정 1심 판결문 인용. 훗날 민주원 씨가 해당 내용을 공개하기는 했습니다만, 글 쓸 당시에는 판결문을 인용했습니다.

31 김혜지, 〈임신경험자 10명 중 2명꼴 '낙태 경험'… 연간 낙태추정 5만건〉, 《뉴스1》, 2019. 2. 14.

32 데프콘, 〈그녀는 낙태중〉, 2010.

33 모리모토 안리, 《반지성주의》, 강혜정 역, 세종서적, 2016.

34 손희정, 《페미니즘 리부트》, 나무연필, 2017, p.147.

35 이라영, 《타락한 저항》, 교유서가, 2019.

36 팟캐스트, 〈김어준의 다스뵈이다 12회〉, 2018. 2. 24.

37 앞의 책, p.20.

38 정희진, 〈[정희진의 낯선사이]쉬운 글이 불편한 이유〉, 《경향신문》, 2013. 2. 14.

39 이세아, 〈페미니즘이 불편한 남성들, 미투 운동에 반기 들다〉, 《여성신문》, 2018. 4. 10.

03 여성과 남성의 일상은 결국 다르다

1 록산 게이, 《헝거(Hunger)》, 노지양 역, 사이행성, 2018.

2 김지환, 〈20대 여성 섭식장애 남성의 8.8배〉, 《청년의사》, 2013. 5. 24.

3 이민영, 〈남자는 소득 높을수록, 여자는 낮을수록 더 뚱뚱〉, 《중앙일보》, 2017. 12. 31.

4 박다해, 〈이외수 '단풍' 글 논란… '여성혐오' 없이 문학 못 하나요〉, 《한겨레》, 2018. 10. 16.

5 허윤선, 〈검정치마의 항해술〉, 《얼루어 코리아》, 2011. 8. 19.

6 황교익, 〈'백주부' 백종원에 열광? 맞벌이엄마 사랑 결핍 때문〉, 《문화일보》, 2015. 7. 10.

7 식품의약품안전처, 〈우리 국민 당류 얼마나 먹고 있나〉, 2012.

8 식품의약품안전처, 〈청소년층이 가장 높으나, 아직 우려 수준은 아냐〉, 2013.

9 정옥분, 《발달심리학》, 학지사, 2014, p.244.

10 이보연, 《0~5세 애착 육아의 기적》, 예담friend, 2016, p.70.

11 세라 블래퍼 허디, 《어머니의 탄생 MOTHER NATURE》, 황희선 역, 사이언스북스, 2010, p.760.

12 같은 곳.

13 같은 책, p.761.

14 같은 책, p.770.

15 같은 책, p.788.

16 같은 책, p.83.

17 같은 책, p.778.

18 박미향, 〈백종원 "난 대중이 뭘 좋아할지 아는 게 전부"〉, 《한겨레》, 2016.11.16.

19 이동준, 〈[이동준의 일본은 지금] 한국여성 싫다면 일본여성 만나세요 "제사·시부모님 모시고 싶어요"〉(변경된 제목), 《세계일보》, 2018.9.22.

20 박은지, 〈'며느리'로의 첫 명절, 나는 '시댁 소속'이 아닙니다〉, 《오마이뉴스》, 2017.10.1.

21 임종명, 〈명절 전후 이혼신청 급증…평소보다 2배 많아〉, 《뉴시스》, 2017.9.27.

22 모현주, 〈20, 30대 고학력 싱글 직장 여성들의 소비의 정치학〉, 연세대학교 대학원, 2006, p.16.

23 이유진, 〈'신림동 강간 미수' 피해자한테 "CCTV 알아서 구해라" 말한 경찰〉, 《한겨레》, 2019.5.30.

24 유호윤, 〈[단독] 여성 살인 사건 30%에는 '스토킹' 있었다…판결문 381건 분석〉, KBS, 2019.5.22.

25 황두진, 〈건축공간에서의 성차별〉, 《디자인문화비평 03》, 2000.

26 백은하, 〈노희경과 〈굿바이 솔로〉 [2]〉, 《씨네21》, 2006.4.27.

27 땡땡, 〈우리들의 엄마, 나문희〉, 《채널예스》, 2007.1.25.

28 권김현영 외, 《미투의 정치학》, 교양인, 2019.

29 조주은, 《현대 가족 이야기》, 이가서, 2004, p.153.

30 같은 책, p.156.

31 같은 책, p.147.

32 같은 책, p.295.

33 현대자동차 주식회사, 〈직원부인 교육과정 평가보고〉, 2001. 재인용: 앞의 책, p.299.

34 양승훈, 《중공업 가족의 유토피아》, 오월의봄, 2019, p.97.

35 같은 책, p.113.

36 송윤경, 〈[커버스토리]제2의 고향요? 25년간 가슴에 붙인 하청 차별…나는 거제가 싫다!〉, 《경향신문》, 2019.3.9.

37 통계청, 〈울산광역시 구·군별 연령별 주민등록인구〉, 2019.8.19.

38 거제시, 〈2018년 주민등록인구 통계보고서〉, 2019.3.20.

39 최태섭, 《한국, 남자》, 은행나무, 2018.

40 같은 책, p.200.

04 도태와 변화, 그 사이에 놓인 남자들

1 서민, 《여혐, 여자가 뭘 어쨌다고》, 다시봄, 2017, p.169.

2 같은 책, p.132.

3 같은 책, p.80.

4 전인권, 《남자의 탄생》, 푸른숲, 2015, p.136.

5 같은 책, p.142.

6 손호영, 《〈디테일추적〉 '잘난 여성에게 불이익 줘 결혼시키자' 황당주장 사건을 쉽게 정리해봤

다), 《조선일보》, 2017. 2. 28.

7 권지윤, 〈[마부작침] 2018 성매매 리포트 ① 세계 6위 성매매 시장…"한국 남성 절반 성매매 경험 有"〉, SBS, 2018. 3. 31.

8 같은 곳.

9 김기태·하어영, 《은밀한 호황》, 이후, 2012. p. 41.

10 서울대학교 산학협력단, 〈2010년 성매매 실태조사〉, 여성가족부, 2012, 재인용: 앞의 책.

11 조제행, 〈'버닝썬 기사'에 차마 담지 못한 말…강경윤 기자의 고백〉, SBS, 2019. 4. 13.

12 조선일보, 〈정정 및 반론보도문〉, 《조선일보》, 2019. 6. 22.

13 오동건, 〈'공포의 회장님' 양진호, 아직 밝혀지지 않은 만행들〉, YTN, 2018. 10. 31.

14 강현석, 〈'몰카제국의 황제' 양진호(4) 성범죄 영상이 주요 돈줄〉, 《뉴스타파》, 2018. 11. 1.

15 이명선, 〈위디스크, '대포폰'으로 헤비업로더 직접 관리〉, 《셜록》, 2018. 11. 7.

16 이주빈·정환봉, 〈[단독] "양진호, 악행 동영상 찍어 임원끼리 공유했다"〉, 《한겨레》, 2018. 11. 2.

17 김지선, 〈웹하드 등록제 '있으나 마나'〉, 《디지털타임스》, 2014. 10. 16.

18 강동수, 《언더 더 씨》, 호밀밭, 2018. p. 119.

19 박이은경, 〈노회찬 민주노동당 의원〉, 《여성신문》, 2005. 9. 9.

20 김병민, 《젠장 좀 서러워합시다》, 알마, 2017.

21 정관용, 〈김지선 "노회찬, 나보다 먼저 한 것은 국회의원 뿐"〉, 《CBS 라디오》, 2013. 3. 16.

친절하게 웃어주면
결혼까지 생각하는 남자들

박정훈 지음

초판 1쇄 발행일 2019년 9월 25일 ｜ 초판 4쇄 발행일 2020년 1월 17일
펴낸이 조기룡 ｜ 펴낸곳 내인생의책 ｜ 등록번호 제10-2315호
주소 서울특별시 성동구 연무장5가길 7 현대테라스타워 E동 1403호
전화 02) 335-0449, 335-0445(편집) ｜ 팩스 02) 6499-1165
전자우편 bookinmylife@naver.com ｜ 홈페이지 http://bookinmylife.com

ISBN 979-11-5723-554-4 (03810)

이 도서의 국립중앙도서관 출판예정도서목록(CIP)은
서지정보유통지원시스템 홈페이지(http://seoji.nl.go.kr)와
국가자료종합목록 구축시스템(http://kolis-net.nl.go.kr)에서 이용하실 수 있습니다.
(CIP제어번호 : CIP 2019034538)